Four Eyes

SCRAP＆稲村祐汰

SCRAP出版

フォー・アイズ
姿なき暗殺者
からの脱出

リアル脱出ゲームノベル

CONTENTS

本書の読み方

①まずは普通に小説を読み進めてください。

②「ミステリアスレター」以降の章には、途中に設問（事件のポイント）が用意されています。
そこで手を止め、設問の答えを導いてから、ページをめくってください。

③もし分からない場合、設問の次のページにヒント（真実への手がかり）があります。

④解決編で、設問の答え合わせをしましょう。

序章

その女は、血の海の中で叫んだ。唸り声のようなその叫びは、言葉にならない彼女の心の泣き声だった。彼女の心は、つい数分前までここで繰り広げられた出来事を受け止め切れなかった。つらい、悲しい、悔しい、助けてほしい、助けたい。心の中は言葉で埋め尽くされていたが、彼女はそれを上手く表現できなかった。ただ、叫ぶことでしか。

桜の花が今にも蕾から顔を出そうとしている、二〇一九年三月二十六日。春の訪れの気配などどこ吹く風と、とても冷え込む夜。東京と埼玉の県境にある寂れた廃倉庫に一人閉じ込められた彼女は、冷たい床の上でうずくまっていた。廃倉庫の床を赤黒く染めている血は、彼女の白いワンピースにも飛び散り、赤いまだら模様を描き出す。この血は彼女のものではなく、つい先ほどまでここにいた探偵のものだった。

片目が義眼で元ヤクザ、そのくせ妙に頭が切れる、不思議な探偵。女が探偵と出会ったのは、ほんの一日前。この二日間で、彼女は今までの人生で味わったことのない体験を数多くしてきた。迷える依頼人たちが探偵に持ち込む、一癖も二癖もある事件との遭遇。目的も正体も謎に包まれた連続猟奇殺人鬼との対峙と、いくつかの喪失。そんな二日間の結末が、こんな形で訪れることになるとは、一体誰が予想していただろうか。

叫び続けて声を枯らせた女は、ぼんやりと虚ろな目でうつむいていた。彼女にはもう、何かを考える力が残っていなかった。そもそも彼女にとって、考えることなど、必要のないことだった。大企業の社長令嬢として、何不自由ない暮らしを送った子供時代。父の会社で適当なポストに就き、さしたる仕事もなく遊び暮らす現在。与えられたものに従って生きていけば、困ることなど何もなかった。

女がすべてをあきらめかけたそのとき、彼女の頭の中で、探偵の言葉が響いた。

「よく見ろ。よく考えろ。考えることをやめたら、そこで終わりだ」

女は悔しかった。あの探偵には、馬鹿にされてばかりだった。このままここであきらめたら、また馬鹿にされる。意を決して彼女は顔を上げた。すると、廃倉庫の入口脇に落ちている茶色い革の手帳が視界に入った。

分厚くパンパンに膨れ上がり、数百ページはあろうかというその手帳は、あの探偵が愛用していたものだった。探偵は事件の情報を書き留めると言って、ここ二日間、事あるごとに手帳に記録を書き込んでいた。あの手帳に何か重要な情報が書かれているかもしれない。彼女は血でべとついて動かしづらい手足を何とか持ち上げ、這うようにして入口の方へと向かった。

血の跡を作りながらゆっくりと進み、手帳の前までたどり着いた女は、倉庫の壁に手を押し当てて、手についた血を拭う。何度か繰り返した後に彼女は、手帳を手に取った。手帳はずっしりとした重みがあり、ページは整った文字で埋め尽くされていた。

女はパラパラとページをめくり、中身を確認した。手帳には、探偵がこの事件に巻き込まれた三日前から、今日のつい数時間前までに発生した出来事が、事細かに書かれていた。行動を共にしていなかった間の内容は初めて知ることばかりであったが、それ以外の部分は彼女もよく覚えていることで、めぼしい情報はなかった。

手がかりは何もないとあきらめかけたそのとき、女は手帳に一枚の紙が挟まっていることに気づいた。その紙には、探偵からのメッセージが書かれていた。メッセージに目を通した女の瞳に、わずかな光が灯る。そのメッセージは彼女にとって、そして、探偵にとって、最後の希望だった。

最後の希望を無駄にしないためにできることはただ一つ。探偵から指示された通り、この手帳をしっかりと読み、メッセージとともに書かれていた暗号を解くこと。女の顔にはもう、あきらめの色はなかった。彼女はこの二日間の怒涛のような出来事を頭に思い浮かべながら、手帳のページをゆっくりとめくりはじめた。

招かれざる依頼人

二〇一九年三月二十四日（日）　十七時

　東京のはずれにある雑居ビルの一室。北向きであまり陽の差し込まないこの古びた部屋が、私の事務所だ。私はここで探偵事務所を経営している。まあ事務所といっても、探偵は自分一人しかいないし、この事務所は自宅を兼ねている。奥の扉を入った先はただのしがない四十代独身男の寝室だ。つまり正直なところ、探偵といったってほとんど趣味みたいなものだ。

　当然のことながら、この事務所に依頼が舞い込むことなどめったにない。二〇一九年三月二十四日、午後五時。今日もまた何事もない一日が終わるのだと思っていたそのとき、事務所の外の階段をコツコツと上がる音が聞こえた。どうやらお客のようだ。今日探すのは猫か、犬か、それともハムスターか。そんなことをぼんやりと考えながら待ち構えていたが、入ってきたのは予想だにしない人物だった。

「やあ、どうも。久しぶりだねえ……『探偵さん』……」

　ノックもせずに扉を開けたその男と対面するのは、二十年ぶりだった。黒髪を綺麗にオールバックに整えて、高級スーツを着こなす飄々とした男。実年齢は恐らく五十代後半になろうかというところのはずだが、四十代前半といっても通用するほどの若々しさだった。

「江津《ごうつ》さん？　どうして…」

「そんなに嫌な顔をしなくたっていいじゃないか。あんたと俺とは一緒に仕事をした仲だ」

「いや、仕事って……」

突然の来訪に動揺を隠し切れない私とは対照的に、彼はさも当然という様子で、ニヤニヤと笑っていた。彼の名前は、江津誠司《せいじ》。友人同士で手軽にメッセージやかわいいスタンプを送り合える、今や生活に欠かせない国民的SNSの一つとなった「VINE」の創始者だ。電子機器メーカーの社長であった父親の資産を受け継ぎ、株式会社VINEを設立。自らが代表取締役社長となり、莫大な財産を築いた。何の工夫もない言い方をすれば、大富豪だ。私のような場末の探偵と、彼につながりがある理由。それは、私の過去にあった。

「何だい。俺のボディーガードなんて、仕事じゃないってか……？」

「いや、そういうわけじゃ……ただ、私はもう足を洗ったんですよ。過去のことは……」

「分かってるよ。誰もが恐れるヤクザの若頭は今や、人々の悩みを解決する名探偵。泣けるねえ」

江津の言う通り、私は今でこそ足を洗ったが、長い間ヤクザとして暴力団に所属していた。その道に足を踏み入れたきっかけはちょうど三十年前、十三歳の頃。親から捨てられ施設で育った私は、中学に入る頃にはすっかりグレて学校にも行かず、毎日遊び歩いていた。そんなときに、当時組の若頭だった親分と出会った。施設や学校のつまらない日常に飽き飽きしていた私にとって、親分が見せてくれる世界は刺激的だった。どんどんのめり込んで気づけば早十年。親分は小さいながらも組長に、私はその組の若頭にまでなった。

江津と仕事をしたのはたしか、私が若頭になってすぐのことだった。今でこそVINEの創始者として社会の評価も高い江津だが、当時は金持ちのボンボンの放蕩息子。江津の父は電子機器の設計・

開発で戦後一代で財を成した優秀な経営者だったが、彼はその父の金と権威を振りかざして遊び回るばかり。ただ遊び回るだけなら良かったのだが、やれ女に強引に手を出した、やれクラブで喧嘩したと、彼の周りにはトラブルが尽きなかった。

そんな彼のトラブルシューター兼ボディーガードとして雇われたのが、私だった。ボディーガードと言えば聞こえがいいが、要は単なる便利屋。表立って言えないような案件を暴力や金を使って解決する汚れ仕事だ。そんな仕事でも、実入りはいい。組のためだと私はずっとその仕事をこなしていた。

「っていうか、あんた……随分とムショにいたんだって？　道理で顔も見ないわけだ」

「なぜそれを……？」

「金持ちの力を舐めちゃいけないよ、探偵さん……？」

金持ちの力ではなく、金の力ではないかと指摘したかったが、すんでのところでとどまった。彼が言ったことは事実だ。江津の汚れ仕事をしていた頃から数年が経った、今から数えると約十八年前、私は敵対するヤクザの組長を撃ち殺した。その数日前に殺された親分の敵討ちだった。自らの殺人の罪が許される日が来るなどとは思っていない。ただ、愚かにもあのときの私は復讐心を抑えることはできなかった。今では、自分の行ったことを心の底から後悔している。

その一件で現行犯逮捕された私は、懲役十五年の実刑判決を受け、刑期満了まで務め上げた。出所したのは今から三年前。浦島太郎気分は、正直いまだに抜けていない。

「にしてもよ、何で探偵なんかやってるんだい、あんた？　こんなん儲かりゃしないだろう？」

「ええ、貯金は雀の涙ですよ。ただね、探偵をやれというのは恩人の勧めなもので……」

「へぇ……そうかい」

江津は自分から聞いたくせに興味がなさそうにつぶやいた。恩人というのは、私を逮捕した刑事だ。親身になって更生を手助けしてくれた彼は、「お前は真実を見る目を持っている。だから探偵になって人の役に立て」と私に言った。正直いくら人の役に立ったところで、殺人の罪が消えるわけでもない。十字架はずっと背負っていかなければならない。それでもなお、ひょっとしたら何か少しでも社会の役に立つことができれば、私にも存在意義があるかもしれない。そう考えて探偵をしている。ある種の自己満足だ。

「それで……一体どうしてわざわざ私のところへ？」

「探偵さんはせっかちだねぇ……探偵さんも知ってるよね？『コレクター』のこと」

「『コレクター』って……あの、今話題の……？」

「そう。人を殺しては瞳をくり抜き集めている連続猟奇殺人犯。あの『コレクター』だよ」

「それが江津さんと何の関係が？」

「勘が悪いなあ、探偵さん。コレクターの次のターゲットは、俺なんだよ」

江津は今までと変わらぬ調子で話しているように見せていたが、その声の調子には少し緊張が混ざるようになっていた。まさかその名前が出てくるとは。連続猟奇殺人犯コレクター。彼（彼女かもしれないが）による最初の犯行が発生したのは、今からおよそ三ヶ月前のことだ。

最初の被害者は株式会社ハネダエレクトリクスの辣腕女社長である羽田淳子《はねだじゅんこ》。彼女はナイフでめった刺しにされた状態で、自宅で発見された。左手の小指が切り落とされるなど、遺体は損傷が激しかったが、そんな損傷がかわいく見えるほどもっと大きな特徴が羽田の遺体には残されていた。左の眼球が無理矢理えぐり取られていたのだ。

現場に残された証拠は乏しく、警察の捜査は難航した。事件の数日前に羽田が会社の部下に対して悪質なパワハラを行っていたことが週刊誌に報じられていたことから、会社の従業員の中に犯人がいるのではないかというのが、警察や世間の見立てだった。また、パワハラ以外にも彼女には恨まれる理由があった。もともと小さな石油会社の社長だった彼女は、数年前に同じく決して大きくない中小電気企業の経営者であった羽田氏と結婚。その際に、彼のハネダエレクトリクスに吸収される形で会社を合併。羽田氏は会長、彼女は社長の座についたが、この際に多くの従業員をリストラした。警察はパワハラとリストラの両面から恨みを持つ人間を探っていたが、数週間後、二件目の殺人が起きたことによって、見立てが間違っていたことが明らかになる。

二件目の殺人の被害者は、ＳＮＳで話題を集める「Restaurant Ｔ・Ｋ」のオーナーにしてフレンチ料理人の美味仏蘭《びみふらん》氏。彼も同じくナイフでめった刺しにされた状態で、自宅で発見された。そしてその遺体は、一件目と全く同じ手口で小指を切り取られ、左の眼球をえぐり取られていたのだった。

警察やマスコミは一件目と二件目の被害者の共通点を調べ上げた。そしてある一つの事実に気づいた。それは、二人とも恨まれることの多い人物であり、また、殺害される直前に、何かの疑惑を持たれていたということだった。一件目の羽田がパワハラを報じられていたのと同様、二件目の彼も殺害される数日前に、自らが経営する店で食品の産地偽装が行われているというリークがＳＮＳで上がっていた。それにそもそも、美味仏蘭という明らかな芸名からも分かる通り、彼は名声やメディアでの露出にかなりこだわりを持つ人物で、その尊大な態度やネット上での過剰な広告から、料理人や評論家の界隈では決して好まれている人物ではなかった。

警察はこの二件の殺人を連続猟奇殺人事件と認定。黒い噂のある人物を殺しては、眼球を集めて回るこの奇妙な殺人犯はいつしか「コレクター」と呼ばれるようになっていった。

コレクターによる殺人はなおも続いた。三件目の被害者は、警視庁の要職を務めていた、遠藤悟《えんどうさとる》という男。ナイフでめった刺しにして小指を切り取り、左目をえぐり取る手口はこれまでと全く同じで、間違いなく同一犯によるものだった。そして他の二人と同様に、彼もまた、普段から恨みを買っていて、事件の直前に疑惑を持たれているという条件に該当する人物だった。都議会議員の娘の元に婿入り結婚して以来、義父の権力をほしいままにして人事に口を出しているという噂がまことしやかに囁かれるとともに、殺害の数日前には税金の不正利用を新聞にスクープされていたのだった。

「コレクターの次のターゲットが江津さん……？　どうしてそんなことが分かるんですか？」

「どうしてだなんて、そんなことはどうでもいいんだよ」

「そもそも、警察に行った方がいいんじゃないですか」

「とっくに行ったよ！　だがな、あんなとこは信用できねえ」

「俺が頼みたいことはただ一つ。あんたに俺の命を守ってほしいんだ」

「いや……そんな……」

私は何となく事の次第が見えてきたように感じていた。無理矢理はぐらかしていたが、きっと江津にはコレクターに狙われる心当たりがあるのだろう。他の三人と同様、何かしら表に出せないようなどす黒い秘密が。今では時代の寵児となった彼だが、昔の姿を知っている私からすれば、いくらか犯罪に手を染めていても何の驚きもない。普通の探偵ではなく、遠い昔に一度面識があるだけの私の事務所をわざわざ調べてやってきたのも、不都合なことを隠したままで依頼したかったからだろう。

「まったく、舐められたものですね……」

「何だと!?」

「今の私はあの頃とは違います。理由もロクに話さない、怪しい依頼人の依頼を受ける道理はない」

江津は一瞬かっとなったようだったが、すぐにもとの調子に戻り、皮肉たっぷりに言った。

「ふふふ……かっこいいねえ。でもさあ、探偵さん。いいのかなあそれで」

「はい……？」

「上手に隠してるみたいだけど……あんたの過去、この辺の人は知ってんの？」

江津の顔は意地悪に歪んでいた。私は嫌な予感がした。そして残念なことに、その予想は的中した。

「あんたが元ヤクザだってこと……知ったらこの事務所に依頼人は来るのかなあ」

「江津さん……あなたね……」

「うまくごまかしてるみたいだけど、あんたの過去は身体中に刻まれてるはずだ。そんな評判が広まったら、この事務所はやっていけるのかな？　探偵さん？」

　江津はにやにやとしながら私の方を見つめていた。いくら成功しても、社長になろうとも、自分の思い通りに人を動かすことに快感を覚える彼の性格は昔から何一つ変わっていないようだ。

　彼の脅しに屈するのは腹立たしいが、ヤクザだった頃の証が身体中に刻まれているというのは事実だ。よく見れば左目が義眼であることはすぐ分かるだろうし、顔にうっすら残る傷跡、首元に見え隠れする桜の刺青、手袋をした両手と、自分で言うのも何だがヤクザらしさはそこら中に残っている。依頼人が先入観を持たずに接してくれている今でこそ、騙し騙し探偵としてやれているが、正直見た目はほぼヤクザだ。悪い噂を流されたらひとたまりもないことは目に見えている。

「はあ……分かりましたよ。あなたの依頼をお受けします。ただ……一つ条件があります」

「ああ……？」

　江津は明らかに苛立った様子で答えた。

「私はもうヤクザじゃない。犯罪に手を染めるつもりもないし、悪事を許すつもりもない」

「へっ……立派なことで。どうぞご自由に」

「それで、詳しい依頼の内容ですが……」

「さっき言った通り、コレクターの正体と居場所を突き止めて、俺の命を守ること。それが依頼だ」

　江津は私の言葉を遮るようにしてまくし立てた。

「分かりました。ただ命を守るためにもいろいろと話しておきたいことがありますし……」

「ああもう、分かった。詳しい話は明日にさせてくれ。今日はこの後忙しいんだ」

「分かりました」

「まったく、昔は一言言えば動いてくれたのに、今は随分頭でっかちになったもんだなあ、探偵さんも」

私は江津の明らかな嫌味を聞き逃したふりをして無視した。頭でっかちとは随分な言いようだが、私の変化についていては江津の指摘もあながち間違いではないかもしれない。私はヤクザだった頃、何も考えずに感情だけに身を任せて行動を起こし、ついに殺人にまで至った。だからこそこれからは、私はずっと考え続ける。社会のことも、自分のことも、考えて考えて、考え続けて答えを出す。探偵になるときに、そう決めていたのだ。

江津は一方的に明日の待ち合わせ場所と時間をまくし立てると、足早に事務所を後にした。約束は明日の昼にＶＩＮＥの本社ビルにて。私は事務所の看板に休業の札を立て、コレクターに関する事件資料をインターネット上で漁った。ある程度基礎的な情報は集まったが、インターネット上にある情報だけでは限りがある。私は渋谷を根城にしている馴染みの情報屋に連絡し、江津やＶＩＮＥ社に関する情報の収集を依頼した。これで恐らく明日には詳しい情報の連絡が入ることだろう。私は現在手に入っている分の情報をある程度まとめて準備を終えると、明日に備えて早めに休むことにした。

ミステリア
スレター

二〇一九年三月二十五日（月）　十時

　会社員たちの通勤がある程度落ち着き、時刻はまもなく十時を回ろうかとしている頃、私は東京駅近くの高層ビル街の片隅にある、株式会社ＶＩＮＥの本社ビル、ＶＩＮＥツインタワービルへと向かっていた。外の天気はあいにくの雨。せっかくつきはじめていた桜のつぼみに何か恨みでもあるのかとばかり冷たい雨が降り注ぎ、三月とは思えないひんやりとした天気だった。

　ＶＩＮＥツインタワービルはその名の通り、二つのタワーからなるオフィスビルだ。昨日までに調べた情報によれば、ビルの正面玄関と相対したとき、左側に見える棟がＬ棟で、右側に見える棟がＲ棟。Ｌ棟の高層階からは東京タワーが、Ｒ棟の高層階からは東京スカイツリーが見えることが売りらしい。せっかくなら片方だけでなく、どちらの棟からも両方見えるように設計すればいいのにと思ってしまう私の考えは、欲張りが過ぎるというものなのだろうか。

　私はＶＩＮＥツインタワービルまでの道中、マックスが集めてくれた情報に目を通していた。マックスは私の三十年来の協力者で、私のことをずっと支援してくれている老人だ。まるで外国人のような名前だが生粋の日本人で、出会った頃から「マックス」と呼ぶように指示されている。私が知っているのは、彼が元警察官だということ、そして、その情報網を使って数々の裏情報を集め、売買を行い、今では裏社会の情報屋のようになっているということ。詳しくは知らないが、警察からヤクザまで多種多様な人々と関係を持ち、情報を収集していると本人は以前話していた。

マックスから送られてきた情報は、江津誠司に関する情報をはじめとして今回も丁寧で詳しく、昨日打ち合わせして依頼したとは思えないほどにしっかりとまとまっていた。これがあれば今日の予定も問題なくこなせるはずだ。マックスは情報収集以外にもいくつか昨日から私のサポートを行ってくれている。私は彼が情報を送って来たメールに返信する形で、お礼と引き続きサポートを頼む旨の連絡を入れた。

そうこうしているうちに、駅から少し歩いた先にあるＶＩＮＥツインタワービルに到着した。ビルの正面玄関を入って右に曲がり、Ｒ棟の受付へと向かう。ビルの外装は正直、東京都庁とほぼ変わらないありきたりなものであったが、内部は打って変わって斬新だった。華美な装飾や、現代アートと思しき絵画、赤を基調にしたカラーリングなど、随所に前衛的な要素があり、良くも悪くも最先端ＩＴ企業という印象を受ける。

内装に気を取られつつも受付に到着すると、そこは広いホールのようなスペースになっていた。受付スペースは、七、八人の受付嬢がずらりと並ぶ大きな白いカウンターと、その周りを取り囲むように存在するカフェスペースとで構成されている。カフェスペースの方は、軽い打ち合わせや待ち合わせのために使われるものなのだろう。店内にちらほらと見える人影に、スーツ姿よりもカジュアルな姿が多いのは、さすがＩＴ企業だ。

私はとりあえず、誰の応対もしていない受付嬢のもとへ向かった。

「いらっしゃいませ」

「すみません。今日お約束している、谷典正《たにのりまさ》という者なのですが」

「谷様ですね。少々お待ちください」

受付嬢はカウンター裏に置かれたＰＣを操作し、何か来訪者リストのようなものを確認している様子だった。

「お待たせいたしました」

「いえいえ。入ってよろしいでしょうか」

「あの、それがですね……すみません、ちょっとこちらにはお名前の記録がないようでして」

「え？」

平然とするように努めたが、私は内心驚きで胸が張り裂けそうだった。準備は万端に整えてきたし、昨日のやりとりを思い返せば入れないことはないはずだ。もちろん、大手を振って入れるような身分だとは言えないが……どこかで何かミスがあったのだろうか。

「ちょっとこちらで確認してみます。大変申し訳ないのですが、どんなお約束か教えていただけますか」

すべてを包み隠さず話すのには、都合の悪い部分も多い。私は昨日打ち合わせでどのように決めたかを思い出しつつ、適度に言い繕いながら受付嬢に説明をした。

「ありがとうございます。かしこまりました。その内容で確認いたします」

「分かりました。よろしくお願いします」

私がその場で待とうとすると、受付嬢は少し申し訳なさそうに付け加えた。

「すみません、ちょっと確認にお時間がかかりそうでして……確認が取れましたらお電話させていただきますので、携帯電話の番号をいただいてもよろしいでしょうか」

「あ、この辺りで待っていますよ」

「そうですよね。ただ、どうしても規則で決まっておりまして、大変申し訳ありません……」

彼女が悪いわけではないのだろうに、受付嬢はとても丁寧に頭を下げながら言った。私は一瞬ためらったが、あまりに申し訳そうな彼女の頼みをむげにはできない。

「大丈夫ですよ。分かりました」

私は胸元からメモを取り出し、自分の携帯の番号をさっと走り書きして受付嬢に手渡した。

「頂戴します。では申し訳ありませんが、もうしばらくお待ちください」

私は受付嬢に一礼すると、カフェスペースの方に向かった。何か問題が起きていない限り、恐らく短時間で確認は取れるだろう。ひょっとするとコーヒーを飲んでいるほどの時間の余裕はないかもしれないが、それならそれで問題ない。むしろ何か起きていた際にゆっくり考えられるように、一度腰を落ち着けておきたかった。

カフェに入ると、私は店内奥の角の席に案内された。客の入りはまばらで、周囲の席には誰も座っておらず、ゆったりと過ごせそうな場所だった。

「お客様、ご注文はお決まりでしょうか?」

メニューを見ていると、ほどなくして店員が注文を取りに来た。店員は若くて整った顔立ちをした女性だったが、顔色が妙に青白く見えた。私がコーヒーを一つ注文すると、彼女は小さな声で「かしこまりました」とつぶやき、少しよろついた足取りで下がっていった。足元がおぼつかず、あまりに弱々しい様子に若干の不自然さを感じたものの、私は一度忘れて今考えるべきことに対処しようと努めた。

気がかりなことはただ一つ。どうして問題なく会社の中に入ることができなかったのか。昨日のやりとりをいくら思い返せど、自分にミスがあったようには思えない。打ち合わせ通りに受付に行ったのだから、特に問題なく社内に入れていいはずなのだ。

おおかた受付嬢が何かを勘違いしているといったところなのだろうが、念には念を入れておくに越したことはない。軽く連絡を入れておくために、私は携帯と長年愛用している手帳を取り出した。この手帳は中身がバインダー型になっていて、紙の枚数を自由に増減させられるのが便利なのだ。茶色い表紙に取り付けられたベルトのボタンを外し、手帳に記してある昨日の打ち合わせ内容を確認する。今の状況の報告、昨日打ち合わせで話した通りで問題ないのか、何かトラブルが起きているなら教えてほしいという内容のメールを送り終えたそのとき、先ほどの女性店員がコーヒーを持って戻ってきた。

「ホットコーヒーです」

「ありがとう」

彼女がカップをテーブルに置こうとした瞬間、事件は起きた。まるで魔法にでもかかったかのように彼女の体から力が抜け、ばたりと私の方へと倒れ込んだのだった。

「大丈夫ですか⁉」

「あ、すみません……ちょっと寝不足で貧血で……」

床に倒れそうになる彼女を何とか支えながら、私は彼女をよく観察した。どうやら寝不足で貧血というのは本当のようで、目の周りには青白いクマがしっかりと刻まれていた。

「わ、ごめんなさい……コートにシミが……べ……弁償します……」

尋常ではないほどあわてた様子の彼女の言葉を聞いて、私は自分のコートを確認した。たしかに彼女が倒れた際にコーヒーがこぼれて、少しシミができてしまったようだが、たいして目立つものでもない。それよりも彼女がここまで焦っているのは、恐らく私のことを筋ものの客だと思っているからだろう。その証拠に、彼女の瞳は私の左目の義眼や顔の傷、首元、手袋をしていても小指がないと分かる左手を次から次へと眺めては、その表情がどんどんと青ざめていく。

私は怖がられないように、なるべくにこやかに告げた。

「大丈夫ですよ。幸いにも黒いコートで、目立ちませんから」

私の声色が想像よりも優しかったのか、その言葉を聞いた彼女は少し落ち着いた様子だった。私はふと、受付の問い合わせを待つ間の暇つぶし程度に、先ほど気になっていたことを彼女に尋ねてみることにした。特に深い意味のない、ほんの好奇心からの行動だった。

「ところで……それより私は、あなたのことが心配です」

「え……?」

彼女は突然の展開に驚きの声を上げていたが、私は構わず優しい調子で続けた。

「あなたは先ほど注文を取りに来てくれたときも足元がおぼつかなかった。それに、そんなクマができるほどの寝不足。コーヒーを出すことすら苦労する寝不足なんて、めったにないことのはずだ」

「それは……」

「ひょっとして、今あなたには何か心配事があるんじゃないですか？」

「え、あなたは一体……？」

彼女は私のことを怪訝そうに見つめていた。突然こんなことを言って怖がられるのは無理もない。私は彼女の信頼を得るためにも、とにかく明るくにこやかに告げた。

「ああ。突然すみません。怖がらせるつもりはないんです。といっても、こんな見た目じゃそれだけで怖いかもしれませんが」

「あ、いえ、そんなつもりじゃ……」

全身をチラチラと見ていたことに気づかれたと思ってか、彼女は少しばつの悪そうな表情になった。

「いいんです。慣れっこですから。私が逆の立場だって気になりますよ」

「本当に……すみません……」

「大丈夫ですって。私は探偵をやっていて、谷典正と申します」

彼女は一体何に困っているのか。気になりはじめると私の好奇心は止まらなかった。ここで探偵と名乗ってしまうことに一抹の不安はありながらも、私はそのまま会話を続けた。

「何かお困り事があるなら、ご相談に乗りますよ？」

「探偵さん、ですか……そうなんですね……」

彼女は私のことを値踏みするようにじっと見つめながら、何かを考え込むようにしていた。すぐに私の誘いを断らない様子を見るに、彼女に何か困っていることがあるのは間違いない。だがどうやら、まだ私のことを信頼し切ってはいないようだ。私はダメ押しの一打を加えることにした。

「内緒ですが、実は私はここの社長の江津さんから依頼を受けていましてね」

「え？　江津さんから？」

彼女はとびきり驚いた顔をして言った。江津の名前まで出してしまうのはなかなかリスキーな気もしたが、気になるという欲求にはあらがえなかった。それに、誰が何を知っているかは分からないのだから、情報は集めておくに越したことはない。思わぬところから有益な情報が手に入る可能性もある。時間が余っている今、ここで彼女の話を聞いておいて損になることはないだろう。

「すごい方なんですね。じゃあ、お言葉に甘えて……」

どうやら江津の名前は彼女にとってかなりの効果があったようだ。一体どんな話が飛び出すのかと身構えたが、彼女の悩みは何とも奇妙なものだった。

「実は先日、友人から手紙が届いたんです」

「手紙、ですか？」

「はい。何だか、その手紙がちょっと不思議で……」

「というと？」

彼女は他の店員の視線を気にしながらも、こそこそと私に経緯を話しはじめた。

「実は……あ、そもそも自己紹介がまだですよね。私は木根千鶴《きねちづる》といいます。普段は大学に通っていて、バイトとして数ヶ月前からこのカフェで働いています」

「千鶴さん、でよろしいですか？」

「はい。あ、あの……申し訳ないんですが、座ってもいいですか……？」

彼女は店内を見回しながら尋ねた。このままずっと立ち話をしているのはたしかに不自然だ。私が頷くと彼女は私の隣の席に腰を下ろし、堰を切ったように話しはじめた。

「先日届いた手紙の差出人は、私の友人で同い年のナオミ。彼女とは高校時代に知り合ったんですが、遠くに暮らしていることもあって、あまり連絡は取っていませんでした」

「突然の手紙、ですか。たしかにこの時代に珍しいですが、それ自体は別に不思議ではないですよね」

「ええ。ただの手紙ならいいんです。でもそうじゃなくて……」

「一体何が書かれていたんですか？」

ＶＩＮＥ社や江津に関わる話でないことを少し残念に思いつつも、私は彼女が受け取ったというその手紙が俄然気になり出していた。寝不足になるほど不思議な手紙とは一体どんなものなのか……私が考えを巡らせていると、千鶴はズボンのポケットから一枚の葉書を取り出した。

「これが、彼女から送られてきた葉書です」

「ありがとうございます。拝見します」

葉書の表面には差出人や宛先が記されていた。手書きで書かれていて、私には少し読むのが大変だったが、特に奇妙なところはない。一体何を悩むことがあるのかと裏面をめくったとき、その理由を理解した。たしかにこれは不思議だ。そこには模様や記号、イラストばかりが記されていたのだ。

「これは？」

「スケルトンパズルです。イラストを言葉にして、クロスワードの要領で枠の中に入れていくんです」

「お詳しいですね」

「あ、普通知らないですよね。実は私もナオミもパズル好きで、高校時代はそれで意気投合したんです」

「なるほど、そうでしたか」

「ただそれにしても、突然パズルだけ送りつけてくるだなんて……」

いくらパズル好きだといっても、数年間連絡を取っていない友人への久しぶりの連絡がスケルトンパズルだけとは、たしかに奇妙だ。ナオミは一体どうしてそんなことをしようと思ったのだろうか。

「ちょっと……とりあえず解いてみていただけませんか？」

「えっと……一番左上のイラストは『作物』を表していて、その隣のイラストは『治療』を表しているという感じですよね」

「ええ。単語が分からなかったら私に聞いてください」

彼女の言う通り、私はとりあえず解いてみることにした（次ページ参照）。

12
9
3
6

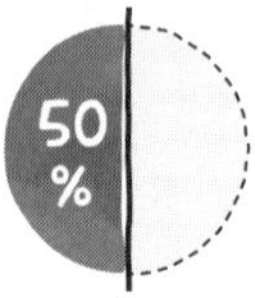
50
%

Hint 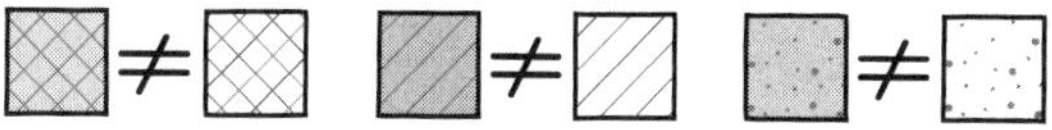

Answer 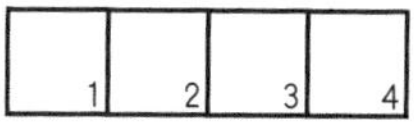

「え？　この答えは一体……？」

「そうなんです……私もどうして彼女がこんなことを書いてきたのかが不思議で……」

私は学生時代の知識を総動員し、何度か彼女に助けを求めながらパズルを解き終えた。出てきた答えはたしかに何とも不可解なものであったが、これだけでは何も判断することができない。

「実は、送られてきたのはこの葉書だけじゃなかったんです」

「というと、他にも何か送られてきたと」

「ええ、葉書が届いた後すぐ、これも彼女から届いたんです。これ……読めますか……？」

彼女が差し出してきたのは、使い古された小さな冊子だった。中は決して綺麗とは言えない走り書きの文字でびっしりと埋め尽くされている。どうやら誰かの日記のようだ。

「すらすらと読むのは難しいですが……日付が書かれているということは、日記ですよね」

「ええ、恐らく今ナオミと一緒にいる男性の日記だと思います」

「千鶴さんはすでに読まれたんですよね。どんな内容なのか読んで聞かせてもらってもいいですか？」

「ええ。全部読むのはなかなか大変ですものね。分かりました」

千鶴は冊子の最初のページを開くと、ゆっくりとその内容を朗読しはじめた。「俺は、その瞬間彼女に一目惚れした」という書き出しで始まるその文章は、ここ一年ほどの出来事を綴った、ある男の日記だった……。

ある男の日記

六月十七日

俺は、その瞬間彼女に一目惚れした。深夜二時の地下鉄のホーム。仕事終わりで疲れていた俺の目には、真っ白い肌でほっそりとした彼女の姿が、まるで美しい百合の花のように見えた。俺は何としても彼女を手に入れたいと思った。何か理由をつけて彼女に声をかければ良かったが、気恥ずかしくてそんなことはできなかった。俺にもう少し勇気があれば……もし万が一彼女にもう一度出会うことがあったら、必ず声をかけよう。俺の胸は、今いつになく高まっている。これがきっと、恋というものなのだろう。

八月三十日

何と幸運なことだろう！　地下鉄のホームで、例の彼女にまた出会うことができた。しかもとんでもないおまけ付きだ。俺が彼女と出会ったのは、前回と同じ深夜二時。俺は前回の反省を生かして、声をかけるべく彼女に近づいた。しかし、俺の恋はそう簡単には実らなかった。彼女に近づいたその瞬間、駅に住み着いた浮浪者が突然叫び出し、俺はついそちらの方に目をやった。

そして、俺が目を戻すと、彼女はもうどこかに消えてしまっていた。運命の神様とは何と意地悪なのか……俺がそんなことを思っていると、ふと道にあるものが落ちていることに気づいた。それは、彼女の財布だった。恐らく、浮浪者に驚いて急ぎ足に電車に乗った彼女は、つい財布を落としてしまったのだろう。俺は運命の神様に謝罪した。あなたは意地悪などではなく、とても優しい神様だ、と。

財布の中身を確認したところ、彼女は大学に通う二十歳の大学生。名前は「ナオミ」というらしい。「ナオミ」とは何と綺麗な名前だろうか。財布の中には、彼女が友人と撮ったとみられる顔写真も入っていた。ナオミはその写真でも異彩を放つ美しさだった。友人の顔つきはまだ幼く子供っぽかったが、彼女だけは凛々しく、大人の女性の美しさを備えていたのだ。義務教育を終えてまだ二、三年だとは思えない垢抜けた姿だ。

この財布さえあれば、俺はいつでも堂々と彼女に声をかけることができる。なくしていた財布を見つけてくれた男なんて、まるでドラマの出会いのようではないか。声をかけるきっかけがなくてあれほど困っていたのが嘘のようだ。この財布をうまく使って彼女に近づき、彼女と仲良くなる。これは、学歴もなければ見た目も良くない俺に与えられた一世一代のチャンスだ。この恋だけは何としても実らせる。そのためにはどんな努力も惜しまないと俺は自分に誓った。

十一月二十六日

長年の夢が叶う日というのは、こんな気持ちになるものなのか。少し時間はかかったが、ついに俺は彼女を手に入れた。俺のナオミへの恋は、今日ついに成就したのだ。思い返せば、財布を拾ったあの日からは随分な時間が経った。俺が彼女のもとに財布を返しに行ったのは、拾った翌日。俺と彼女が初めて言葉を交わしたあの瞬間は今でも忘れられない。俺が「これ、あなたのお財布ですよね？　この前駅で拾ったんです」と財布を差し出すと、彼女はパッと顔を輝かせて「ありがとう！」と叫んだ。さらに彼女は、財布が見つかった喜びのあまり、俺に熱いハグをしてくれた。彼女の髪からほのかに香った甘い香りは、今もありありと思い出すことができる。

きっと、あのハグの瞬間から、俺と彼女はもう結ばれる運命だったのだろう。あの日から今日まで、ゆっくりゆっくりと彼女との距離を縮める過程の俺の地道な努力など、ここに書くような面白いものではない。とにかく大事なのは、今俺が彼女への恋を実らせたというその事実だ。

彼女は今、俺の車の後部座席で寝ている。俺はその愛らしい姿をじっと見つめながら、幸せを噛み締めた。車のハンドルを握る手が汗で濡れる。これは緊張なのだろうか。彼女と結ばれるために、細心の注意を払って今日の日のことを考えてきた。万一ここで交通事故やスピード違反でも起こしたら、すべては水の泡だ。この幸せを自分のものにしたい。その一心で俺は車を走らせた。

家に到着し、俺は彼女をお姫様抱っこして部屋まで運んだ。彼女はずっと眠っていたから、起こしてしまうのが忍びなかったのだ。こんな俺の優しさも、彼女に伝わっているといいなと思う。明日からはついに俺と彼女との幸せな生活が始まる。楽しみで夜も眠れない。

十一月二十七日

ああ、楽しい！　俺は今日から彼女と一緒に暮らしはじめた。仕事を終えて家に帰ったら、ナオミがいる。家に帰ってきて、俺の部屋にいるナオミを見たときの感動は、一生忘れられないだろう。家に着いてから俺が自分の部屋にたどり着くまでにすることは、家のドアを開ける、ドアを閉めて鍵をかける、玄関から廊下へ上がる、廊下を通って自分の部屋へ入る、たったそれだけ。それだけのことがまるで無限の長さのように感じられるほど、今日仕事を終えて家に帰ってきた俺の胸は高鳴っていた。

俺が部屋に入ると、ナオミはうとうとと眠っていた。自分の家から俺の家に移動してきて疲れただろうから無理もない。俺がナオミの白い肌に触れると、ナオミはびくっとして目を覚ました。その一挙手一投足がかわいくて、俺は幸せを噛み締める。ナオミは俺の部屋が気になるのか、目を覚ますとキョロキョロと部屋の中を見回していた。それに、部屋の窓の方に近寄っては、何とか外の風景を見ようと試行錯誤する。俺の部屋の窓は高い位置の小窓しかないから、外を見ることはなかなか難しいのだけど、ナオミはきっと俺が暮らしてきたこの土地や部屋に興味があったのだろう。自分の部屋をあれこれと見られるだなんて、人によっては決して気分の良いものではないのかもしれない。だが俺は、何だか彼女が俺のことを知ろうとしてくれているみたいでうれしくてたまらなかった。ナオミが俺の部屋にいるのは、まだやっぱりどうしても慣れない。こんな夢のようなことがあっていいのだろうか。

十一月二十九日

何てことだ！　この家に来てから昨日一昨日と、ナオミはしばらく食欲がなかったみたいで、ずっとご飯を食べてくれなかった。俺はそれが心配で彼女に何度も料理を作った。栄養のつくステーキやパスタ、炭酸飲料。体調が悪そうな彼女のためにいろいろと工夫を凝らしたものの、どれもこれも彼女の口には合わなかったみたいだ。

とはいえこのままずっと食べなかったら、栄養失調になってしまう。俺は何としてもナオミにご飯を食べてほしくて、今日はちょっと無理やり食べてもらった。可哀想だったし、そんなことはしたくなかったけど、仕方がなかったんだ。ひょっとしたら俺の料理がまずいのがいけないのかもしれない。もっと料理の腕を磨くべきかもしれないと思った。

念願叶って俺とナオミは一緒に暮らすことができて、ナオミも今の生活にはきっと満足しているはずだ。今は環境の変化に慣れていないだけで、徐々に彼女が元気な姿を取り戻してくれると信じている。まあどんな彼女であっても、俺は彼女のことを愛している。それが変わらなければいいのかもしれないが。

十二月二十四日

幸せとはきっと、今の俺を表すための言葉なのだ。ナオミと一緒に過ごすクリスマスイブは心の底から最高の一日だった。今日のことを書くのは恥ずかしくてたまらないが、どこかに記録を残しておきたいという気持ちは強い。今日の俺と彼女のデートの内容をこっそりここに記しておこう。俺はまず彼女を車に乗せ、海へと向かった。彼女と一緒に外出するのは、久しぶりのことだった。彼女はやはりあまり食が喉を通らないようで、かなり痩せ細ってしまったが、それでも美しさは全く損なわれていない。助手席に美しい彼女が座っているというだけで、ハンドルを握る俺の心は踊った。

お昼過ぎには海に到着した。冬の海はとても美しかった。正面には青い海、右を向けば愛するナオミの姿、そんな最高の状況で車を走らせる海辺のドライブ。俺の人生の中で一番楽しいドライブと言っても過言ではないだろう。まあ、あまりに楽しいがために注意散漫で運転が疎かになってしまい、左前方から来る対向車からクラクションを鳴らされてしまったりもしたのだが。

海辺のドライブの後は、スーパーで買い出しをし、家に帰って二人でクリスマスパーティを開いた。やはりナオミはあまり食事に手をつけず、俺は心配になったが、決して楽しんでいないわけではないはずだ。何といっても今日は、クリスマスイブであるとともに彼女の誕生日でもあるのだ！　彼女は今日からお酒が飲める。俺たちは買っておいたシャンパンで乾杯し、彼女の誕生日を祝った。彼女は初めてのお酒にかなり躊躇を示していたが、俺が飲んでみろと言うと、ビクッと震えた後、怖がりつつもちゃんとお酒を飲んでくれた。一口飲んですぐに酔っ払ってしまったのか、頬を赤らめている彼女はとてもかわいらしかった。

三月四日

悩ましい。一体どうしたら良いのだろう。今日ナオミは、友達に葉書を出しておいてほしいと俺にお願いしてきた。その葉書に書かれていたのは、何やらパズルのようなもの。難しくて俺には解けなかったが、彼女は「あなたとの日々が幸せだと仲良しの女友達に伝えるためのものよ」と言っていた。彼女の言うことを信じるなら、そのまま送ってあげればいい。しかし、正直俺には手放しに信じることができなかった。考えたくもないことだが、もしナオミが嘘をついていて、送り先が本当は俺以外の男だったら……送った内容が俺との生活が嫌だと書かれたものだったら……一度不安になると疑心暗鬼は止まらない。この葉書を送るべきか、送らざるべきか。

三月十二日

ああ、何と寂しいことだろう。彼女との生活に終わりが近づいているのかもしれない。俺に内緒で、彼女が誰かに何かを送る準備をしている気配がする。彼女は一体何を送るつもりなのだろうか。この前、彼女の言う通りに葉書を送ってあげたというのに、今回は俺に内緒で進めているだなんて、怪し過ぎる。ひょっとしたら俺に何かサプライズを仕掛けようとしているのだろうか。だとしたら、送らせてあげるべきなのかもしれない。

しかし、その考えが楽観的に過ぎるという可能性もある。俺と彼女の生活はもう終わってしまうのだろうか。俺は、彼女と一緒に幸せに暮らしたかっただけなのに。一体俺の何がダメだったというのだ。彼女にはたくさんの愛を注いだのに……。

俺は彼女とこれからもずっと一緒にいたいと思っている。どうしたら彼女は俺のもとを去らないでくれるだろうか。彼女と俺の生活が永遠のものになるように、俺は覚悟を固めることにした。彼女と一生をともにする覚悟を。このままずるずると一緒に暮らしていても、未来はないだろう。覚悟を持って、彼女と向き合う。彼女の笑顔を永遠のものにするのだ。きっと彼女も俺の覚悟を分かってくれて、俺と彼女の生活はこれからもずっとずっと続くはずだ……。

千鶴が日記の内容をすべて読み上げ終わると、私はすぐに口を開いた。

「これは……千鶴さん、一刻も早く警察に通報するべきです」

「やっぱり、探偵さんもそう思いますか……」

どうやら彼女もすでに気づいていたようだ。ナオミから送られてきた葉書と男の日記が示す驚くべき真実に……。

依頼人——木根千鶴《きねちづる》
事件のポイント一——ナオミのパズルの答えは？
事件のポイント二——「一刻も早く警察に通報しましょう」と千鶴に告げた理由は？

※真実への手がかりは次ページへ。
（重大な手がかりなのでどうしても分からないときに見ること）

千鶴が受け取った葉書の宛名面

※ここから先は解決編になりますのでご注意ください。

二〇一九年三月二十五日（月）　十一時

「あの……探偵さん、何をしてるんですか？」

千鶴の問いかけで、私は葉書に書かれたスケルトンパズルの上に走らせていたペンを止めた。

「あ、いやすみません。このパズル、すごいなと思って……この答え、お気づきですか？」

ひらがなで埋めたスケルトンパズルを見せると、千鶴はふっと笑った（次ページ参照）。

「ええ、もちろん。これ、彼女の得意技なんですよ。たまたまじゃありません」

「得意技？」

よく分かっていない私を尻目に、千鶴は遠い過去を思い出すような優しい表情で続けた。

「ええ、こうやって答えを二つ出せるパズル……二回解けるから私たちは『解き直しパズル』なんて呼んでました。ナオミは解き直しパズルが大好きで、作るときはいっつもこればっかり。片方の答えをダミーにして、もう片方の答えに本音を隠してました」

千鶴の言っていることが、私にも徐々に理解できてきた。

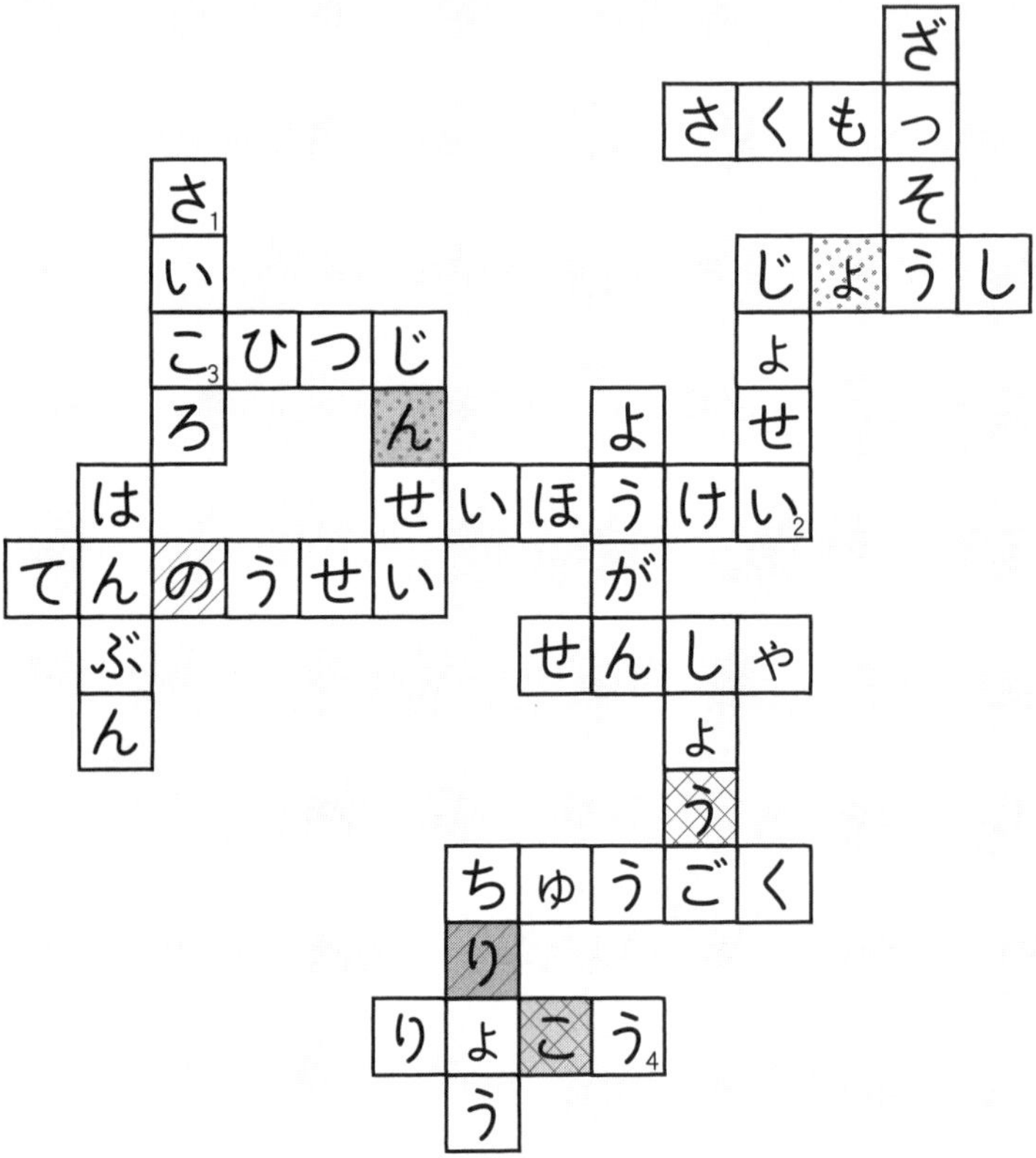

Hint

Answer さいこう

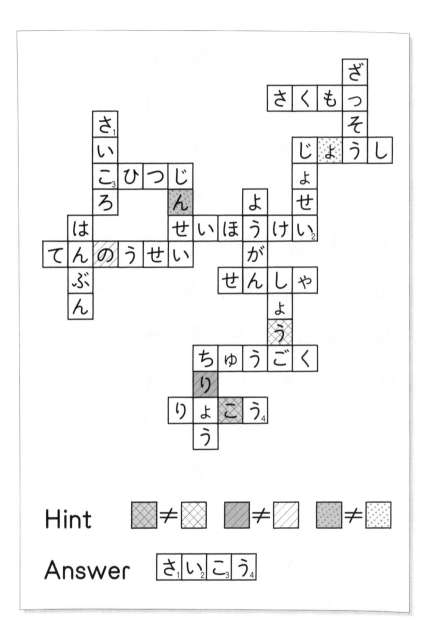

「なるほど、わざとこう作られているというわけなんですね。でもこれって……どちらが正しい答えなのか、どうやったら分かるんでしょうか」

千鶴は何と答えてよいか少し迷った表情を浮かべていたが、やがて口を開いた。

「えーっと……基本的には、作られた状況だったり、事実だったりに則している方が正しくて、そうじゃない方は言ってしまえば間違い、ってことになります。今回で言うと、今探偵さんが書いてくれている『さいこう』は間違い。正しい答えは、最初に解いてもらった通りで……」

口にするのをためらうかのようにうつむいた千鶴の言葉を継いで、私はその答えを告げた。

「『ＨＥＬＰ』……ですよね」

千鶴は何も言わず、黙ってこくりと頷いた。この答えを導き出す方法は、決して複雑なものではない。このスケルトンパズルを「すべて英語で」解けばよいのだ（次ページ参照）。

なぜこのパズルを日本語ではなく英語で解くべきなのか。それは、ナオミが住んでいるのがアメリカだからだ。実際、葉書の宛名も日記も、文章はすべて英語で書かれている。だからこそ「読めますか？」と千鶴が気遣ってくれた通り、決して英語が得意なわけではない私にとって、日記は読んで聞かせてもらわなければならない代物だったし、手紙の宛名面の時点で少し読むのが大変だったのだ。

ナオミが住んでいるのがここ日本ではなく海外のアメリカだということは、「俺」の日記を読む中でも明らかだ。一番分かりやすいのはドライブをしている際の「右を向けば愛するナオミの姿」「左前方から来る対向車」という表現。これは右側通行の道路で左ハンドルの車を運転していなければあ

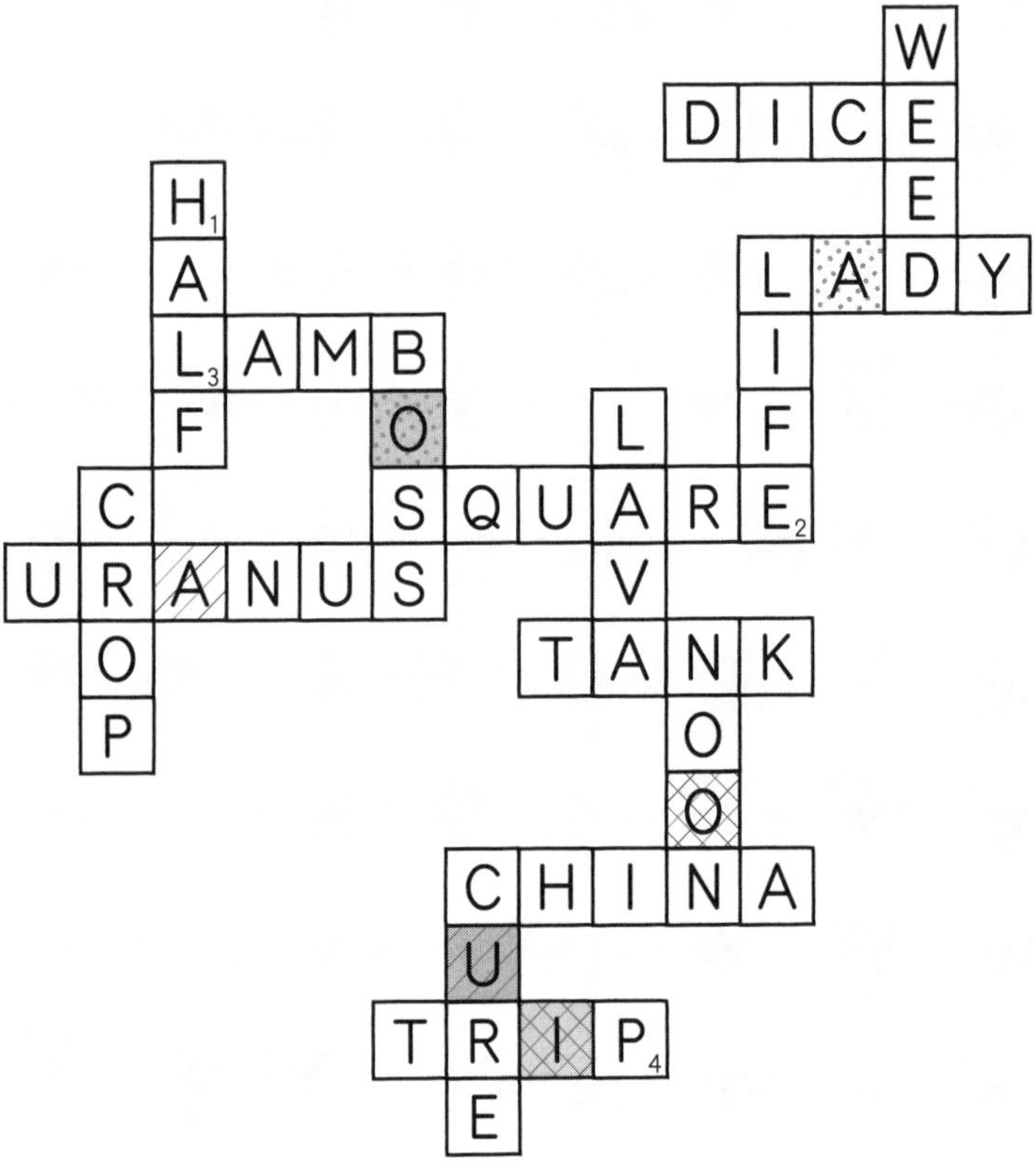

Hint 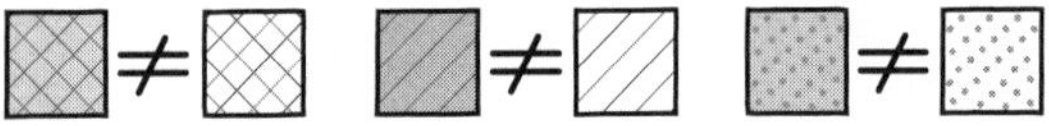

Answer HELP

り得ない状況だ。それ以外にも、深夜二時に動いている地下鉄、十八歳までの義務教育、靴を脱がない玄関、体調不良のときのステーキと炭酸水、飲酒できる年齢が二十一歳とくれば、彼女たちの住む場所がアメリカであることは疑いようがない。

先ほど千鶴が話していた通り、作られた状況や事実、すなわちナオミがアメリカに暮らして英語で手紙を書いているということを鑑みれば、葉書のスケルトンパズルも当然英語で解く方が正しいということになる。つまりナオミがこのスケルトンパズルに込めたメッセージは「ＨＥＬＰ」なのだ。

私が考えを整理していると、黙っていた千鶴がぽつりと口を開いた。

「私はフリーの記者をやってるお父さんの仕事の都合で、高校時代一時的にアメリカに留学していたんです。そこで、ナオミに出会った」

彼女はどこか懐かしげな表情で言葉を続けた。

「慣れない環境で友達もいなかった私に、ナオミは積極的に話しかけてくれました。日本人とアメリカ人のハーフでずっと向こうに暮らしていた彼女は、学校のことも生活のこともすごく丁寧に教えてくれた。それでだんだん仲良くなって、パズルで意気投合した……」

過ごした時間こそ決して長くないのかもしれないが、千鶴にとってナオミが大切な友人であることがはっきりと伝わってくる。

「私が帰国してから連絡はほとんど途絶えてしまいましたけど……でもこうやって、連絡をくれた。しかもとっても大事な連絡を」

そこまで言って少し口をつぐんだ千鶴に、私はゆっくりと語りかけた。

「答えが『ＨＥＬＰ』ということは、ナオミさんが同居する男性の隙を見て送ってきたこの葉書と日記は、千鶴さんに助けを求めるメッセージ、ということになりますよね」

「ええ、私もそう思います。だから実は、この日記を読んだ後すぐに警察には通報したんです」

「そうだったんですか」

私が忠告するまでもなく、千鶴はすでに警察に通報を終えていた。ナオミを取り巻く環境がそれほど予断を許さない状況であるということを私は改めて実感する。

「日記を書いている『俺』はナオミと同居する男だなんて生やさしいものじゃない……」

その瞳に怒りの炎を浮かべる千鶴の言わんとすることは、私にも理解できた。

「男の正体は……異常な思考を持った誘拐犯、ですよね」

「ええ、私もそう思ってます」

千鶴ははっきりとした口調でそう言った。ナオミのメッセージが「ＨＥＬＰ」であるという前提を持ってこの日記を読めば、ナオミが「俺」との生活を幸せに送っているわけでないことは明らかだ。「俺」はナオミにストーカーのようにつきまとい、ついに誘拐に至り、誘拐したナオミを監禁して自分の指示に従わせ、さも幸せな生活を送っているかのように勘違いしている、狂った誘拐犯。常軌を逸した彼が犯罪行為と自覚しているかはさておき、この日記に書かれているのは紛れもなくおぞましい犯罪の記録だ。

しかも最悪なことに「俺」は日記の最後で「彼女と俺の生活が永遠のものになるように、俺は覚悟を固める」と書いている。この手のサイコパスは、しばしば相手を殺し、その死体とともに生きることで「永遠」を手に入れるなどと言い出すことがある。ナオミが葉書や日記を送ったことで、疑心暗鬼に陥った「俺」が彼女に危害を加える可能性は決して低くない。日記を読み終えた瞬間私はナオミの命に迫る危機を止めるため行動すべきだと思ったが、すでに千鶴もその結論に至って通報を済ませているということなら、多少の安心はできる。

「通報の結果は……？」

千鶴の表情の暗さを見ただけで、決して雲行きが芳しくないことは伝わってきた。

「一応、現地の警察まで連絡が行って、捜査が開始されてるはずです。発見はまだですが」

「ひょっとして、千鶴さんが寝不足だったのは……」

「ええ、向こうは時差があるから……私に直接連絡をくれるのは日本の警察なんですけど、いつ来ても良いようにって思うとほとんど眠れなくて……この有様です」

彼女は先ほど貧血で倒れてコーヒーをこぼした件を思い出したのか、私に少し申し訳なさそうな表情を見せた。葉書のパズルこそ解けたが、肝心の事件は何も解決していない。不安を抱え続ける千鶴に一体どんな言葉をかけたらよいのか。正直なところ、ナオミがまだ無事なのかどうか確実なことは言えない。お互いが黙り込んで重苦しい雰囲気が流れていたそのとき、ふと甲高いピアノのメロディが沈黙を破った。それは、千鶴の携帯電話の着信音だった。

彼女はあわてて携帯電話を取り出すと、画面を見てはっとした。ナオミに関する連絡、恐らく現地から情報を入手した日本の警察からの連絡であろうことは、言われなくても分かる。彼女は私に軽く目配せをしながら、電話に出た。

「もしもし。はい、はい……え、本当ですか！　無事に……！　それは本当に……良かった……」

千鶴は電話に出た当初こそおびえていたが、会話が続くにつれ、次第にその声が元気になっていった。

「ありがとうございます……はい……お願いします……」

電話を切った彼女の目には大粒の涙が浮かんでいた。

「ひょっとして……？」

「ええ……ナオミは、生きていました……！」

千鶴の弾むような声を聴きながら、私はナオミの安否を疑っていた自分を恥じた。過去に人間の狂気をずっと見続けてきて、想像もつかないような原理で、想像もつかないような行動を平然とやってのける奴らのことを、私は身をもって知っている。だからどうしてもナオミが無事だと信じ切れずにいたのだが、どうやらその考えは悲観的に過ぎたのかもしれない。

「警察の捜査が間に合って、保護されたようです。痩せ細って憔悴しているが、命に別状はない、と」

「本当に良かった……日記の『俺』は？」

「無事逮捕されたとのことです」

「そうですか……」

彼女は心の底からうれしそうに警察からの報告を話してくれた。私はその横顔を見て、自分の考えが悲観的だったわけではないと思い直した。狂った誘拐犯に囚われたナオミが助かる可能性が低かったことは、客観的に見て間違いない。今回彼女が助かったのは、いわば奇跡だ。ナオミを助けたいという千鶴の強い気持ちと行動が、悲観的な状況をひっくり返した。自分のことをそこまで強く想って、行動してくれる人……親から捨てられて天涯孤独の私には縁遠いものだが、そんな奇跡がたしかにこの世に存在することは、否定できないものなのだろう。

ともかく、何の罪もない人間の命が奪われることなどあってはならない。悪逆非道な誘拐犯の男にしかるべき罰が与えられること、ナオミの無事が確認されたことは、私に深い安堵感を与えた。

「というわけで、私は警察署に行ってこようと思います」

千鶴は先ほどの電話で、現地とやりとりをしている都内の警察署に立ち寄るように言われていたらしい。私におおかたの説明を終えると、一刻も早く詳しい話を聞きに行って、ナオミの容体を確認したくてたまらない様子だった。

「私は気にせず早く行ってください。ここのお店の人も、説明すればきっと分かってくれるでしょう」

「本当にありがとうございます、探偵さん。このお礼は必ず……」

「私は何もしてませんよ。ナオミさんを助けたのは、あなたの頭脳と、行動力だ」

私の言葉に千鶴はほっとした様子でにっこりと微笑むと、一礼してカフェの調理場の方に歩き去っていった。少しすると私服に着替えた彼女が、急いでカフェを出ていくところが見えた。私のことなど一瞥もくれずに、足早にビルの正面玄関の方へと向かう彼女は、恐らく無事にカフェの従業員たちに説明を済ませて、警察署へと向かうところなのだろう。

千鶴のことを目で追いかけて正面玄関の方を見たそのとき、ふと、奇妙な一人の男の姿が視界に入った。黒いコートを着た長身のその男は、正面玄関のところでキョロキョロと辺りを見回すようにしている。普通の人間からしたら一般人に見えるのかもしれないが、私には分かる。あの黒いコートの男は只者ではない。恐らく、こちら側の、人を殺したことのある人間だ。あの男は一体……考えうる可能性としては……。

黒いコートの男のことで頭がいっぱいになっていたその瞬間、私の携帯の着信音が鳴り響いた。電話に出ると先ほどの受付嬢で、私の名前で約束があることの確認が取れたという。一時はどうなることかと思ったが、一安心だ。ひょっとすると、念には念を入れてメールを入れておいたのが功を奏したのかもしれない。

私は手早く会計を済ませると、カフェを出て受付の方へと向かった。その際に正面玄関の方に再び目を向けたが、あの怪しい黒いコートの男の姿は、もうどこにもなかった……。

社長令嬢と悩める少年

二〇一九年三月二十五日（月）　十二時

　私はビルの受付へと向かい、入館パスを受け取った。受付の脇から進んだところにあるゲートでパスをかざして通路を奥へと進むと、開けた空間のエレベーターホールへと出る。

　エレベーターホールには左右に三基ずつ、計六基のエレベーターが並んでいた。案内を読むに、半分は低層階用でもう半分は高層階用のようだ。説明書きの近くには、Ｌ棟とＲ棟のエレベーターはそれぞれ乗り場が異なるので間違えることのないようにとの注意文が、このビルには似つかわしくない安っぽい黄色の派手な文字で大きく書かれていた。つい一瞬不安になって、辺りを見回して自分が正しい棟に来ているか確認してしまう。普段はいい加減なくせに、こういうときについつい顔を出す自分の心配性な性格がつくづく嫌になった。

　大型エレベーターが六基もあるのは、ここに勤める人間の数が多いことの証なのだろうかなどと考えながら、私は高層階用のエレベーターの方へと足を進めた。昨日の依頼によれば、江津社長との約束は最上階の応接室だったはずだ。

　ほどなくしてエレベーターが到着し、私は中へと乗り込んだ。ホールには何人かの人がいたが、乗ったのは私一人だけ。ゆっくり静かに上昇を続けるエレベーターの中で一人、私は先ほど見かけた黒いコートの男のことを思い出していた。ビルのガラス越しに遠くから見ただけでも只者ではないと分かったあの男。奴がコレクターだと考えるのはあまりに想像力が豊か過ぎるのだろうか。ただ、何事も最悪のパターンを考えておくに越したことはない。もし奴がコレクターだとするならば、本人の懸念通り、次に狙われるのは江津誠司だという可能性が高い。

江津と会った際には、黒いコートの男のことも伝えておこうと決めたのとちょうど同じ頃、エレベーターが最上階に到着したことを告げるチャイムが鳴った。

扉が開いて目の前に広がったのは、およそ私には似つかわしくない豪華な景色だった。床は赤い絨毯張り。天井には豪勢な作りで煌々と光るシャンデリア。通路の脇には、一目見ただけでどれもしっかり管理が行き届いているのだろうと分かる、美しく整った観葉植物。一体いくらかけたらこの通路を作れるのだろうと考えずにはいられないほど立派なフロアが、そこにはあった。

私はまずエレベーターを出て、脇にある案内板から応接室を探した。どうやら通路をまっすぐ進んで突き当たりを左に進んだ先にあるようだ。応接室への道すがら、私は何も考えずに服装を選んでしまったことを後悔していた。豪華な様子から察するにこの最上階は、社長や役員専用のフロアなのだろう。最上階と聞いた時点である程度予想して服装を考えておくべきだった。長年着ているベージュのチノパンにくたびれた白のシャツ、手元には着古した黒いコートという私の出立ちは、どこからどう見てもこの空間に似つかわしくない。

応接室まで到着すると、扉は閉まっていた。ドアをノックしたが特に応答はない。鍵は開いているようだったので、私は中で待つことに決めて扉を開けた。応接室は、奥の壁一面が窓ガラスになっている開放感のある部屋だった。取引相手に素晴らしい景色を見せて、商談を成功させるというビジネステクニックでもあるのだろうか。窓の外に見える景色は、先ほどまで雨を降らせていた雲が残りつつも、景観に疎い私でも手放しで感動できるほどに美しく、富士山、東京タワー、皇居などをすべて見ることができた。

室内は窓以外も通路と同じく豪華な作りで、これまた一体いくらで買えるのだろうという革張りのソファセットが部屋の中央に置かれていた。礼儀的な話をすれば立って待っているべきなのだろうが、江津は人のことを脅して依頼を受けさせるような人間だ。そこまでの敬意を払う義理もないだろうと判断し、ソファに腰掛けて彼を待つことにした。

座ってから数十分。待てど暮らせど江津は現れなかった。経営者は忙しいのだとアピールしたいのではないかという無駄な勘ぐりすら始めた頃、ふと通路から怒鳴り声が聞こえた。

「そんなはずはないんだってば……！　もっとちゃんと聞いてよ……！」

声の主は若い男性のようだった。かなり甲高い声だったので、ひょっとしたらまだ声変わりが来ていない年齢かもしれない。

「聞いてるわよ！　ちゃんと聞いてる！　もういい加減にしなさいよね」

先ほどとは打って変わって、今度は女性の声。顔を見ずとも苛立ちで溢れているとはっきり分かる声色だった。大声で話しているので、盗み聞きしようと思わずとも二人の会話が耳に入ってくる。もっと話を聞いてほしいという男の子と、もうこれ以上話すことはないとする女との言い争いは、堂々巡りの様相を呈していた。

二人の会話に気を取られていたそのとき、背後の応接室のドアがバタンと開いた。驚いて振り返ると、そこに立っていたのは、一目見て高級品と分かる真っ赤なワンピースを着た小柄な女。大きな目に、すらっと通った鼻筋。小さい顔の中にパーツが整然と並び、均整の取れた顔立ちをしたとても綺麗な女性だった。

「え？　ちょっと何あんた。ここは勝手に入っていいところじゃないんだけど？」

女は高飛車な口調で言い放った。その声はどうやら、先ほどまで通路の方から聞こえてきていた、あの怒鳴り声と同じようだった。

「あ、いえ、勝手にと言いますか……」

「何よ？　はっきりして。さっさとしないと警備員呼ぶわよ」

女はカリカリとまくし立てるように言った。まだ状況が飲み込めていなかったが、警備員を呼ばれようものなら、私の左目の義眼や首筋に残っている桜の刺青に注目が集まり、面倒なことになるのは目に見えている。嘘偽りなく今の状況を説明して、不審者ではないと信じてもらうべきだろう。

自分が探偵であること、江津からの依頼を受けてここにいることを説明していると、女の顔から徐々に警戒の色が薄れていくのが分かった。一方で私をいまだどうにも胡散臭いと思っていることも、同時にしっかりと伝わってくる。話を終えると、女は大きなため息をついた。

「はぁ……パパもまた不思議なことを……」

「パパ、って……」

「そう。私はあの人の娘の紅羽《くれは》。この会社の副社長です」

紅羽は私でも知っている超高級ブランドの鞄の中をまさぐり、これまた同じブランドの名刺入れを取り出すと、派手なジェルネイルで彩られた指を器用に動かして名刺を一枚取り出し、テーブルの上に投げ捨てるようにして私に見せた。

江津紅羽。江津誠司の娘にして株式会社ＶＩＮＥの副社長。といえば聞こえはいいが、副社長とは名ばかりで、事実上彼女は会社の経営に参画などしていない。紅羽は江津社長が頭を抱えるほどの浪費家で、父の財産と会社での役員待遇をいいことに好き勝手豪遊三昧。昨日ネット検索しただけでこの情報が手に入るほどに、彼女がいわば「馬鹿娘」であることは世間にも知れ渡っていた。

「紅羽さんは……お父さまから何も聞いていないんですね」

「知らないわよ。こんな男が来るだなんて聞いてもない」

値踏みするように私の全身をジロジロと眺め回していた紅羽が、突然顔をしかめた。どうやら、義眼に気づいたようだった。

「ねえ、あなたその左目……」

「ええ、義眼です」

紅羽は危険なものでも見るような目でこちらを見ていた。慣れたことではあるが、決して気分の良いものではない。私がそんなことを思っていると、ふと何かに気づいたのか、彼女の顔が急に焦ったような表情に変わる。

「ちょ、ちょっと待ってよ……コレクターって、左目をえぐり取るっていうあの殺人鬼でしょう?」

「ええ、そうですよ」

「じゃ、じゃあ……あんたがコレクターなんじゃないの⁉」

彼女は唐突にヒステリックな声で叫びはじめた。

「自分が左目を失ったから、他人の目を集めて楽しんでいる……みたいな……! 絶対そうに違いない! パパは騙せても、私は騙されないわよ‼」

「い、いや落ち着いて。ちょっと待ってください……」

紅羽は明らかに冷静さを失っていた。見当違いも甚だしいところだが、丁寧に説明して何とか誤解を解くしかない。まずは落ち着かせるところから始めようとしていると、応接室の入口に立つ彼女の背後から、思わぬ声が聞こえてきた。

「ねえ、紅羽先生。ちょっと落ち着こうよ」

それは、先ほど通路から聞こえてきたあの少年の声だった。少年は紅羽を諌めながら、彼女の横を通って応接室へと入ってくる。痩せ型で、グレーのパーカーにジーンズというラフな装いの男の子。恐らく十代前半だが、その落ち着き払った様子はとても大人びていた。

「弘也《ひろや》くん、大人の話に口出さないで」

「紅羽先生がその探偵さんにとってる態度の方がよっぽど子供っぽいと思うけど」

「な、ちょっとあんたね……」

私は堪え切れずについ少し吹き出してしまった。紅羽はめざとくそれに気づいてこちらをきつく睨んだが、その顔から先ほどまでのヒステリックさは消えていた。弘也と呼ばれるこの少年のおかげで、彼女も少し落ち着いたようだ。

「ねえ探偵さん、その左目はどうしてそうなったの？」

少年は何でもない様子で私に問いかけた。大人だと聞きづらいことをストレートに聞けるというのは、子供の特権なのかもしれない。ここで嘘をついて適当にごまかしたところで、何の意味もない。二人の疑いを払拭するためにも、事実をなるべく丁寧に伝えようと努めた。

「今でこそ足を洗いましたが……私は昔、ヤクザでした」

「はあ？　元ヤクザ？　ふざけんじゃないわよ、そんな奴さっさとこのビルから……！」

「だから、落ち着いてって紅羽先生。最後まで聞こうよ」

少年は紅羽を諭すような優しい口調で言った。納得いかなそうな彼女を横目で眺めつつ、話を続ける。

「この目は当時、組同士の抗争のときにやられたものです。コレクターとは一切関係ありません」

「教えてくれてありがとうございます。僕は信じて良いと思うけど……」

「はあ？　ふざけんじゃないわよ。元ヤクザなんて信用できるわけないでしょ！」

いまだに苛立たしそうに言い放った彼女は、頭から首元、両手に至るまで私の全身を何の遠慮もなくジロジロと見つめている。桜の刺青やら何やら、私の体に残るヤクザの証はおおかた気づかれているのだろう。

「とにかく。私は信じないわよ、探偵だなんて。それにそもそもおかしいじゃない」

「おかしい?」

「そうよ、コレクターが狙うのは悪人でしょ? パパが狙われるはずがない」

私は内心あきれ果てていたが、それを悟られないように注意することに努めた。この「馬鹿娘」は、父親が手を染めてきた数々の悪行のことなど露ほども知らないのだろう。何も考えずに見たいものだけを見ている、典型的な思考停止のお嬢様だ。

「パパには私から言っておくから。とっとと帰ってくれる?」

「いや、そういうわけには……」

彼女は頑として信じようとしなかったが、このままのこのこと退散するわけにはいかない。お互いが無言のまま睨み合い、応接室内は微妙な緊張感で満たされていた。二人ともが次に何と言うか探り合うその空間の均衡を壊したのは、またしても彼だった。

「ねえ探偵さん……僕、探偵さんに頼みたいことがある」

「ちょっと! 何言い出すのよ、弘也くん」

「探偵さんに、僕のお母さんの秘密を暴いてほしいんだ!」

少年は私の目を見つめ、真剣な表情で言った。なかなかの急展開だが、このまま紅羽と睨み合っていても仕方がないこともまた事実だ。私は詳しい話を聞いてみることに決めて、少年に向き直った。

「ちょっと待って……順を追って話しましょう。まず、君のことを教えてくれませんか」

「僕は天音《あまね》弘也。中学二年生で、紅羽先生が家庭教師をしてくれています」

「なるほど。紅羽さんと弘也くんはどうやって知り合ったんですか？」

私は紅羽の方をチラリと見たが、自分の思い通りにならなかったことが納得いかないのか、不機嫌そうにむすりと押し黙ったままで何も喋る気配がない。彼女のことは一度忘れて、まずは弘也から話を聞くしかなさそうだ。

「僕のお母さんは銀行員なんだけど、紅羽先生のお父さんと仲が良くて……その縁で、紅羽先生が僕の家庭教師として来てくれました。ですよね？　紅羽先生」

こちらに話を振るなとばかりに一度は顔をしかめたが、さすがの彼女も弘也の言葉を無視するわけにはいかないと思ったのだろう。嫌々答えているオーラを全身から漂わせて口を開いた。

「そう。弘也くんのお母さんの千尋《ちひろ》さんはこの会社のメインバンクの担当者で、新宿南口にある支店に勤めている銀行員。優秀だからパパは千尋さんのことを気に入ってて、良い顔したかったんでしょうね。千尋さんが息子の家庭教師を探してると知ったパパが『うちの紅羽は教え上手なんです！』なんて言い出したおかげで、私はボランティアの家庭教師に大変身ってわけ」

彼女は弘也の視界に入っていないことを横目で確認しつつ、鬱陶しげな表情を私に見せた。冷静に考えると、メインバンクの担当者である千尋は江津誠司にとって大事な取引相手のはずだ。その息子の家庭教師に推薦するということは、紅羽の教える能力は父親の言う通り、本当にハイレベルな可能性が高い。今相対している姿からはとても信じられないことだが、世間では馬鹿娘と呼ばれている彼女にも優秀な一面があるということなのだろうか。

私は驚くと同時に、よく知ろうともせずに高飛車な態度だけを見て、評判通り「馬鹿娘」のお嬢様だと枠にはめて彼女を捉えていた自分を少し恥じていた。態度が良くないのも全身をブランド物で包んでいるのも事実だが、その本質が何も考えない馬鹿な人間であるとは限らない。

「紅羽先生は、僕が良い高校に行く手助けをしてくれてるんです。今まで女手一つで育ててきてくれたお母さんへの恩返しのためにも、少しでも良い高校に行きたくて……」

弘也は紅羽の様子を伺いながら話していた。彼がきちんと「紅羽先生」と呼んで懐いているのもまた、彼女の家庭教師としての資質を物語っている。その態度からは想像し難いが、彼女は案外心根の優しい人間なのかもしれない。とはいえ、今そんな考察を口に出しても彼女が喜ぶべくもない。まずは弘也の話の続きを聞くことに専念した。

「それで弘也くん。お母さんの秘密……っていうのは?」

彼が喋ろうとした瞬間、紅羽がうんざりだとばかりに口を挟む。

「ねえ、もうやめときなさい弘也くん。あんたも、その子の言うことなんて気にしないで」

「どうしてそんなこと言うんですか、紅羽先生!」

「何回も言ったじゃない。もう結論は出てる。あの手紙はお父さんからの手紙だよ」

「でも、だって……お父さんは死んだって……」

弘也は悔しそうな表情でつぶやいた。彼は本気で悩んでいる。ふと、私の頭の中にこれはチャンスかもしれないという考えがよぎる。

「ちょっとまだ全容はつかめていませんが……こんなのはいかがでしょうか」

「何よ？」

「私は探偵として弘也くんの悩みを聞き、それを解決する」

「本当？　探偵さん！」

ぱっと輝く弘也の顔を見て、私は少しバツの悪い思いがした。彼の役に立ちたい気持ちは当然ある。しかし、すでにコレクター事件という面倒な案件を抱える中で彼の悩みを聞いたのには、もう少し現実的な理由があった。

「そんなにありがたがらなくても。これは私のためでもあるんです。きちんと解決できれば、私が探偵だということも信じてもらえるでしょうからね」

ちらりと紅羽の方を見ると、我々のやりとりにあきれ果てたとばかりに大きなため息をついていた。

「はあ……もう勝手にして。ただ、私はインチキヤクザ探偵の適当な推理に納得なんてしないから」

それだけ言うと彼女は、私の向かいのソファにどっかりと座り込んで押し黙った。落ち着いて話を聞くため弘也にも腰を下ろすように勧めると、彼は紅羽の隣に座った。

「では、詳しいお話を聞かせてもらえますか？」

弘也は私の問いかけにポツポツと話しはじめた。今は千尋と母一人子一人の二人暮らし。父親は自分が生まれる前に交通事故で死んだと聞かされて育ってきた。金銭的に余裕があるわけではないが、母に愛されて幸せな生活。そんな日常に揺らぎが生じたきっかけは、千尋の行動と、ある手紙だった。

「手紙……ですか」

この時代に手紙とは、たしかに若干奇妙だ。私は弘也の言葉に注意深く耳を傾ける。

「そもそも最近、お母さんの行動が怪しかったんです。夜遅くに急に外出したり、普段より派手に化粧をしたり」

「言いにくいですが……それは一般的には、良い再婚相手でも見つけた、ということでは?」

「僕もそう思いました。それで相手が気になって……悪いとは思いつつ、昨日お母さんの部屋に入ったんです」

やはり、子供のまっすぐなパワーと行動力は侮れない。

「お母さんは昔から、大切なものを机の引き出しの下の隙間に隠す癖がありました」

「弘也くんはそこを覗いた、と」

「ええ。そうしたら、何通かの手紙が出てきたんです」

「一体どんな内容だったんですか?」

「ほら、これよ」

弘也の答えを待っていた私の耳に、突然紅羽の声が響く。どうやら彼女は弘也から手紙を預かっていたようだ。机に便箋を並べながら彼女は続ける。

「相手を『パパ』って呼んでて、どう見ても夫婦の手紙よ」

七枚の便箋は、紅羽の手によって几帳面に月から日まで曜日順で机の上に並べられた。日曜の手紙にある「明日三月二十五日」という記述を見るに、手紙は最近届いたばかりのようだ。

パッと見ただけでも、弘也にゲームをプレゼントしたいという内容や、三人で幸せになりたいという内容が書かれているのが読み取れる。そして紅羽の言う通り、たしかに手紙の中でお互いは「パパ」「ママ」と呼び合っている。

「手紙の相手は弘也くんのお父さん。元ヤクザのインチキ探偵でもそれくらい分かるでしょ？」

「まあ、きちんと読まないと何とも言えないですが、たしかにパッと見た感じそう見えますね」

「そんな……そんなこと信じられない！　この人は偽物ですよ！」

「つまり君は、これがお父さんからの手紙ではないと思っている、と」

「ええ。お父さんは死んだんです。僕は、そう言ったお母さんの言葉を信じてます」

弘也はまっすぐな目でこちらを見つめていた。その目には一点の曇りもない。

「直接話してはないんですか？」

「お母さんは手紙を隠してました。聞いても手紙について詳しく話してくれるとは思えません」

「たしかに。でも、それでも弘也くんはお母さんの言葉を信じているんだね」

「はい。お父さんが死んだというのが嘘だとは思えません」

私たちのやりとりに痺れを切らしたかのように、紅羽が口を挟む。

「あのね弘也くん、現実的に考えて。親御さんの間には何かしら事情があって、お母さんは弘也くんにはお父さんが亡くなったと嘘をつかざるを得なかった。そうやって暮らしてきたけど二人は今回何かの理由で連絡を取り合いはじめた。これが真実よ」

紅羽の言うことはたしかにもっともらしい。ただ、どうにも話が曖昧なことも事実だ。

「何かしらとか、何の理由とか、そんなんじゃ僕は納得できない」

弘也の顔は真剣そのものだった。

「それに、他にも気になることがあって……その便箋の裏を見てみてください」

弘也の言葉に従って机の上の便箋を裏返すと、そこには何やら暗号のようなものが書かれていた。七枚の便箋それぞれに内容が違って七種類。これは一体何なのだろうか。

「手紙を読めば分かるんですが、お母さんと差出人はちょうど今日、何かの作戦を計画しているみたいなんです。暗号を解けば、お母さんが隠している秘密を知ることができるかもしれない。でも、僕には解けなくて……」

「私に解いてほしい、というわけですね」

弘也はこちらをしっかりと見つめて頷いた。机の上に並んでいる便箋は七つ。それぞれの右上には、暗号とは明らかに別とみられる筆跡の赤文字で曜日が書かれている。表面の手紙の内容を元に、送られてきた曜日を紅羽か弘也がメモしておいたのだろう(次ページ参照)。

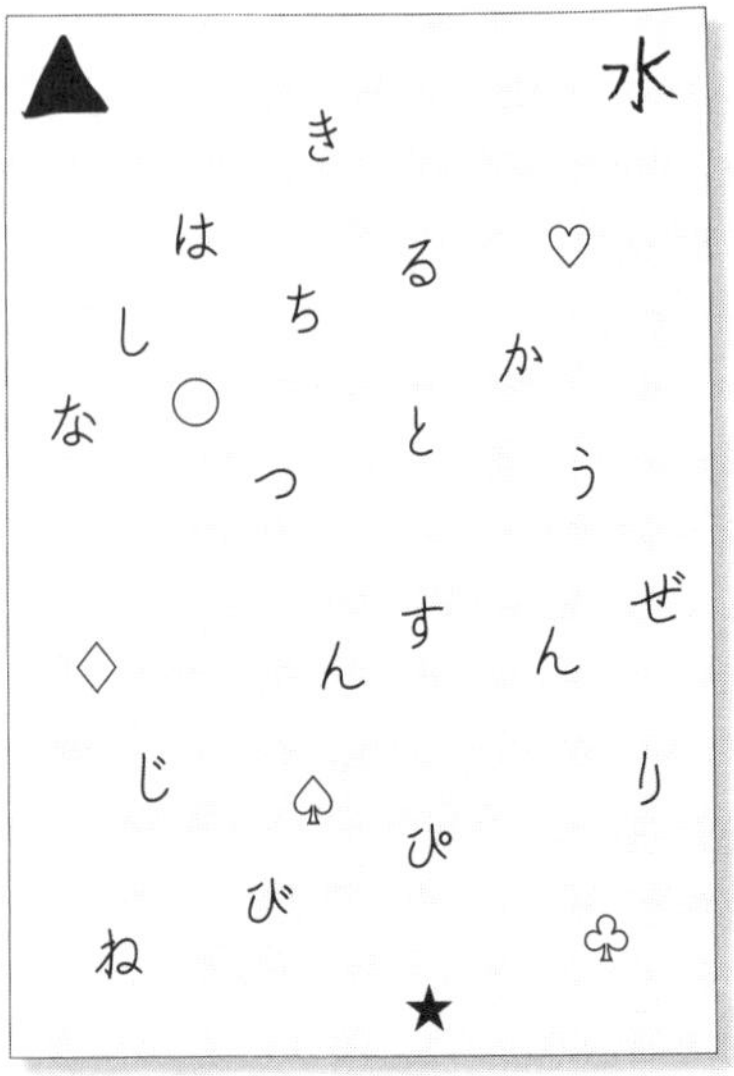
水
き
は る
し ち
か
な と
つ う
ぜ
す
ん ん
じ り
ぴ
び
ね

木
星の上を見ろ

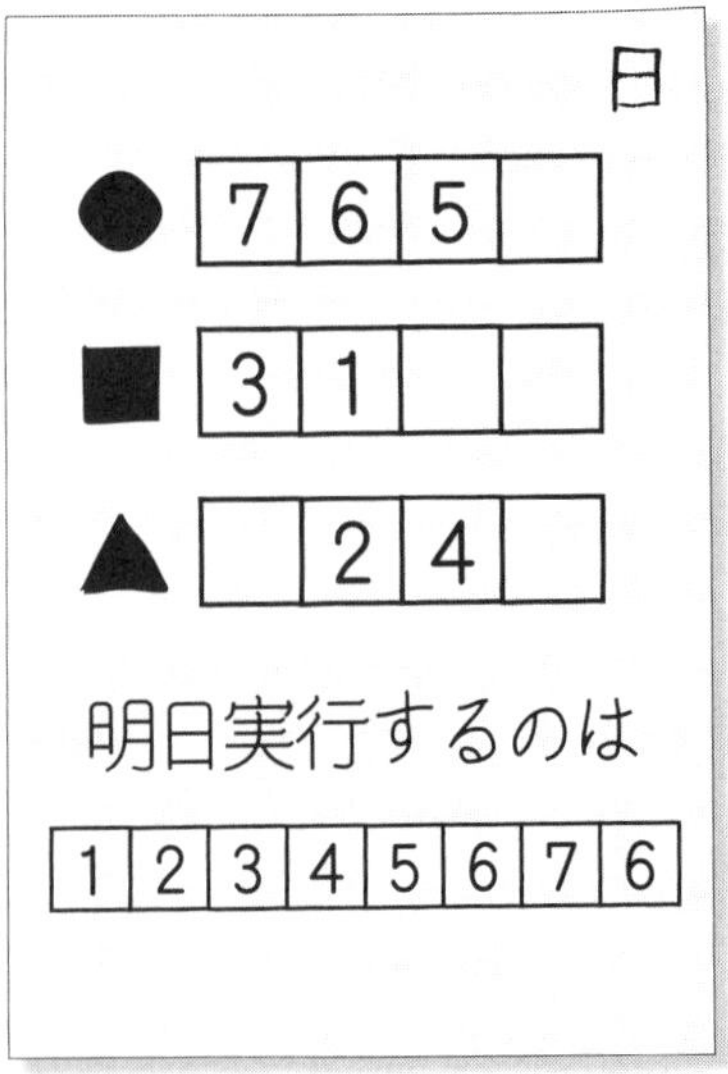
日
7 6 5
3 1
2 4
明日実行するのは
1 2 3 4 5 6 7 6

月

改札
熟語
号令
休暇
均等
落石
海鳥
星空
隕石
領事

火

しりとりしたときの
最後を見ろ

土

花鳥風月の
真ん中を見ろ

暗号を解いていると、正面に座っている紅羽が口を開いた。

「その暗号なら私がさっき解いたわよ。インチキ探偵の手なんか借りずともね」

「紅羽先生……」

「出てきた答えを見ても、差出人が弘也くんの父親なのは明らかよ。そうよね？　探偵さん？」

たしかに彼女の言う通り、差出人が弘也の父親であると示唆する答えをこの暗号から導き出すことはできる。ただ、どうも若干腑に落ちない。私は少し考えを巡らせて、ある可能性に思い当たった。

「いや、うん、そうかもしれません。ただ、私にはまだ結論は出せません。この手紙を読み終えるまでは……」

自らの意見が否定されて紅羽が少し苛立ったような表情を見せたのと対照的に、弘也の顔には希望の光がともった。正直、紅羽と弘也のどちらが正しいのか、今の私にはまだ分からない。先ほど口にした通り、手紙を読んでみないと判断がつかないのだ。

テーブルの上に並んだ便箋を端から順に手に取って重ね、手元に引き寄せた私は、二人に少し時間をもらいたい旨を伝えて手紙を読みはじめた。手紙の内容が、真実につながると信じて……。

手紙

天音千尋さま

今日は月曜日。休日が終わって仕事が始まる嫌な曜日。君からお手紙をもらえてとてもうれしいです。僕から君に手紙を送るのはこれが初めてですね。

近頃普通に生活をしていたら、手紙を送る機会なんてめったにありません。でも僕は案外、手紙というものが好きだったりします。最近はやれハッキングだの、やれ盗聴だの、全く気の抜けない世の中です。そんな中で手紙は、誰にも盗み見られずに相手にだけ送ることができる。だから僕は、こうやって大事な連絡をするときは手紙にしようと最近決めているんです。君には用心深すぎると言われてしまうかもしれないけれど、転ばぬ先の杖、とも言うからね。

君が「あなたの頼みを聞きます」と言ってくれたこと、僕は今とてもうれしい気持ちでいっぱいです。僕の頼みを聞いてくれて本当にありがとう。これは僕にとっても、君にとっても、息子の弘也にとってもいい話だと思っています。もちろん、頼みを聞いてくれたお礼はきちんとします。一緒に作戦を成功させよう。よろしく頼む。

僕の作戦の詳細についてを今すぐ説明したいところなんだが……弘也や他の人にもし万が一にもこの手紙を見られてしまうとまずい。僕が考えている作戦の内容は、暗号で伝えることにします。

これから僕は、この手紙を含めて全部で七通の手紙を送ります。その手紙の裏に、毎回暗号を書くことにしておく。暗号の読み解き方は簡単。送られてきた順に暗号を並べて、解読するだけです。パズルが得意な君なら、きっと解けるはずだ。

注意してほしいことが一つだけあります。誰かに手紙を盗み見られても解読できないように、暗号は二枚に分割して毎回送ることにします。つまり、今日の手紙で送るのは「一つ目の暗号の半分」です。もうお分かりの通り、次の手紙で「一つ目の暗号のもう半分」を送ります。最初の手紙と二番目の手紙で一つ目の暗号、三番目の手紙と四番目の手紙で二つ目の暗号……という形で、三つの暗号、計六通。その六通の後に送る「最後の暗号」を書いた手紙を入れると合計七通。三つの暗号がきちんと解けていれば、最後の暗号を解いて、僕が考えている作戦の内容を把握できるはずです。

説明が長くなってしまってごめんなさい。僕と君の作戦はあくまでこっそりと実行したいと思っています。君も弘也に知られたくないと思うからね。これは一つ提案なのだけれど、君のことを「ママ」と呼んでもいいかな。僕のことは「パパ」と呼んでほしい。こうやって砕けた口調で、まるで今もラブラブな夫婦みたいに手紙を送り合う。もし弘也がこの手紙を目にしたとき、その方が自然に見えるんじゃないかな。弘也が違和感を感じずに読んでくれたらうれしいな。こんな僕のわがままを、君は聞いてくれるかな。いや、ママは聞いてくれるかな。君にとって僕がどんな存在なのかは分からないけど、受け入れてくれたらうれしいです。

ではまた次の手紙で。今回は、ひらがなにすると四文字の単語を漢字で十個書いてあります。先ほど書いた通りこれだけでは何もできません。今はとりあえず、軽く目だけ通しておいてください。

ママへ

今日は火曜日。僕はこのちょっと存在感の薄い曜日が好きなんだ。いい返事をありがとう。「こっちの準備は順調よ。パパの指示に従うわ」と書いてくれていたね。ママが協力的で本当にうれしいよ。一緒に作戦を成功させよう。

最近、ママと初めて出会ったときのことを思い出すよ。ママと初めて出会ったのは、スーパーの出口だったね。スーパーを出ていくママを僕が追いかけて、「ねえちょっと」って声をかけたのが、僕とママの出会いだった。スーパーの店内でママを初めて見て、僕はこれは声をかけなくちゃ！って思ったんだ……僕とママとの関係がまさかこんな感じに発展するとは思わなかったけどね。僕に声をかけられてびっくりしているママの顔は今でも忘れられないよ。あのときから僕とママとの交流が始まった。ママは恥ずかしがり屋さんだから、僕との出会いは他人にはあまり知られたくないんだよね。きっと弘也も知らないんだろうなあ。こっそり弘也に、スーパーでママを初めて見た瞬間のことを教えちゃおうかなあ。冗談だよ。安心して。僕とママの思い出として取っておくからさ。

そういえば話題が変わるけど、今日はママの家の裏の川辺を通ったんだ。梅の花びらが落ちて一面ピンクに染まった道を自転車で通ったんだけど、川から春の香りのする涼しい風が吹き込んできてとっても気持ち良かったよ。自然がすぐそばにあるってとても心が豊かになるね。ママや弘也はこんな良い環境で毎日暮らしているんだなと思うと少しうらやましかったよ。

そうそう、明日は作戦の実行場所、僕とママが会う予定の場所に下見に行ってくるよ。下見は重要だ。ちゃんと様子を見てママにも報告するね。今回も暗号をつけてあるから目を通しておいてくれ。前回の手紙と組み合わせたら、また一つ言葉が出てくるはずだよ。引き続きよろしく。

ママへ

今日は水曜日。平日の真ん中だ。昨日の手紙にも書いた通り、今日は作戦の実行場所の下見に行ってきたよ。実現にはなかなかハードルが高いけれど、僕たちの作戦を成功させるにはやっぱりこの場所がいいと思う。

下見に行ってちょっと心配だったのは、近くにアヒルがいたこと。せっかくここまで僕とママが頑張って準備してきた作戦が、アヒルに邪魔されたらたまったもんじゃない。何とかアヒルに近づかれないで最後まで終わらせる方法を考えないといけないね。

そうそう、作戦を決行する日も決まったよ。決行するのは来週の月曜日。僕から最後の七通目の手紙を送るのが今週の日曜日になると思うから、その翌日ってことだ。

こんなことを聞くのは野暮かもしれないけれど、ママの気持ちをもう一度確認しておきたい。作戦を実行する気持ちは揺らいでないよね？　僕も、ママと弘也も、みんなが幸せになれるこの大作戦、何としても成功させたいと僕は思ってるんだ。

もちろん、今回も裏面には暗号を書いてある。今回はひらがなと記号だけが書かれた不思議な表だ。今まで通りこれだけでは読み解けなくて、次の手紙の暗号と組み合わせる必要があるから注意してね。

ママへ

今日は木曜日。休日が見えてくる曜日だね。僕の提案を快く受け入れてくれてありがとう。ママのその臨機応変なところは、僕が素敵だと思っているところの一つだよ。そうそう、自分から言っておいてなんだけど、「パパ」と呼ばれるのも「ママ」と呼ぶのもやっぱりまだ気恥ずかしいね。徐々に慣れていくとは思うけど、こんなに仲のいい喋り方をしたことなんてなかったからね。

それはさておき、息子の弘也は元気かな？　僕は弘也の顔をちゃんと見ておきたいと思ってる。ママがこの十年以上大切に育ててきた弘也。僕の作戦にママが協力してくれるのも、弘也のためだものね。僕はママと弘也を幸せにすることを約束するよ。僕とママが協力して作戦を成功させれば、弘也も、もちろんママも絶対に幸せになれる。

明日は弘也の様子を見に行ってみようと思うんだ。あ、心配しなくていい。もちろん弘也に声をかけたりはしない。ママが僕と弘也を会わせたくないことは十分分かっているんだ。それでも、しっかりこの目で見ておきたくてね。遠くから見守るだけだから、どうか許してほしい。弘也のことを僕はずっと見ているし、案じているよ。もちろんママのこともね。

今回も手紙の裏側には暗号を書いておいた。前回の暗号と組み合わせればある言葉が出てくるはずだ。解けたらきちんとその言葉をメモしておいてくれよ。

ママへ

今日は金曜日。今日頑張ればもう休日だ。昨日の手紙に書いた通り、弘也の様子を見に行ってきたよ。ママが「弘也にパパのことは絶対にバレないようにしてほしい」と書いていたから、もちろんこっそり様子を見に行っただけだ。きっと弘也は僕のことには気づいていないはずだよ。

学校帰りの弘也は、ママたちが今住んでいる家の裏の川辺の、満開に綺麗に咲いた梅の花の下で、友達と楽しそうに話していたよ。多分、学年末の試験を終えたところだったのかな？　友達と英語がどうとか、平均点がどうとか喋っていたよ。弘也の様子を見て、僕はママがどれだけ頑張って今まで彼を教育してきたのかを強く感じた。弘也はいいお母さんに恵まれたね。

ただそういえば、弘也が友達との会話の中で、一人だけゲーム機を持っていない様子だったのは気になったよ。弘也はそんなこと何でもないように楽しそうにしていたし、持ってないからって友達から仲間外れにされている様子もなかった。でも何となく僕には、弘也が寂しそうに見えたんだ。もし良かったら僕からプレゼントするっていうのはどうかな。ママは嫌がると思うけど。

まあプレゼントはさておき、作戦が失敗しなければ、弘也が悲しんだり不自由したりすることはないはずだ。ママにはいろいろとお願いして申し訳ないけど、引き続き作戦の準備を頼むよ。

もちろんこの手紙にも暗号をつけてある。今回はひらがなにすると四文字の単語を十個、イラストで描いてみた。僕の下手な絵が伝わらなかったら申し訳ないけど、何とか頑張ってくれ。前回と同じく次の手紙と組み合わせないと読み解けないから、気をつけてね。

ママへ

今日は土曜日。休みの日ってのはやっぱりいいものだね。前向きな返事をありがとう。ママの協力がなければここまで来られなかったよ。ついに作戦の決行は明後日。僕は正直、一体どうなってしまうのかとドキドキしているけど、ママはどうかな。

そういえばママはこの前の手紙に「パパの手紙の隠語が分からない」と書いていたね。たしかにそうかもしれないなあ。もし弘也に見られたらどうしよう、もし他の人に見られたらどうしようと思うと、ついつい遠回しな表現にしてしまうんだ。まあでも、別に僕だけの特殊な隠語を使っているわけじゃない。今はインターネットの時代だ。検索したら出てくるはずだから、何とか許してほしい。きっとママも調べて何とか理解してくれていたんだよね。手間をかけてごめんね。

明日最後の手紙を送る。待ち合わせの場所や時間もそこに書いておくから、明後日はそこで待ち合わせしよう。この手紙の裏にある暗号は今まで通り、前の手紙と組み合わせれば読み解けるはずだ。明日に向けてそちらもよろしく頼む。

ママへ

今日は日曜日。休みの日が平日よりも早く進むのは絶対に気のせいじゃない気がする。これが僕からママへの最後の手紙だ。作戦の決行は明日。ここまできたらもうやれることをやるしかない。僕とママとで協力して成功させよう。弘也もきっと喜ぶ。僕も、ママも、弘也も、三人が幸せになれる未来を願って明日を迎えよう。

僕の作戦のすべては、この手紙の裏面に書いた暗号を読み解けば分かる。今までの暗号を読み解いて出てきた三つの言葉を使って、この暗号を解いてくれ。では明日三月二十五日の二十時、新宿駅南口の、デパートと銀行の間辺りで待ち合わせしよう。来てくれるのを待ってるよ。

私は少々時間をかけて、手紙の内容をすべて読み終えた。今となっては、弘也と紅羽のどちらが正しいかは明らかだ。むしろ今悩んでいるのは、この真実を弘也に伝えるべきかどうか、だった。

「弘也くん、この手紙のことは忘れた方がいいかもしれません」

「え？　どうしてですか？　一体何が書いてあったんですか？」

突然の私の言葉に、弘也が戸惑うのも無理はない。しかし、私は本心からこの手紙について忘れた方がいいと思っていた。この手紙に隠された驚くべき真実を伝えるには、彼はまだ幼過ぎるのだ……。

依頼人――天音弘也《あまねひろや》
事件のポイント一――手紙の暗号の答えは？
事件のポイント二――「この手紙のことは忘れよう」と弘也に告げた理由は？

※真実への手がかりは次ページへ。
（重大な手がかりなのでどうしても分からないときに見ること）

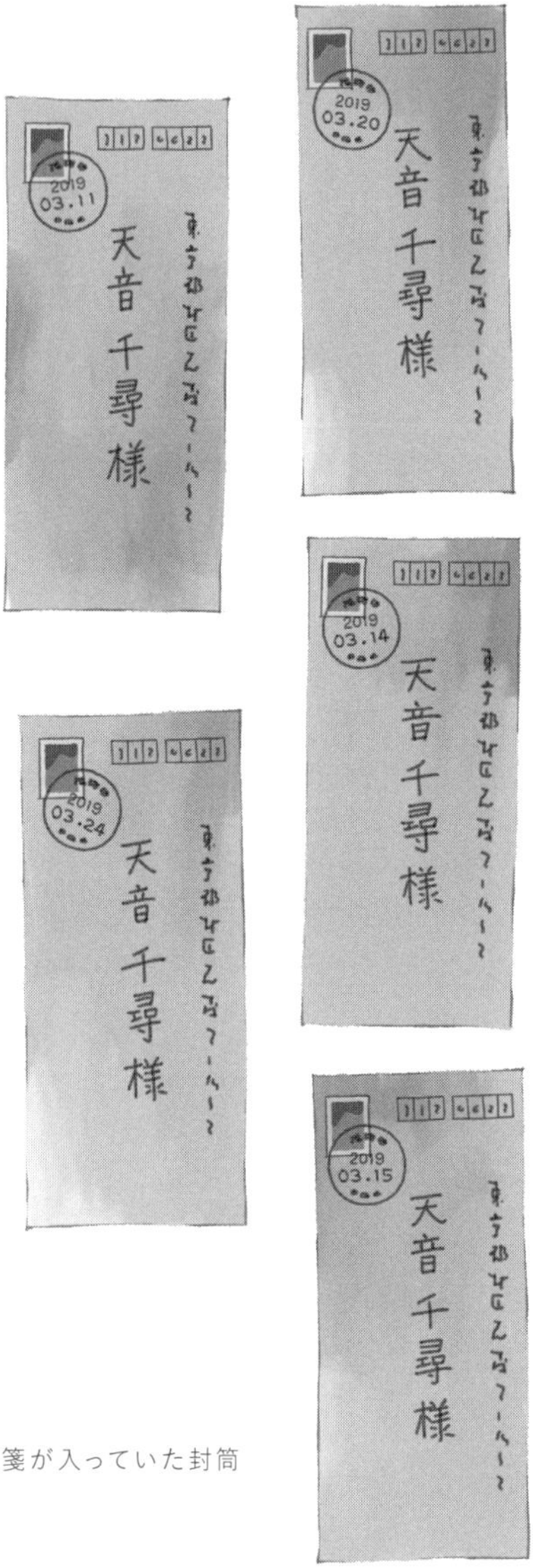

七通の便箋が入っていた封筒

※ここから先は解決編になりますのでご注意ください。

二〇一九年三月二十五日（月）　十三時

手紙の真実、すなわち千尋が隠そうとした秘密を弘也に伝えるべきなのかどうか。思考の袋小路に迷い込んだ私が七枚の便箋を手にしたまま黙り込んでいると、痺れを切らしたかのように、彼が声を上げた。

「ねえ、探偵さん、どうして忘れろだなんて言うんですか」

「弘也くん、真実を知ったところで君に良いことはない。だから、忘れた方がいいと私は思います」

弘也は私の目をまっすぐに見据え、小さな拳をぎゅっと握り締める。

「どうしてみんな、そうやって分かったように言うの？」

彼は一言一言をゆっくり噛み締めるように続ける。

「良いか悪いかは僕が決める。僕はただ知りたいんだ。本当のことが。たとえそれが、どんなことでも」

泣いたら負けだとでも言わんばかりに必死に涙をこらえる彼の瞳は、光を反射してきらきらと輝いていた。

「ちょっと、二人で勝手に話を進めないでよね」

私たちのやりとりを何も言わずに眺めていた紅羽が唐突に声を上げた。

「真実だのなんだの言ってるけどさ……私の中では結論が出てるのよ」

彼女は私から便箋をひったくると、応接セットのデスクに並べた。

「こうやって並べて暗号を解くと…『むすことさいかい』って答えが出てくる。そうよね？」

「ええ、こうやって曜日順に並べて解くと、たしかにその答えになります」（次々ページ参照）

「じゃあもう分かり切ってるじゃない。この手紙は弘也くんに会いたかったお父さんから。それが真実よ」

異議を唱えようとする私を目で制し、紅羽は少し大仰な言い方で話を続けた。

「ただもし……もしも、探偵様がそうじゃないと言うなら、ぜひ聞かせてもらおうじゃないの。まあ、インチキ探偵に納得がいく説明ができるとは到底思えないけど？」

明るくふざけた口調は恐らく意識的なものだろう。私と弘也の間に張り詰める緊張感を察し、場を和ませるとともに、私に真実を話させる流れを作った。彼女なりに、弘也に味方しようとしての行動なのかもしれない。

私の反応をどこまで織り込み済みかは不明だが、彼女がもし世間で言うようなただの馬鹿娘ならこんな気遣いはできない。行動や言動に問題こそあれ、頭の悪い人間でも心根の腐った人間でもないことを改めて感じる。真実を伝えるべきか迷う心は変わらなかったが、弘也の強い決意と紅羽の心配りをむげにすることはできなかった。

「ふう……分かりました。では、ご説明しましょう。ただその前に、一つ確認したいことがあります」

「何ですか……？」

「この最後の手紙が来たのは昨日で間違いないでしょうか」

「はい、間違いありません」

「分かりました。では、ちょっと一件メールを打たせてください」

不安げにこちらを見つめる二人を尻目に、私は携帯電話を取り出した。電話帳のあ行を開き、下の方へとスクロールする。「お」の欄を見たいのだから、か行を開いて上に遡った方が早かったのではと後悔するのは毎度のことだ。次に開く頃にはすっかり忘れ、いつも延々スクロールを続ける自分が若干嫌になりながらも、私は目的の人物、沖島米治《おきしまよねじ》の名前を見つけた。

沖島は警視庁の組織犯罪対策部、つまり暴力団を専門とする捜査班の元エースで、今は都内の所轄署に勤務しているベテラン刑事。十八年前、私に手錠をかけたその人であり、私の恩人だ。刑務所に足しげく通い、親身になって私の将来を考えてくれた彼から、探偵になるように勧められた。彼に言わせれば私は「真実を見る目」を持っているらしいが……探偵になってから三年、少しは誰かの役に立てているのだろうか。私はついつい思い出にひたってしまいそうな気持ちを抑え、沖島へのメールの文面を書き進める。

探偵になって以来、彼とはさまざまな情報を交換し合っている。私の調査に必要な警察の情報をこつ

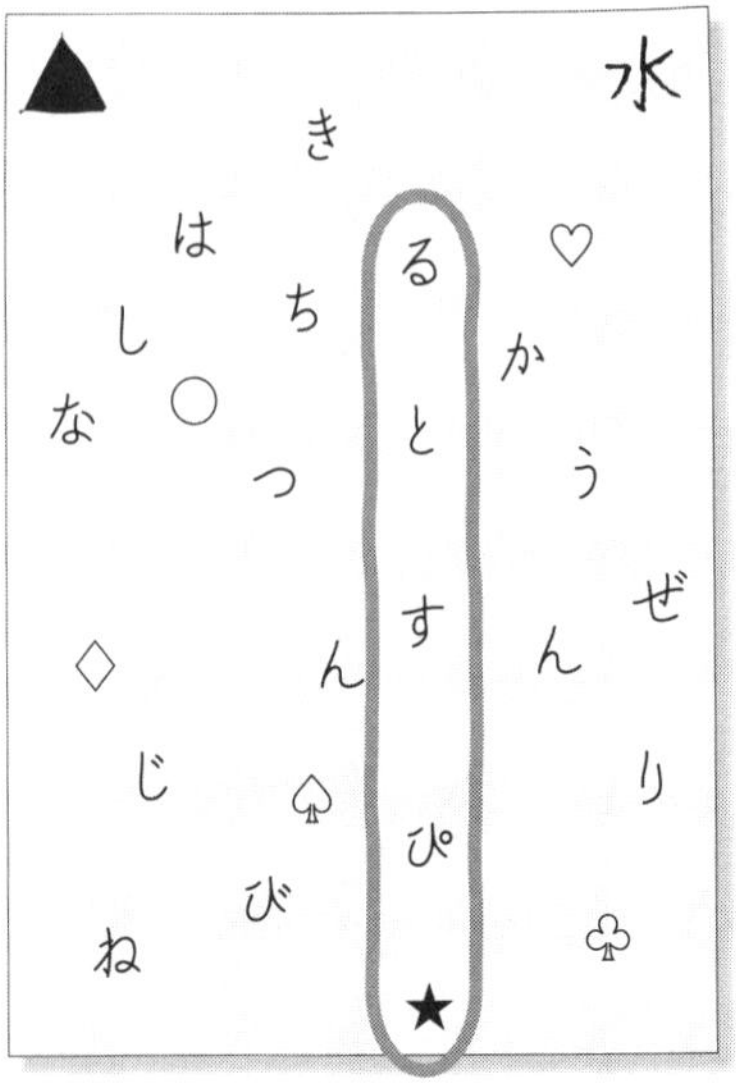
水
き
は
る
ち
し
か
な
と
つ
う
ぜ
す
ん
ん
じ
り
ぴ
び
ね

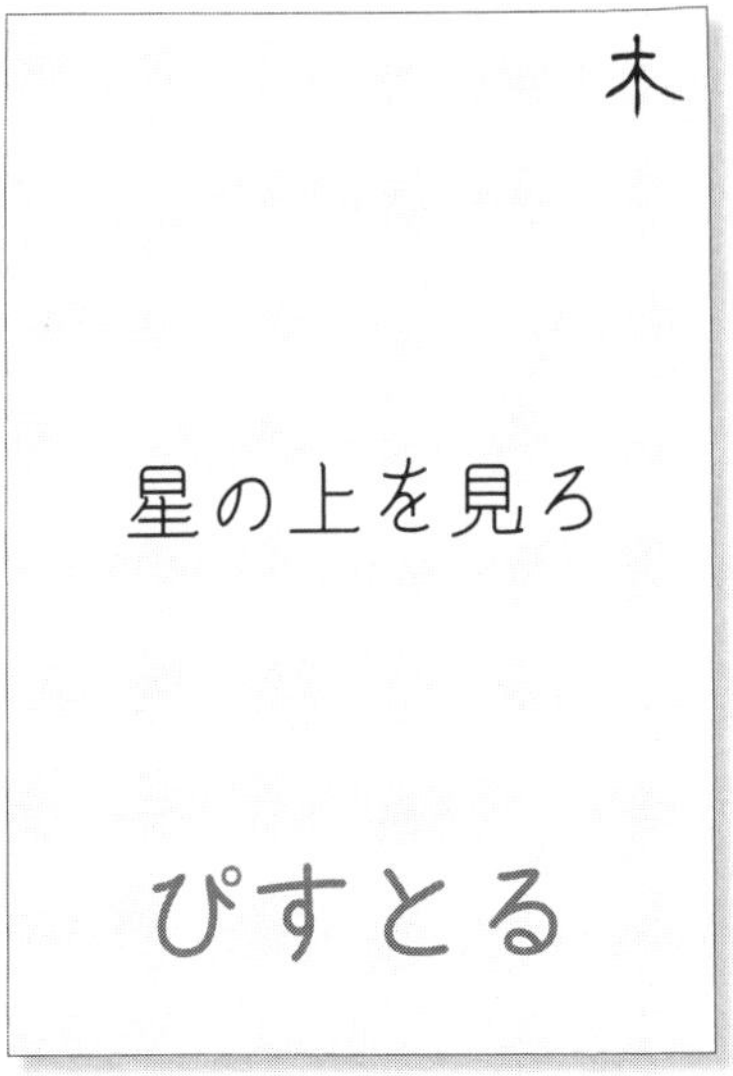
木
星の上を見ろ
ぴすとる

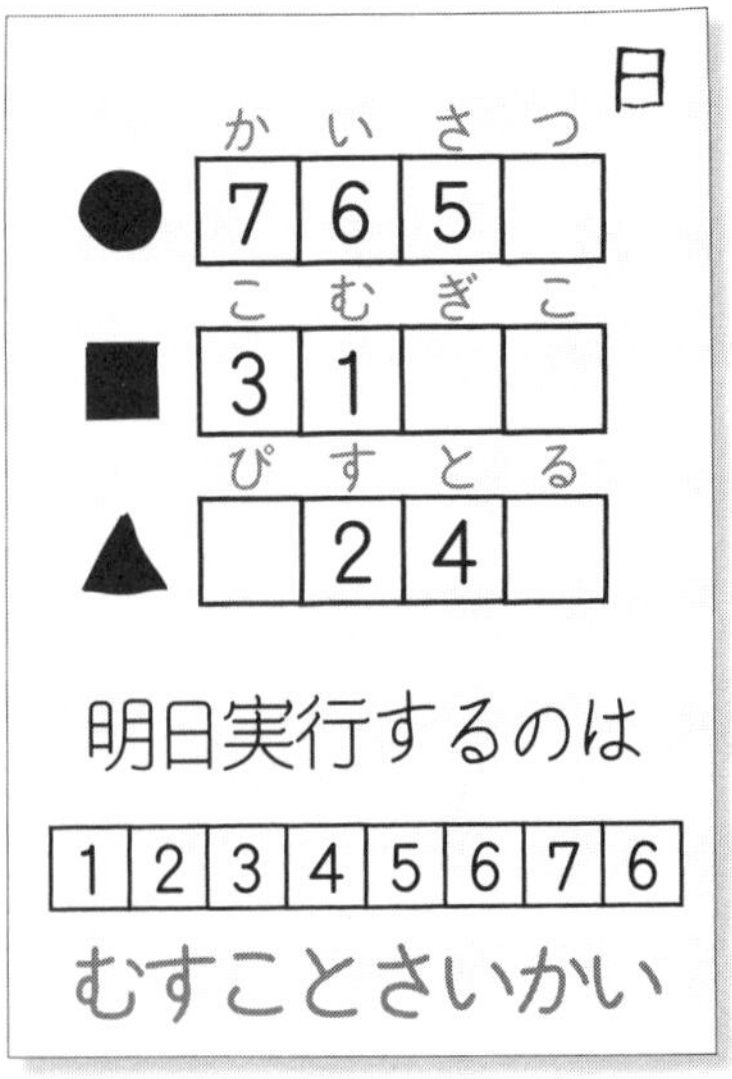
日
かいさつ
765
こむぎこ
31
ぴすとる
24
明日実行するのは
12345676
むすことさいかい

月

10 改札《かいさつ》

6 熟語《じゅくご》

7 号令《ごうれい》

9 休暇《きゅうか》

3 均等《きんとう》

2 落石《らくせき》

4 海鳥《うみどり》

1 星空《ほしぞら》

8 隕石《いんせき》

5 領事《りょうじ》

火

しりとりしたときの

最後を見ろ

かいさつ

土

花鳥風月の

真ん中を見ろ

こむぎこ

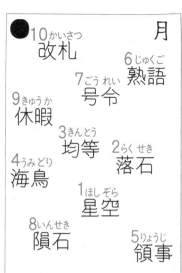

そり教えてもらうこともあれば、彼が警察として公には調べづらい情報を私が手に入れることもある。いわゆる、持ちつ持たれつの関係というやつだ。今回の弘也の件も、沖島に頼めばきっと最悪の結末を免れることができる。そんな祈りを込めながらメールを送信した私は、改めて弘也と紅羽に向き合った。

「お待たせしました。これで問題ないはずです」

「へぇ……どこにメールしてたかは内緒ってわけ？」

紅羽は相変わらずおどけた様子だが、その声にはかすかなおびえが混じっている。自分には理解できていないところで一体何が起きているのか、不安を感じているのだろう。

「いえ……そういうわけでは。でしたら、そこからご説明します。私は今、馴染みの刑事に連絡を入れました」

「刑事？」

彼女の表情に緊張が走る。一見大きな変化はないが、弘也の瞳にも若干の恐怖の色が滲んでいた。

「ええ。その手紙に書いてある『作戦』を止めてもらうためです」

「作戦って……お父さんが弘也君と再会するってだけの話でしょ？　どこに刑事が出てくる必要があるのよ？」

「作戦の内容は僕との再会じゃない、ってことですよね……探偵さん」

納得がいかないという表情の紅羽の隣で、弘也はゆっくりと口を開いた。

「そうです。この手紙の『作戦』はそんな幸せな話ではない」

「教えてください……真実を……」

弘也は自らの決意を確かめるかのように、一言一言ゆっくりと口にした。先ほどまでの恐怖の色が消えた彼の瞳をじっと見据え、私は真実を告げる決意をした。

「『作戦』……それは、銀行強盗です」

彼の顔が真っ青に染まる。何か言いたいが言葉が見つからないといった様子だ。どれだけ覚悟していても、自分の母親が銀行強盗に関わっていると聞いて驚かない人間はいない。弘也の反応は無理からぬものだ。彼の隣に座る紅羽も、信じられないといった様子で口元を覆っている。

「ちょ……ちょっと待ってよ。さっきから言ってるけど、そのパズルを解いたら『むすことさいかい』ってなるじゃない！　それが何で銀行強盗だなんて……」

テーブルに並べられた七枚の便箋を指差しながら、彼女は私がペテン師だとでも言わんばかりの口調でまくし立てる。

「落ち着いてください、紅羽さん。あなたはちょっとした勘違いをしているんですよ」

「どういうことよ」

私はテーブルの上で「月火水木金土日」の曜日順に並んだ七枚の便箋を手に取ると、「月木金火水土日」の順に並べ直した。

「これが、正しい順番です」

「はあ?」

「七つの手紙は、月曜から日曜まで曜日ごとに一枚ずつ。なので、つい送られてきたのも月火水木金土日の順番だと思ってしまいますが……」

「まさか、送られてきた順番は、曜日の順番とは違う……ってこと……？」

「その通りです。この手紙は一週間のうちに連続して送られてきたものではなく、二週間のうちに断続的に送られてきたものです」

紅羽は驚きの表情を浮かべて呆然としていたが、私は手紙が送られてきたのがこの順番だと分かる理由の説明を続けた。

注目すべきは、千尋の家の裏の川辺に関する描写だ。差出人は火曜の手紙では「梅の花びらが落ちて一面ピンクに染まった道」と書いているが、金曜の手紙では「満開に綺麗に咲いた梅の花」と書いている。常識的に考えて、「梅の花びらが落ちて一面ピンクに染まった道」ができ上がるのは、「満開に綺麗に咲いた梅の花」の状態から時間が経って、花が散った後だ。つまり、火曜の手紙は、金曜の手紙よりも後に書かれたと考えるのが自然だ。

また、木曜と金曜、火曜と水曜、土曜と日曜の手紙は、その内容からそれぞれ連続した二日のうちに書かれていることが明らかである。これらを総合的に加味すると、七枚の手紙が送られてきたのは「月木金火水土日」の順であるとしか考えられない。私の話を聞いていた弘也はガサゴソとカバンの中を漁ると、七つの封筒を取り出した。

「あ、たしかに……紅羽先生には便箋しか渡してなかったけど、この手紙が送られてきた封筒の消印をよく見ると、その順番で間違いないです」

しっかりと日付が記された消印を見ては、紅羽も自分の間違いを認めざるを得ない。彼女は悔しそうな表情を浮かべていたが、説明に異議はないようだった。正しい順番で並べ直した便箋を見るように二人を促しながら、話を続ける。

「正しい順番に並べると……ご覧の通り、パズルの内容が変わります」

「まさか……」

紅羽は信じられないとばかりにぼそりとつぶやいた。

「もうお気づきでしょうか。そう、これを解いて出てくる答えこそが……『ぎんこうごうとう』なんです」（次ページ参照）

この「ぎんこうごうとう」という正しい答えの他に、曜日順に解くと「むすことさいかい」という答えが出てきたことは、偶然とするにはでき過ぎている。あの答えは恐らく、何者かに便箋を見られてもいいように手紙の差出人が仕掛けた罠だったのだろう。実際その罠に引っかかっていた紅羽は、正しい暗号の答えを確認した後もまだ完全に納得してはいないといった様子で言い返す。

「順番が間違ってるのは分かった。でもこの二人の手紙の内容は、どう見ても夫婦のものでしょ」

「いいえ、よく読んでください。銀行強盗を計画していると分かって読めば、この手紙が犯行計画の打ち合わせであると分かるはずです」

紅羽はデスクに並んでいる七枚の便箋を乱雑に手元に集めると、私など眼中にも入らないとばかり

火

しりとりしたときの

最後を見ろ

こぎつね

日

	と	う	ご	う
●	7	6	5	
	こ	ぎ	つ	ね
■	3	1		
	し	ん	う	ち
▲		2	4	

明日実行するのは

1	2	3	4	5	6	7	6

ぎんこうごうとう

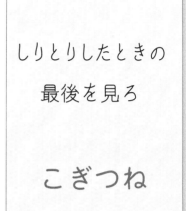

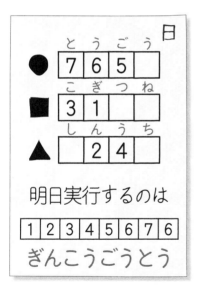

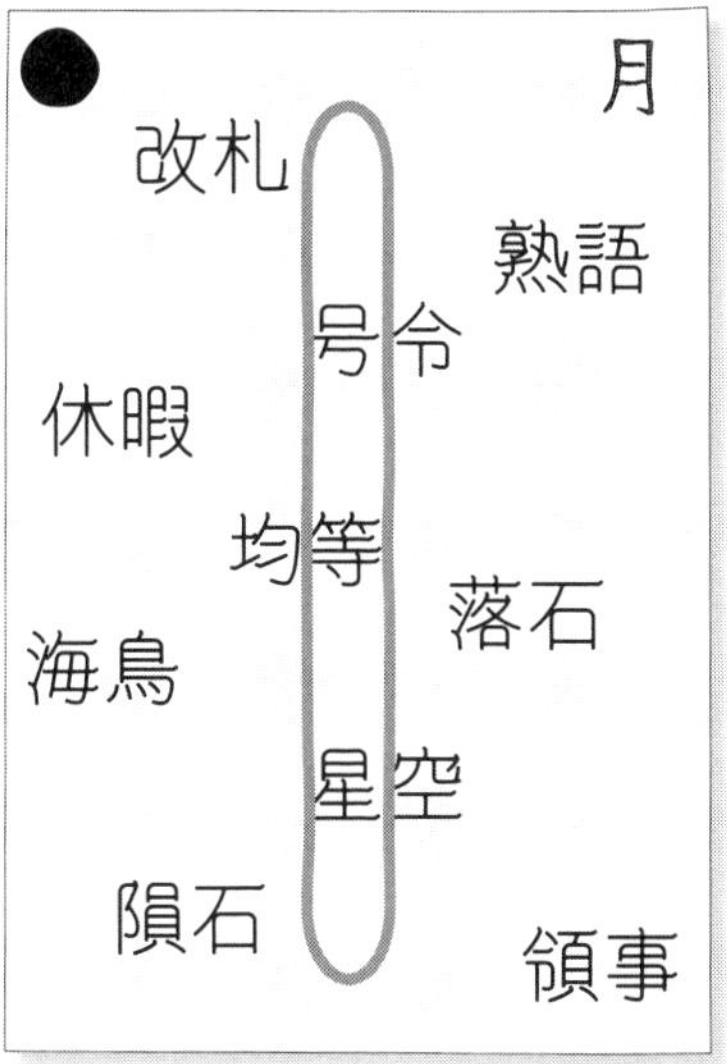
●
月
改札
熟語
号令
休暇
均等
落石
海鳥
星空
隕石
領事

木
星の上を見ろ
とうごう

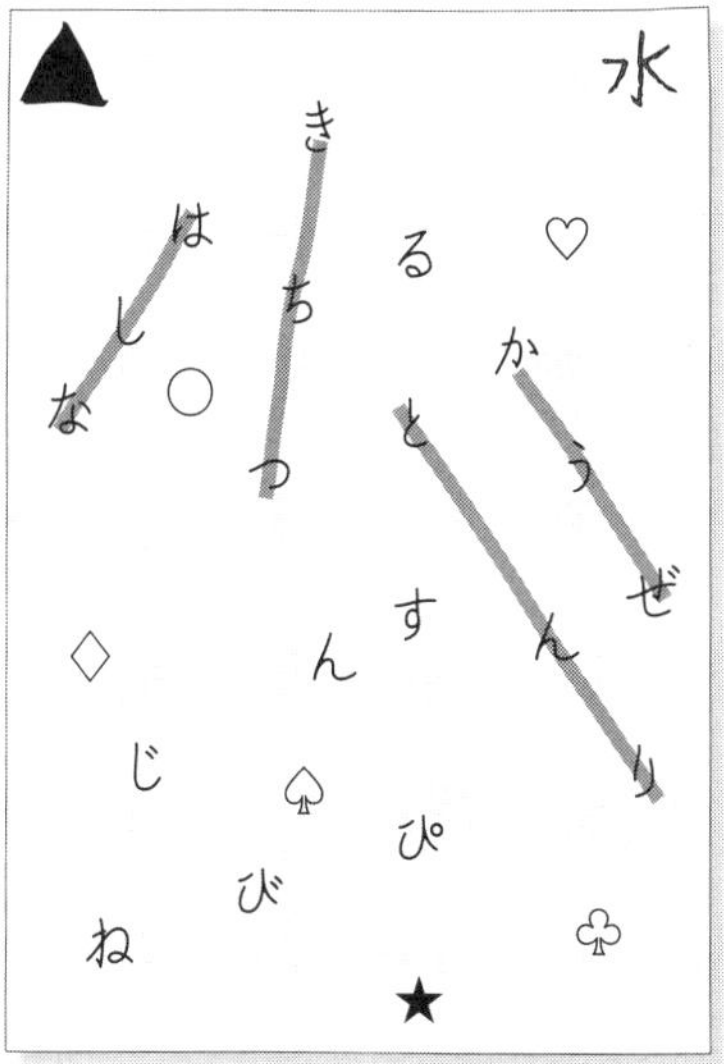
▲
水
き
は
る
♡
ち
し
か
な
○
と
つ
う
ぜ
す
◇
ん
ん
じ
♤
り
ぴ
び
ね
♧
★

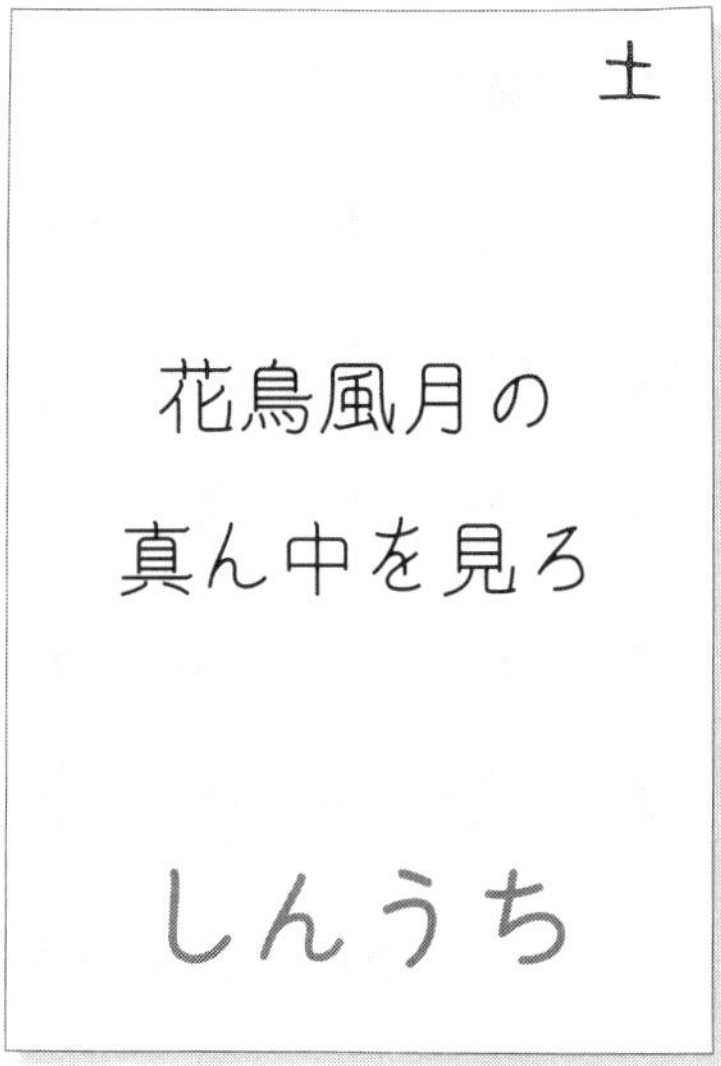
土
花鳥風月の
真ん中を見ろ
しんうち

に一人黙って読みはじめた。彼女は一度放っておいて、先ほどからじっと押し黙ったままの弘也に向けて説明を続ける。

「差出人は万が一誰かに見られても良いように、お互いを『パパ』『ママ』と呼び合うように仕向け、夫婦の会話と偽装しながら犯行計画を伝えていました」

実際よく読むと、差出人が月曜日の手紙で「パパ」「ママ」と呼び合うことを「提案」して、それが承諾されているに過ぎない。他にも手紙の端々には「下見は重要だ」などと、ただ息子と再会するだけとは思えない内容が散見されるし、計画の待ち合わせ場所が「新宿南口のデパートと銀行の間」と、千尋の勤め先の銀行のすぐ近くであることも見逃せない。

「その手紙の中に、千尋さんが『パパの手紙の隠語が分からない』と返事に書いたという旨の記述があります」

私の説明など気にもかけていないかのように一人黙って手紙を読んでいた紅羽が、その言葉に突然反応する。

「隠語って……ひょっとしてこの……『アヒル』……?」

「ええ。『アヒル』は裏社会では『警察官』の隠語として使われることがあるんですよ」

「じゃあこの水曜日の手紙にある、下見に行った先にアヒルがいて不安だったっていうのは……」

「強盗を計画している銀行に下見に行ったが、近くを警察官が歩いていて心配だという意味でしょう」

紅羽は唖然とした表情で手紙を見つめていた。ふと、ここまで黙って聞いていた弘也が口を開く。

「さすがですね、探偵さん。お母さんが銀行強盗に加担しようとしてただなんて……正直まだ信じられないです」

弘也は不自然なほど穏やかな表情だった。動揺でどうにかなってしまいそうな心を、理性で何とかして抑え込もうと頑張っているのだろう。その証拠に彼の声は、今にも壊れてしまいそうなほどか細い。

「大丈夫。手紙によれば作戦の実行は今日です。今ならまだ、お母さんを止められる」

なるべく自信たっぷりに見えるように言ったが、銀行強盗を止められる百パーセントの自信は正直なかった。とはいえ、手紙に書かれていた強盗犯と千尋の待ち合わせ時間は二十時。今が正午過ぎで、事の次第を刑事の沖島に連絡済みとあれば、間に合う可能性は高いはずだ。私の言葉に少し安堵したような表情の弘也が、再び口を開く。

「でも……そもそもどうしてお母さんは、赤の他人の銀行強盗の計画に乗ろうとしたんでしょうか……」

「それは……」

返答に詰まる私を、弘也はどうしても納得がいかないという表情で見つめていた。千尋が銀行強盗に加担した理由もまた、この手紙の中にほのめかされている。しかし私は、それを彼に伝えたくなかった。この真実を知ることが、彼にとって良いことだとはどうしても思えなかったのだ。

「銀行強盗の目的はたった一つ、お金です。来年には高校進学もある。お金に困って加担したのでしょう」

「そんな……お金が欲しいだけなら、強盗に手を染めなくても方法はいっぱいありますよね。お母さんは借金だってしたことないはず。それが急に強盗だなんて……」

彼の主張は正しい。もし単にお金を稼ぎたかったのであれば、他に方法は山ほどある。それにも関わらず彼女が銀行強盗に加担したのは、お金以外のとある理由のためだ。

彼との間に微妙な空気が流れはじめていたそのとき、私の携帯に着信が入った。ポケットから取り出して画面を確認すると、発信者は沖島だった。先ほどのメールを見て連絡をくれたのだろう。

「先ほど連絡した刑事からです」

弘也と紅羽に断りを入れると、私は二人を応接室に残して廊下へと出た。応接室から少し離れた廊下の奥にある人目につかない非常階段脇のスペースに入り、携帯の通話ボタンを押す。電話口から鳴り響いてきたのは、ドスの効いた低い怒鳴り声だった。

「お前、いつまで待たせんだよ！　電話ぐらいさっさと出ろ」

「すみません沖島さん。こっちも取り込んでるんですよ」

「つたく……忙しそうなふりすりゃ許されると思ってんじゃねえぞ……」

沖島は怒鳴りこそしないが、相変わらずぶっきらぼうな口調で続けた。知らない人が見たら怒っていると思うのかもしれないが、これくらいの乱暴さは彼の通常運転で、私には慣れたものだった。組織犯罪対策部でヤクザとやり合っていた経験がなせる気迫なのだろうが、所轄署の一刑事となった今でもこの調子で大丈夫なのだろうかといらぬ心配をしてしまう。

「まあいい。それよりさっきのメールだ。本当なのかよ、今日銀行強盗が起きるってのは」

「ええ、間違いないかと。メールにも書いた通り、犯人は銀行員の天音千尋を味方につけてます。警報などが鳴らない形で、密やかに犯行が行われる可能性が高い」

沖島は何か考えるように一瞬黙り込んだが、すぐに再び口を開いた。

「事件になる前に止めてほしい、って話だったよな」

「ええ。千尋さんを計画に加担させたくない。そもそも、千尋さんは強盗なんて望んでないはずですから」

「ん？　どういうことだ？」

戸惑う彼の声を耳にしながら、私は自分が説明不足であったことに気づいた。千尋が強盗に加担した理由はメールには書いておらず、彼が知るはずもない。

「すみません、話してませんでしたね。まだ推測の域を出ませんが……千尋さんは恐らく、強盗犯に脅迫されて半ば強制的に計画に協力させられています」

「脅迫って……何だ？　誰か人質にでも取られてるのか？」

彼の疑問はもっともなものだった。銀行強盗に協力せざるを得ないほどの脅迫と言われれば、普通、家族の命が危ないといった類が一番最初に頭に浮かぶ。しかし、今回彼女が脅されているのは、そんな大層なことではない。むしろ人によっては「何をそんなちっぽけなことで」と思うようなことなのだ。

「いや、千尋さんが脅迫されている理由は……万引きです」

「はあ？」

「千尋さんは万引きする姿を強盗犯に見られて、それをネタに銀行の内部情報を渡すよう脅されてるんですよ」

「万引きってお前、そんな……」

いまだ納得がいかないといった様子の沖島に構わず説明を続ける。

「たしかに万引きで脅されたからって、さらに大きな犯罪である銀行強盗に加担するなんて馬鹿げています」

「だよな、普通そんなことするとは思えねえ」

「でも女手一つで息子を大事に育ててきたシングルマザーが、万引きを子供にばらすと脅されているとしたら……」

電話口の沖島に、わずかな変化が生じたのを敏感に感じ取った。その態度こそ粗暴だが、彼は人の心を理解し、思いやる優しい男だ。心がちぎれるような千尋の苦悩を察することは決して難しくなかっただろう。

彼女は恐らく、母子家庭での生活に疲れ、つい万引きに手を出してしまったのだろう。常習的なものではなく一回きりの過ちだったのかもしれない。しかし運の悪いことに、その姿を非道な脅迫男に目撃されてしまった。必死になって育ててきた息子に失望されたくない、息子の将来に影響を与えたくないという感情でいっぱいになった彼女は、男の悪魔の誘いに乗って、銀行強盗に加担するという冷静ではない判断を下してしまった。すべてはただ、万引きを息子に隠すために。断じて褒められたことではないが、その心情自体は理解できないものではない。

「脅迫されてるってのは間違いないんだな」

「絶対とは言いませんが、ほぼ確実だと思います」

千尋が万引きを目撃され、それをネタに脅されていたことは、手紙にもそれとなく書かれている。火曜日の手紙の、千尋と差出人、つまり強盗犯が初めて出会ったときの文章をよく読むと、そこにはスーパーで千尋の万引きを発見したことが暗にほのめかされている。

恐らく男も、最初から銀行強盗を視野に千尋に声をかけたわけではなかったはずだ。当初は万引きをダシに脅して小金を手に入れようとしただけだった。だが何かのきっかけで彼女が銀行に勤めていることを知り、これ幸いと内部情報を活用して銀行強盗をする作戦を思いついた。そして、手紙を使ってその作戦を練るやりとりを始めた……と、おおかたそんなところだろう。

脅迫の事実を示唆するもう一つの証拠は、手紙の差出人が弘也に会いに行っていること。差出人が息子との再会を計画する父親ではなく、銀行強盗を画策する犯罪者である以上、彼に会いに行く理由はない。男が弘也に会いに行った目的はただ一つ。自分はいつでも息子に接触できて、いつでも万引きのことをばらせるのだと千尋を脅すためだ。説明を終えると、電話口の沖島は大きくため息をついた。

「よし、分かった。その千尋さんとやらを強盗犯にしないためにも、さっさと犯人捕まえるぞ」

「ありがとうございます。何としても計画を阻止しましょう」

手紙の中で強盗犯は「頼みを聞いてくれたお礼はきちんとします」や「三人で幸せになろう」と盗んだ金を山分けすることをほのめかしている。しかし、子供を使って狡猾な脅迫まで行う人間が約束をきちんと守るとは到底思えない。罪を彼女になすりつけ、金を独り占めするのが関の山だろう。その意味でも、計画が実行される前に阻止しなくてはならないのだ。

「分かってるよ。それにしてもお前、いい探偵になってんじゃねえか」

沖島は軽く鼻で笑いながら言った。ずっと世話になってきた彼の言葉はうれしかったが、素直に受け取るのも恥ずかしい。私はあえてあきれた調子で、小さくため息をついた。

「感傷に浸ってる場合じゃないですよ。沖島さんには、天音千尋が勤める銀行の防犯カメラを確認して強盗犯を突き止めてほしいんです」

「さっきのメールによれば……先週の水曜に下見に来たってことだったよな」

「ええ。それに、その前の金曜には弘也くんの様子を伺いにも行っています。学校付近や通学路の監視カメラにも姿が残っているはず」

「ってことは、二ヶ所の監視カメラに共通している人物がいれば、そいつが強盗犯ってわけだな」

「その通りです」

長年最前線で捜査をしてきた彼の能力は折り紙付きだ。今から捜査を進めれば、夜二十時の千尋との待ち合わせ時間までに強盗犯の尻尾をつかむことは決して難しくないだろう。無事に協力を得られてすっかり安心していたが、ふと一つ伝え忘れがあることを思い出した。

「沖島さん、もう一つお願いがあります」

「どうした？」

「千尋さんのことなんですが……」

私の考えることなどお見通しだとばかりに、ふっと小さく笑う声が電話口から聞こえる。

「銀行強盗を未然に防ぎゃあ、ただ脅されてただけで何か罪を犯したことにはならねぇ。万引きに関しては……」

彼は私の反応を楽しんでいるかのようにわざと間を持たせてから言った。

「本人が更生しようとしてるなら……多少は目をつぶってやる」

「ありがとうございます」

「おいおい。とはいえ、ちゃんと状況は確認させてもらうし、弁償や謝罪はしてもらうからな」

電話口から聞こえてくる沖島の声は、言葉の内容に反して優しい。お礼を伝え、お互いに何か進展があったら連絡を取り合うことを約束してから私は電話を切った。携帯をポケットにしまい、応接室に戻るために非常階段脇のスペースを出たその瞬間、廊下をさっと横切る黒い影が目に入った。それは、見覚えある人物の姿だった。

「はぁ……探偵が中学生に盗み聞きされていては、世話ないですね」

黒い影が向かっていった廊下の角まで到着すると、そこには案の定、小さく縮こまって座っている弘也の姿があった。先ほどまで非常階段の近くで電話を盗み聞きし、急いでここに身を隠しに逃げて来たのだろう。彼は私と目が合うと、気まずそうにつぶやいた。

「どうしても……知りたくて……」

まったく、子供の行動力というのは本当に侮れない。彼が母親のことを知るために手段を問わず行動していることは理解していたつもりだったが、まさか電話を盗み聞きしようとまで考えるとは、想像もつかなかった。

「弘也くん、申し訳なかった。きちんと伝えるべきだった」

「僕の方こそ、盗み聞きしてごめんなさい……探偵さんが気遣ってくれてることは分かってたんだけど……でも……」

言葉に詰まる弘也を、私は強く抱き締めた。

「心配しなくて大丈夫だ。弘也くんのお母さんのことは、私たちが守る」

必死に涙を堪えて頷いた弘也とともに、私は応接室へと戻った。そこでは、紅羽が一人座って携帯をいじっていた。

「弘也くん、盗み聞きも気づけないインチキ探偵を出し抜いて、全部聞けた？」

彼女は優しい声で弘也に問いかけた。弘也が彼女に気づかれずに応接室を出ることは不可能だ。恐らく彼女は先ほど手紙をじっくり読んでいた際に万引きの件に勘づき、盗み聞きを積極的に勧めたのだろう。彼女の方が私よりよっぽど弘也のことをきちんと理解していたのだと痛感させられる。

弘也が力強く頷くと、紅羽は私の方に向き直った。

「よし。じゃあ後は……探偵さん、私たちにできることはある？」

こちらをじっと見つめる彼女の顔に、今までの侮蔑や疑いの色はなかった。彼女なりに私を認めてくれたのだろう。

「残念ながら、今は何も。ただ、信頼できる刑事の協力は取りつけてあります。連絡を待ちましょう」

「分かった。ありがとう」

こうして我々は応接室で三人、沖島からの連絡を待つこととなった。

二〇一九年三月二十五日（月） 十六時

黙っていても不安ばかりが募る。私たちは弘也の学校での最近の流行りから、紅羽の好きな食べ物まで、当たり障りのない話をして応接室で時間が経つのを待った。そして、数時間後。真上にあったはずの太陽が西の空に傾きを見せはじめた頃に、私の電話が再び鳴った。

「もしもし」

「身元が割れたぞ。脅迫野郎の正体は、亜《あ》久《く》弘《ひろし》ってフリーター。暴走族上がりの半グレだ」

「なるほど……身柄は押さえたんですか？」

「そんなにあわてるんじゃねえよ。監視カメラから身元が分かったってだけで、確保はまだだ」

沖島は特にあわてた様子もなく、いつもの調子で話していた。彼からの電話を待ち望み、ここ数時間不安だらけで過ごしてきた私にとって、その余裕はほんの少しのんびりし過ぎにも思えた。

「そんなにゆっくりで大丈夫なんですか？　何かあってからじゃ遅いんですよ」

「おいお前、警察なめんな」

いつもより少しドスをきかせた声が聞こえてくる。

「お前が焦る気持ちは分かるけどな、ちゃんと捜査は進めてる。今は落ち着け。俺たちはゲシュタポじゃねえ。証拠もねえのに、誰彼構わずとっ捕まえるわけにはいかねえんだよ」

冷静に考えれば、彼の言うことはもっともだ。今手元にある証拠は、曖昧な表現で書かれた手紙に、下見のために銀行の近くを訪れた監視カメラ映像、弘也の学校の近くを訪れた監視カメラ映像と、どれもただの状況証拠に過ぎない。現段階で警察が亜久を逮捕することは難しいだろう。

「分かってますよ。でも、心配で……」

「安心しろ。ちゃんと居場所は把握してるし、監視もつけてある。それに、逮捕もきっと時間の問題だ」

「何か当てがあるんですか？」

銀行強盗が実行前の今、これ以上の証拠が出る望みは薄い。にも関わらず逮捕が時間の問題だと言い切れるのは、沖島に何か策がある証拠だ。

「この亜久って半グレはいろいろとアウトなことに手突っ込んでるみてえでな。脅迫やら違法取引やら出るわ出るわ」

「つまり、今回の件の証拠が出なくても、他の件で……ってことですか？」

「ああ。何でもいいからしょっぴければ、とりあえずそれで、銀行強盗は防げるだろ」

元組対の彼らしい何とも大味なやり口だが、今はその強引さすらありがたく思える。そもそも「何でもいいからしょっぴく」という沖島の言葉が乱暴なだけで、亜久がこれまでに犯して隠し通してきた罪を暴くだけのことなのだから、何も間違ったことはしていない。

沖島の言う通り、身柄さえ押さえてしまえば銀行強盗は未然に防げる。彼がこれだけ自信ありげに話しているのだから、確保は問題なく進むだろう。こちらを不安げに見つめている紅羽と弘也の方を振り向くと、私は大きくゆっくりと頷いた。言葉はなくとも伝わったはずだ。案の定、二人の顔には少しずつ安堵の表情が広がった。

「本当にありがとうございます、沖島さん」

「だからさっきから気が早いってんだよ。まだ感謝するには早い。逮捕はこれからだ」

「そうでしたね、すみません」

「これは予想だが……今回の千尋さんへの脅迫は、立件まで持ち込むのは厳しいだろう。銀行強盗は未遂だし、脅迫の証拠もそっちにあるっつう遠回しな手紙だけ。ただな、これはそんなに悪いことじゃねえ」

「千尋さんはおおごとにしたくないだろうし、脅迫といっても取り返すべきお金があるわけでもない。今回の脅迫を事件化する必要はないってことですね」

「ああ。もちろん再度脅迫を受けないように原因を取り除く必要はある。千尋さんの万引きの謝罪と弁償はお前に任せるぞ。近くの交番に話は通しといてやる」

「本当に何から何までありがとうございます」

「だから、感謝は早いって何回言ったら分かんだよ」

彼は言葉でこそ怒っていたが、その声色はとても明るかった。

「すみません。では、引き続きよろしくお願いします」

「ああ……っと、ちょっと待ってくれ」

沖島が、ふと何かを思い出したかのように私を引き止める。

「どうしましたか？」

「お前……コレクターって分かるか？」

「え……最近話題になっているあの……？」

心臓が飛び出るのではないかというほどの驚きが私を貫いた。まさかここで彼の口からコレクターの話題が出てくるとは、夢にも思っていなかった。江津から依頼を受けたことは話していないし、彼の口ぶりから依頼を知っているとも思えない。彼がコレクターの名を口にしたのは、ただの偶然なのだろうか。

「ちょっと相談したいことがあってな。それがコレクター絡みなんだ」

「それって……一体どんな内容ですか？　沖島さんはコレクターの事件を捜査してるんですか？」

沖島は優秀な刑事ではあるが今は所轄署勤務だ。彼とコレクターに一体どんなつながりがあるのだろうか。

「何だお前、矢継ぎ早に。そんなにコレクターに興味あんのか？」

「あ、いや……」

「俺は別にあの事件を担当してるわけじゃねえ。ちょっと気になることがあってな」

「気になることって……？」

「ややこしい話だしさすがに今話してる時間はねえ。とにかく今は亜久をとっ捕まえるのが最優先だ。落ち着いたらまた連絡するから、そんときに話そう」

コレクターの件には後ろ髪を引かれるが、亜久の身柄が最優先であることは間違いない。

「分かりました。亜久の件、よろしくお願いします」

「ああ、任せとけ」

電話を切ると、私は沖島と話した内容を紅羽と弘也に共有した。私の言葉からだいたいの内容は察していたようで、二人の理解はスムーズだった。

「つまり……あとは千尋さんに話すだけってことよね」

「ええ。千尋さんに状況を説明して万引きの謝罪と弁償をすれば、事件は解決と言っていいはずです」

ほっとした表情の紅羽が「じゃあ私が……」とつぶやいて携帯電話をポケットから取り出したそのとき、弘也が口を開いた。

「待って先生。僕がお母さんに話すよ。これは僕の家族の問題。だから、僕が話したいんだ」

弘也がしっかりと覚悟を決めてそう口にしたことは、誰の目から見ても明らかだった。紅羽は軽く頷くと、取り出した携帯電話をポケットにしまう。

「弘也くん。沖島刑事の名前は出して構わない。近くの交番に相談済みなのはさっき話した通りだ」

「はい。ありがとうございます」

弘也は携帯を取り出して電話をかけはじめた。覚悟を決めたとはいえ、その表情はまだ少し固く緊張しているように見える。しばらく間があった後、千尋が電話に出たようだった。

「もしもしお母さん？　うん、ごめん突然。あのね……僕お母さんに言わなくちゃいけないことがあって」

様子を見守る私たちなど見えていないかのように、彼は真剣な表情で続けた。

「僕……見ちゃったんだあの手紙。うん、分かってる……勝手なことしてごめん。でも気になっちゃって、それで紅羽先生と探偵さんに相談したんだ。それで……それでね……全部知っちゃったんだ。強盗のことも、万引きのことも」

電話先で千尋がはっと息をのむのがこちらまで伝わってくるような気がした。すべてを知った息子に今、千尋は一体何を伝えているのだろう。ふと、彼の頬にすっと一筋の涙が伝った。

「もう謝らないで……お母さん……お母さんは母親失格なんかじゃないよ。どんなことをしてても僕にとってお母さんはお母さんなんだよ。世界で唯一の僕だけの大事なお母さんなんだよ。だから……だから……」

弘也は大粒の涙をぼろぼろとこぼしながら電話口の母に必死に語りかけていた。どれだけ成長したといっても中学生。母親の声を聞いて安心し、必死に張り詰めていた気持ちが溢れてきたのだろう。親に捨てられて施設で育った私が味わったことのない親子の絆というものが、そこにはたしかに存在していた。

電話口の先では千尋も泣いていたのだろう。弘也はしばらく泣きながら話していたが、泣き疲れたのかゆっくりと落ち着いていき、その声にも徐々に冷静さが戻った。

「探偵さんが警察の人に話をしてくれてて、謝罪に行けば大丈夫みたい。ううん、僕も行きたい。僕はお母さんの家族だから。うん、うん、そうする、うん」

その後も彼は電話を続けた。話している内容から察するに、どうやら彼はこの後千尋と合流し、一緒に万引きしたお店に謝罪に行くつもりのようだ。弘也は電話を切ると、私と紅羽の方をしっかりと見据えた。その顔には、もう涙の跡はなかった。

「紅羽先生、探偵さん。本当にありがとうございました。僕はお母さんに会いに行きます」

「いってらっしゃい。弘也くん。あ、今日の分の授業は来週まとめてやるから覚悟しといてよね」

紅羽は冗談めかして言うと、弘也に優しく微笑んだ。彼は笑って「はい」と答えると、応接室を出る準備を始めた。

「なあ、弘也くん」

「はい」

「間違えたらやり直せばいい。どんなに暗くても、明けない夜はない。だから、きっと大丈夫だ」

ありきたりなことしか言えない自分がどうにも恥ずかしかったが、私の言葉は素直な本心だった。綺麗事だとしても、彼ら親子の幸せな未来を祈りたい。弘也は少し黙っていたが、やがてにっこりと笑って頷いた。

「はい。探偵さんを見てると信じられます。人は変われるって」

目線を義眼や桜の刺青にちらりと向けながら言った彼は、私たちにもう一度軽く会釈をして、エレベーターホールへと向かって応接室を出て行く。その足取りは軽く、彼の今後の人生が軽やかで幸せに満ちたものであると暗示しているように、私には思えた。

二〇一九年三月二十五日（月） 十七時

応接室に残された私たちの間にはしばらく沈黙が流れていたが、ふと紅羽が口を開いた。

「ねえ、探偵さんは時間大丈夫なわけ？」

「え？」

「いや、パパに呼ばれてきたんじゃなかったの？」

私ははっとした。弘也の件ですっかり思考の外だったが、時計を見れば江津との約束の時間はとうに何時間も過ぎている。そもそもこの応接室で会う約束をしていたのだから、現れない江津の方が悪いのだが、私が何か勘違いしている可能性もないわけではない。

どちらにせよ、何とかして江津と連絡を取る必要がある。あわてる様子を見て察したのか、紅羽は携帯電話を取り出してふっと笑うと、少しあきれたように言った。

「パパに連絡してあげるわよ」

「すみません……ありがとうございます」

紅羽はすらりと細い指で携帯を操作すると、父親の江津誠司に電話をかけた。しばらく相手の応答を待っていたが、どうやら江津は電話に出ず、留守番電話になってしまったようだった。

「出ないわね……ちょっと待って。確認するから」

社内で共有されているスケジュールなどを確認しているのだろう。彼女はしばらく携帯を操作してから、不思議そうにつぶやいた。

「おかしいわね。探偵さんの言う通り、この時間はここの応接室で会議ってなってるんだけど……」

「考えられるとしたら、手前の予定が延びている……とかでしょうか」

「えっと……前も誰かと打ち合わせみたい」

何の連絡もなくここまで放っておかれるのはいささか奇妙ではあるが、昨日も忙しいと繰り返していた江津のことだから、前の予定が延びている可能性はなきにしもあらずだ。とはいえこのまま待っているのも埒が明かない。私は一つ紅羽に提案をしてみることにした。

「その打ち合わせの場所を見に行くことはできませんかね」

「えっと……あ、無理ね。逆の棟の役員会議室だから、探偵さんの持ってるそのパスじゃ入れないわ」

紅羽は私が首からかけているパスを指差しながら言った。そう言われると、受付でそんな説明を受けた記憶がおぼろげにある。たしかこのＶＩＮＥツインタワービルにはそれぞれの棟に受付があり、そこで発行している来客用のパスは各棟の内部にしか入れない。つまり私が持っているパスで出入りできるのはこちら側の棟だけで、江津が打ち合わせをしているという逆の棟には立ち入れない、というわけだ。

「でもここまで遅れるのは少し不自然です。何か方法は……」

「ないわけじゃないけど……ま、大人しく待ってなさいよ」

弘也の一件が落ち着いたからか、紅羽は元の高飛車な態度に少しずつ戻りつつあった。面倒くさそうに言い放つ彼女が私を手伝ってくれる見込みは低そうだが、ここであきらめてはまたしばらく待ちぼうけになってしまう。少し意地悪なのを承知で、私は彼女に言い返すことにした。

「弘也くんの持っている手紙は、彼の父親からの手紙で、何の心配もない」

「な……何よいきなり……」

急に調子を変えて大声で話しはじめた私の態度に、紅羽は戸惑っているようだった。

「どこかのお嬢様のお言葉です。きちんと考えず一週間分の手紙と勘違いし、銀行強盗を見逃しかけた、ね……」

「くっ……ふざけるんじゃないわよ……インチキ探偵が調子に乗って……」

「インチキ？　そのお嬢様の誤解を解いて、事件を解決に導いたのは誰でしたっけ」

「はぁ……ああもう。何？　何すればいいのよ？」

紅羽は観念したとばかりにため息をついた。感謝とともに例の逆の棟にある役員会議室に向かう方法を尋ねた私に彼女が提示したのは、驚くほど単純な解決方法だった。

「社員のパスならどっちの棟も通れる。私と一緒に行けば入れるわよ」

「いや……だったら初めから……」

「こっちのエレベーター降りて反対の棟まで行ってまたエレベーター乗って……面倒なのよ！」

彼女は若干やけになっているのか、語気が荒かった。

「ほら、行くならさっさと行くわよ」

どうやら先ほどの攻撃が功を奏して、彼女は向こうの棟まで同行してくれる気になったようだ。応接室を出てエレベーターに乗り一階まで降りる道中も、彼女は引き続き「何で私があんたのために」とぶつぶつ文句を言っていたが、なるべく聞いていないふりをして私はその後に続く。

一階でエレベーターを降りると、正面玄関を通って反対側の棟まで進み、そこからさらにエレベーターで上の階へ。たしかに紅羽の言う通りなかなか面倒な道のりではあったが、エレベーターが空いていたこともあり、十分とかからずに役員会議室があるフロアまでたどり着いた。

「こっちよ」

エレベーターを出てすぐの柱に書かれていたフロアマップを確認していると、紅羽はすたすたと廊下の奥へと進んでいった。どうやらこの階には会議室が集まっているようで、細長い廊下の左右には数々の扉が立ち並び、一見するとホテルと見間違うようなフロアだった。客室さながらに会議室内部が全く見えない作りになっていることを考えると、重要な会議などに使われることが多いのだと推察される。

「案内ありがとうございます、紅羽さん」

「仕方ないでしょう。弘也くんの件で助かったのは事実なわけだし……」

彼女の表情は苦々しげだが、よく考えると、こちら側の棟に入れた時点で彼女が案内をやめても私は役員会議室までたどり着ける。きちんと最後まで案内しようとするところに、彼女の根底にある優しさが垣間見える。

「ここよ。使用中ってなってるけど……」

紅羽が足を止めたのは「役員会議室」というプレートが付いた黒い扉の前だった。中の様子を窺うことはできないが、彼女の言う通り扉の横にあるプラスチック板には「使用中」の赤文字が記されている。江津の会議は今現在まで長引いているということなのだろうか。考えられる可能性をいくつか頭の中でシミュレーションしていると、紅羽は携帯電話を取り出して操作を始めた。

「ここの会議室は……今日はパパの打ち合わせ以外、予約は入ってないわね。中で別の会議をしてるってことはなさそう」

どうやら彼女は社内のツールを使って会議室の使用状況を調べてくれていたようだ。彼女の情報が正しければ、考えられるのは打ち合わせがまだ続いているか、打ち合わせは終わったものの待ち合わせを忘れてそのままここで過ごしているか、といったところだろうか。

しばらく不思議そうな表情で携帯電話を見つめて黙っていた紅羽が口を開く。

「にしても……さすがにこんな時間まで伸びてるってことある？」

「一応使用中、ですよね」

「まあでもこれ、手で動かすだけだから……あんまり信用ならないわよ」

たしかに彼女の言う通り、使用状況を示すプラスチック板は「空室」と「使用中」を手動で切り替えるスライド式だ。すでに退室しているが、空室に戻し忘れたという可能性は十分に考えられる。

「たしかに音も特に聞こえないですし、江津さんはどこか別の場所にいるんですかね」

「うーん……このフロアの会議室は全部防音なのよ。だからまあ、正直何とも言えないわよ」

紅羽はお手上げだとでも言いたげな様子でつぶやいた。防音と言われてしまっては、もう中の様子を推測する術はない。このままここで悶々と考え続けても埒が明かないため、私はなるべく下手に出るように気をつけながら、一つ彼女にお願いをしてみることにした。

「一応……ノックしてもらっても……いいですかね」

「まったく……弘也くんの件を解決したからって何でも頼めると思うんじゃないわよ」

「いや、部外者の私より紅羽さんの方が、もし会議が続いていても丸く収まるかな、と……」

「分かったわよ、もう」

紅羽はため息をつきながら、会議室の黒い扉をノックした。

「いないのかしら」

彼女は少し間を開けて何度かノックを繰り返したが、一度も返答はない。

「やっぱり、もうどこか行ったみたいね」

「一応……中も確認してもいいですか？」

「はぁ……はいはい」

紅羽はいい加減にしてくれと言わんばかりの顔をしつつ、役員会議室のドアノブに手を伸ばした。

彼女がドアノブをひねって押すと、見た目よりもしっかりとしていて分厚い扉が、音を立てずに滑らかに動いた。ふと、会議室内からむっとするような鼻を突く嫌な匂いを感じた。同時に、紅羽の甲高い叫び声が響く。

「ぎゃあああああああああ！」

「紅羽さん……!?」

彼女は腰を抜かして膝から崩れ落ち、会議室の入口にへたりと倒れ込んだ。紅羽の様子は明らかに尋常ではない。会議室内で何か異常事態が発生していることは間違いないだろう。扉を思いっ切り押して大きく開き、床にうずくまる紅羽の横を通って会議室内へと進んだ。
五、六人用と思しき小ぶりな会議室内に入った瞬間、先ほど扉を開いたときよりもはるかに強い嫌な匂いが鼻をついた。室内を見回した瞬間、匂いの原因が否が応にも理解できた。そして、私は最悪の事態が起きてしまったことを悟った。

白い壁に、スプレーで噴射したかのように広がる真っ赤な飛沫。床に黒々と広がる赤黒い血の海。そして、その中央に横たわる黒い人影。全身からの出血にまみれて判別が難しかったが、床に倒れているのは間違いなく江津誠司その人だった。ナイフなどの刃物で何度も何度も繰り返しめった刺しにされたのだろう。全身は刺し傷だらけで、確認するまでもなくすでに事切れていた。

「これは……」

遺体を目の前にして、私の思考は目まぐるしいスピードで働いていた。全身をめった刺しにすることの手口はコレクターのそれと完全に一致している。もしこれが奴による犯行ならば、遺体には「あの痕跡」があるはずだ。

江津は横向きに寝転がるように床に倒れており、こちらに背中を見せている。今いる会議室入口からの角度では、奥の壁の方を向いている遺体の顔は確認できない。私は焦る心を抑え、証拠を消してしまわないよう留意しながらゆっくりと遺体に近づいた。血の海に足を踏み入れないように会議室を大回りして進み、ようやく遺体の顔が見える角度にたどり着く。

私の最悪の予想は的中した。遺体の顔の本来左目があるはずの部分には真っ黒な闇が広がり、赤黒い大量の血が溜まっている。江津の遺体は、左目がくり抜かれていたのだ。江津を殺したのはコレクターに間違いない。彼は自身が危惧していた通り、コレクターの四人目の犠牲者となってしまった。奴はこれまでの三人に続いて江津を殺害し、四つ目の眼球を手に入れたのだ。

ふと、廊下の方でガタンと誰かが扉を開けるような音が響いた。長年の経験から来る野生の勘として説明しようのない何かが、その物音の正体を追うべきだと私に告げる。

「紅羽さん、一一〇番お願いします！　遺体には近づかないように！」

紅羽は茫然自失として床に座り込んだままで、私の言葉を理解できているのかどうかはっきりしなかった。彼女をここに一人残していくのは心配だが、今はとにかく先ほどの音の出どころを確認するのが先だ。急ぎ会議室から廊下へ出て辺りを見回すと、奥の方にある扉に黒い影が入っていくのが見える。走ってその扉の前まで行くと、そこは非常階段の入口だった。

非常階段に入ると、足早に下の階へと向かう黒いコートの男の姿が見える。それは午前中VINEツインタワービルに入る際に一階で見かけた、あの只者ではない雰囲気を漂わせる奇妙な黒いコートの男と同一人物だった。

「待て！」

私が叫ぶと、黒いコートの男は一瞬チラリとこちらを振り向いた。表情こそよく分からなかったが、奴がこちらを見たその瞬間、私には奴の顔に「ある特徴」があるように見えた。まさか、そんなことが……？　確認しようと目を凝らしたが、そのときにはもう奴は前を向いていた。視線を戻した黒いコートの男は、先ほどよりも速いスピードで階段を駆け降りていく。奴がコレクターである可能性はかなり高い。奴を追いかけて私は階段を走り出した。

階段を駆け下りながら、私は奴の行動について考えを巡らせていた。

江津が私との待ち合わせ時間に来なかったのは、その時点ですでに殺されていたからだと考えるのが自然だろう。また、遺体に動かされた形跡はなかった。つまり彼はあの会議室での打ち合わせが終わった瞬間に殺されたか、もしくはあの会議室での打ち合わせ自体がそもそも黒いコートの男との会合で、そのときに殺されたということになる。前者の場合、打ち合わせの相手に見つかるリスクがある。どのように身分を装ったのかは分からないが、後者の可能性の方が高いように私には思えた。

とにかく、どちらのパターンにせよ、奴が江津を殺害したのはもう数時間以上前ということになる。時間は十分過ぎるほどあった。左目をくり抜く作業があったとはいえ、もっと早くに逃走することができたはずだ。それなのに奴は今、私の目の前で逃走を繰り広げている。ここから導き出される答えはただ一つ……奴は私の存在に気づき、情報を集めようとしていたのだろう。

ヤクザのような見た目の私がこのオフィスビルにおいて目立つことは疑いようもない。午前中一階で遭遇した際に、私と同じく、奴もまた何かの違和感を感じたのだろう。細い糸を手繰って推測したか、殺害前に江津に尋問をしたか。とにかくその違和感から出発し、何らかの方法で、奴は自分の正体を暴こうとする私の存在に気づいた。そして私を観察するためにあえて現場付近に戻り、遺体を発見するのをこっそりと見守っていた。どうやら奴はかなり頭が切れると思っていた方が良さそうだ。

黒いコートの男の走る速度はかなり速く、私との間には徐々に差が広がっていた。まだ三階付近の階段を走っている間に奴はすでに一階に到着し、白い扉を開けて非常階段を出ていく。あの扉は恐らく、ビルの受付へと続いているはずだ。このままでは逃げられてしまう。

奴に遅れること数十秒、息を切らせて何とか白い扉へとたどり着いた私は、勢いのまま扉を開く。予想通り、扉の奥にはビルの受付が広がっていた。しかし黒いコート男の姿は見当たらない。残る力を振り絞って私は急ぎビルの出口へと向かった。だが、ビルを出ていくら周囲を見回しても、そこに黒いコートの男の姿はなかった……。

クイズショウ

二〇一九年三月二十五日（月）　十八時

陽気な若者たちがこの世の春とばかりに飛び回り、多くの外国人たちがまるで宝探しでもしているかのように自撮り棒を振り回す、渋谷のスクランブル交差点。時刻は十八時を回ってすっかり夜になっていたが、煌々と光る街頭ビジョンやビルの明かりに照らされる渋谷の街は、これからが本番だとばかりに賑わいを見せていた。

渋谷駅を出た私は、信号が青になるのを待ちながらぼんやりと物思いにふけっていた。ここに来るといつも、自分が「普通の人間」ではないことを痛感させられる。交差点を行き交うのは多いときで一度に三千人、一日に五万人以上の人々。たった今告白の返事を受けて幸福の絶頂にいる大学生から、つい数時間前にリストラの通知を受けて絶望の底に沈むサラリーマンまで、幸不幸や職業の差こそあれど、彼らは誰もが「普通の人間」だ。私のように人の道を外れたことも、罪を犯したこともない、ごくごく一般的な、何でもない人間たち。果たして彼らは、その何でもない平凡を、退屈を、素晴らしいものだと自覚できているのだろうか。

そんなことを考えながらぼんやりと前を見ていると、信号が青に変わるのが見えた。先ほどまでの思考を振り切って信号を進みはじめると、ふと街頭ビジョンに映るニュースが目に入る。そこには「ＶＩＮＥ社代表取締役　江津誠司氏　本社ビルにて殺害される」という文字が赤い派手なテロップで表示されていた。あの事件に関して、今どの程度の報道がなされているのだろうか。周囲の人々に若干顔をしかめられつつも、私は信号を渡る足を止めて脇に逸れ、ニュースの内容を見守ることにした。

せっかく立ち止まったものの、結局報じられたのは数秒ほど。江津がＶＩＮＥツインタワービル内で殺害されたこと、第一発見者が娘の江津紅羽であることを簡素に伝えるのみだった。遺体から眼球がくり抜かれていたこと、コレクターの犯行だということは言及されていない。

あまりのんびりしていては信号が変わってしまう。足早に横断歩道を進み、交差点の向こう側のセンター街の入口へとたどり着いてから、私は改めて自分の携帯で江津の事件を調べてみた。予想通り、眼球の件もコレクターの犯行である件も、ネット上ではすでに話題に上がっていた。先ほどのニュースで一切報じられていなかったことからみるに、警察の公式発表はまだだが、ビルにいた目撃者や関係者の証言からすでに情報は漏れているといったところだろう。

携帯電話をしまってセンター街の奥の方へと進みながら、私は数時間前にＶＩＮＥセンタービルを出てからの出来事を思い返していた。黒いコートの男との追いかけっこでビルの外に出た後、私は事件に居合わせた人間として一度ビル内に戻り警察の取り調べを受けておくべきか迷ったが、結局は戻らないことにした。

逃走したと判断される危険性はなきにしもあらずだが、私のことを目撃している人物は少ない。義眼で小指がないまるでヤクザのような私の身なりでは、警察から見た目だけで疑われることは間違いないというリスクを思えば、今はビルから離れたままでいるのが得策だと考えたのだ。そもそも遺体の第一発見者は江津紅羽であるし、警察も馬鹿ではない。いずれ捜査を進めて話を聞く必要が生じれば、私のところに来るだろう。

警察よりも気にかかっていたのは、あの黒いコートの男のことだった。階段から始まった追いかけっこでは最後まで接触することはなく終わったが、奴が只者ではないことは明らかだ。江津が死んだ今の状況を冷静に考えれば、奴を追いかける理由はもうないのかもしれない。このまま放っておくという選択肢もある。しかし、私の心はそれをはっきりと拒否していた。奴は一体何者なのか。その正体を知りたい。そんな思いだけが今の私を突き動かしていた。

とにかく、私が現在持っている奴の情報は少な過ぎる。私が一方的に不利と言っても過言ではない。この状況を打破するために、私は三十年来の協力者であるマックスに連絡を取った。これまでのいきさつと、奴の情報を集めたい旨を伝えてから数時間。情報を入手したとの連絡が入り、マックスの根城であるこの渋谷に足を踏み入れたというわけだった。

センター街を一番奥まで進み、何度か折れた先の路地裏に足を踏み入れると、ビルとビルの狭間の薄暗い小道に出る。付近のレストランの食べ残しやそれに群がるネズミたちのせいで、いつ来ても相変わらず生ゴミと獣の匂いで溢れているここに、マックスの住処があるのだ。

路地裏にまるで大きめの犬小屋のように粗末な作りで建っている段ボール小屋をノックすると、小屋の外見から比べれば割合小綺麗な、薄い水色のTシャツを着た男が顔を出した。年齢は七十歳近いはずだが見た目にはまだ還暦前といっても通じそうな若々しさを醸し出す彼こそが、マックスその人だ。

裏社会の情報屋として名を馳せていることからも分かる通り、決してお金がないわけではない。私と出会ったときからそもそもかなりの額の貯金があったようだし、情報屋の仕事でも儲かっているはずだ。私も苦しいときは彼から資金の援助を受けたこともあるし、噂では高級マンションが棟ごと買えるほどの額を貯め込んでいるとも聞く。にも関わらず、マックスはなぜかずっとここに暮らしている。何度か理由を尋ねたこともあるが、彼はいつも「自分にはここがふさわしい」と笑って言うばかりではっきりとは教えてくれない。

「おう、よく来たな、谷」

「どうも」

外国人のような名前を名乗っているが、生粋の日本人で顔立ちにも別段特徴はない。顔のパーツは一つ一つが小さく、目鼻立ちがあっさりとしていて、少し古い言い方をするならしょうゆ顔といったところだろうか。若い頃はなかなかモテたのかもしれないと思わせる顔立ちである。

「ちょっと待ってろよ」

「いいですよ、ゆっくりで」

マックスは右足を引きずりながら立ち上がり、段ボール小屋から出ようとしていた。右足の怪我は刑事時代の古傷らしいと前に聞いたことがある。彼の足のことを思うとこちらが段ボール小屋に入った方が良いのだが、私はこの場所が嫌いでどうしても入る気にはなれなかった。マックスはその気持ちを理解してか、私が来ると、いつも我先に立ち上がって外に出てくれる。言葉で上手く言い表せずほとんど口にしたことがないが、そういう細やかな彼の優しさに、私はかなり救われている。

マックスには昨日から、江津誠司の件の情報の整理や各種の調整など、さまざまなことを裏で手伝ってもらっている。例の黒いコートの男の話題に入る前に、まず彼にそのお礼をするところから始めることにした。

「江津の件……昨日から諸々助かりました」

「そんなことはいい。それより……どうするんだこれから」

ゆっくりと話を始めようとする私の意図など気にもせず、マックスは小屋の外に出るなり本題に入った。

「さっき連絡した通りですよ。とにかく……奴の情報を集めようと思ってます」

「奴ってのは、こいつのことだよな」

彼は小屋の中から持ってきたタブレットを軽く叩いて操作すると、こちらの方に向けた。一体どこから手に入れたのか、画面上にはVINEツインタワービルのL棟、十二時過ぎの監視カメラ映像が表示されている。そこにはたしかに、例の黒いコートの男の姿があった。

「ええ、この男です」

「なあ谷、お前この件からもう手引け」

マックスはぽつりとつぶやくように言った。

「どういうことですか」

「言葉の通りだよ。こいつに関わるのはもうやめろ」

彼は私の目をじっと見据えて言った。長年の付き合いで、少ない言葉でもお互いの心情は多少なりとも理解できるようになっていた。彼は今本気で、これ以上黒いコートの男を追うべきではないと私に忠告している。

「理由もなく従えません。何かつかんだってことですよね」

「この男は危険なんだよ」

「只者じゃないことぐらい、私だって分かってます」

一歩も譲ろうとしない態度に痺れを切らしたのか、マックスは大きくため息をついた。

「谷、いろいろあったけど、お前はせっかくここまでうまくやってきた。こいつはそれを壊しかねない」

「私の人生なんてどうでもいいんです。とにかく、情報を知らないことにはどうしようもない」

彼の真意は分からなかったが、このまま引き下がってはあの黒いコートの男の情報は何もつかめない。頑なな様子に観念したように、マックスは小さく舌打ちをした。

「分かったよ……とりあえず情報だけは教えてやる」

「ありがとうございます」

「ただし、お前がこいつを追うことは認めねえ。あくまで情報を教えるだけだ」

条件付きではあるが、とりあえずマックスから情報を引き出す言質を得た。彼はいろいろと言っているが、情報さえ手に入れてしまえば何とでもなる。長年世話になっている彼と探り合いのようなことをするのは気が引けるが、他に手段がないのだから仕方がない。

「分かりました。それで？　一体こいつは何者なんです？」

マックスはしばらくタブレット上で指を滑らせていたが、不意に指を止めたかと思うと、さっきまでの緊張感ある態度とはまるで別人のように打って変わって、楽しそうにニヤニヤと笑いはじめた。

嫌な予感がした。

「なあ、クイズしないか？」

「ああ……」

最悪の予想は当たってしまった。彼はいつも、驚くほど突然にクイズとやらを出してくる。この面倒な性格は出会ってから三十年以上変わっていない。

彼のクイズは画像一つで解くものから、ちょっとした小話を聞いて解くものまで多種多様だが、知識ではなく頭の柔らかさが必要とされるものがほとんどだ。出題のタイミングはいつも私が急いでいるときや何かお願いをしているときで、クイズに正解するまでは求めているものはお預け。嫌がらせとしか思えないが、当の本人はいつだったか「谷が本質を見抜く目を鍛えるために親切で出しているんだよ」などとうそぶいていた。

「しないっていう選択肢はあるんですかね」

「さすが、付き合いが長いと物分かりが早い」

マックスはなぜか、クイズを出すときだけはいつもより上機嫌になる。おおかた、私が困っている姿を見るのが楽しいのだろう。いい加減にしてほしいところだが、こちらはこちらで参加しなければ目的のものが手に入らないので、いつもむげにはできない。

「それで？　問題は？」

「まずは俺の話を聞いて、それから答えてくれ。最近俺が経験した、ある大事件の話だ」

全くもって面倒だが、こうなったマックスを止めるすべは、さっさとクイズに答えてしまう他ない。

「よし、始めるぞ。時は数日前。ここ東京で起きた事件だ」

かくして、マックスの不思議なクイズが始まった。

マックスのクイズ

　俺は何かがばさりと落ちる音で目を覚ました。ここは一体どこだっただろうか。状況を把握するために辺りを見回そうとして、自分が目隠しをされていることに気づいた。さらに困ったことに、普段と違うのは目隠しだけではない。俺はどうやら椅子に座って身動きが制限されているようなのだ。このままでは動けない。それにしても、一体俺の身に何があったのだったか……。

「おい！　そうじゃねぇって言ってんだろう馬鹿野郎‼」

　必死に記憶を手繰っていた俺は、男の怒鳴り声で現実に引き戻された。どうやらこの場所には俺以外の人間がいるようだ。目隠しの上に身動きも取れない中では、周りの状況を知るための手段は音しか残されていない。俺は何とか情報を集めようと、耳をすませた。

「もっと刃を近づけろ！　そんなんじゃ逃げられちまうぞ！」

「はい……！　すいません、親分……！」

　どうやら怒鳴っている男の他に、もう一人男がいるようだ。声は俺の座っている背後の方から聞こえてくる。どうやら怒鳴っている男は俺の右後方、もう一人の男は俺の真後ろにいるようだ。しかしどうにも会話の中身が物騒だ。俺は意を決して、彼らに話しかけてみることにした。

「ここは……」

「おっと。目を覚ましたかい、兄さん。おいテツ、それ取ってやれ！」

「はい！」

男は相変わらず強い語気でテツと呼ばれた男に怒鳴りつけていた。どうやらかなり苛立っているようだが、俺に対する声色は不自然なほど丁寧で優しい。その優しさに貼り付けた仮面のようなものを感じていると、不意に俺の目隠しが外された。どうやら「それ取ってやれ」というのは俺の目隠しを外せということだったようだ。

目隠しが外れた俺の目の前に映ったのは、この場所の入口脇に置かれた椅子に座っている角刈りで強面の五十代くらいの男と、刃物を持って立っている二十代くらいの派手なスカジャンの男。先ほどから怒鳴っていたのは恐らく角刈りの男の方だろう。目元の辺りが以前親交のあったヤクザの親分にそっくりだが、彼もひょっとしたらそちらの筋の人間なのだろうか。まあ、顔が似ているだけでそんな妄想を巡らせても仕方がない。俺は彼に話しかけようと思った。

「なあ、そこのあなた。さっきからずっと怒鳴っているが……」

「おうおう兄さん。ちょっと黙っといてくれねえか！」

「な……」

「ここは俺のアジトだ。ここで俺のやることに口出してもらっちゃあ困るぜ。おいテツ！　さっさとしろ！」

どうやら不用意に会話をしようとして、彼の機嫌を損ねてしまったようだ。テツと呼ばれた男は、その手に持った冷たく光る刃物を俺の体に押し当てた。

「おお、やればできるじゃねぇかテツ。そうだ、そうやって押し当てるんだ」

「はい、親分……」

テツは必死の形相で刃物を握っている。その顔には、隠しても隠し切れないほどに、刃物に対する恐れがしっかりと滲み出ていた。刃物を持って震えるテツの手の動きを恐る恐る見つめながら、俺は昔話を思い出して気を紛らわせようとしていた。

あれは、俺がまだ現役だった頃。突然襲撃をかけ、体に傷をつけてきたチンピラのことだった。あのときのチンピラも、初めて刃物を手にして、恐れが顔に滲み出ていた。慣れない刃物を恐れる気持ちは俺にも分からないものではない。

「なあ兄さん、ちょっといいかい」

「何でしょう」

「さっきはついカッとなって怒鳴っちまって申し訳なかったな。大人げなかった」

強面の男が打って変わって穏やかな声で話しかけてきた。相変わらず取ってつけたような不自然さはあるものの、先ほど怒鳴っていたときのような怒気がないことは間違いない。

「実はなあ、兄さんにちょっと頼みがあるんだよ」

「頼み……？」

テツは相変わらずおびえた様子で刃物を押し当てている。男の機嫌を損ねてまた怒鳴られたり、それによってテツの手元が狂ったりしたらたまったものではない。俺は男の頼みとやらを聞くことにした。

「ああ。これさえ解けば金が手に入るんだ」

「これ……というと？」

「ほら、これだよこれ。どうしても分かんなくてなあ」

男は椅子に座ったまま、自分の真後ろにある壁に貼られた紙を指差した。俺はテツの持った刃物を警戒しつつも、何とか顔を少し右前方に傾けて男の指差す辺りに注目した。そこに書かれていたのは、どうやら暗号のようだった。

「これを俺に解けと……？」

「ああそうだ。解いてくれるまで帰さねえぜ」

男は冗談めかして言った。一体男が何を考えているのかは計り知れないが、強面の男に「帰さねえ」と言われるのはなかなかに好ましからざる状況だ。俺は不安な気持ちを抱えながら、自分の目の前にはっきりと映るその暗号を、恐る恐る解きはじめた（次ページ参照）。

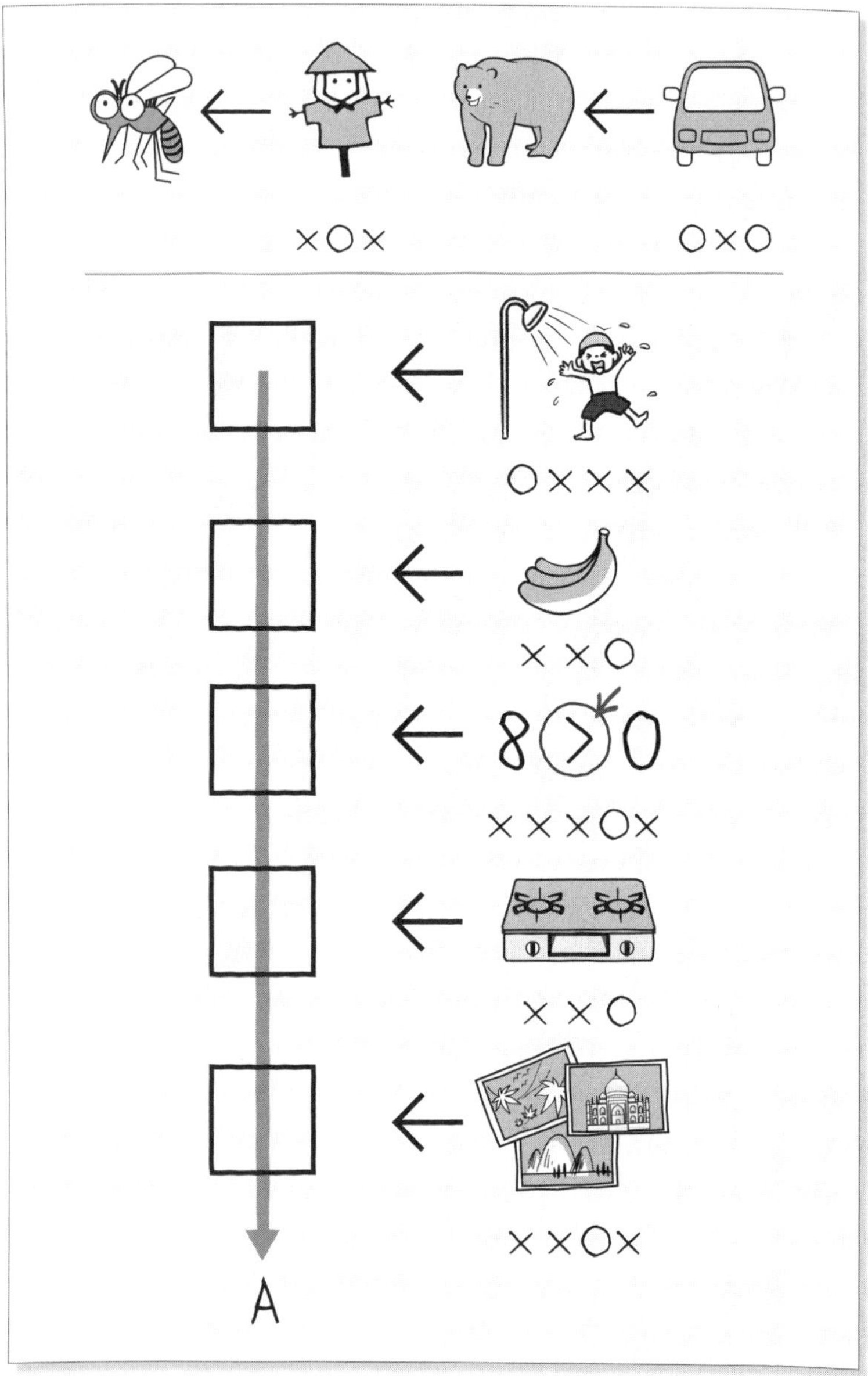
×○×
○×○
○×××
××○
8 > 0
×××○×
××○
××○×
A

「ここに書かれている内容を、会長に伝えれば、大金は俺の手に……どうだい？　兄さん」

自分の元に大金が舞い込むことを想像すると笑いが止まらないとばかり満面の笑みを浮かべて男は言った。

「申し訳ないけど俺は暗号解読は得意じゃなくて……それにこの場所からじゃ見づらいし……」

「あ!?　何だよそれ…！」

先ほどテツに怒鳴ったときのような苛立ちの色が男に見えはじめた。その瞬間、俺の首筋に突然の痛みが襲う。

「痛い！」

俺の首からどくどくと血が流れていた。自分の血が流れる様子をまじまじと見るのは、なかなか気分の良いものではない。とはいえ身動きが取れないため、目を逸らすわけにもいかない。俺は引き続き正面をじっと見据えて、痛みに耐えていた。ふと目をやると、テツは真っ青な顔をして血の付いた刃物を見つめていた。恐らく彼にとって人を切るのは初めての経験だったのだろう。

「すまねえなあ……テツのやつ、ちょっと手元が狂っちまったみてえだ」

男は相変わらずの猫撫で声でおもねるように言った。暗号を解こうとしなかったために、男が何かテツにサインをして俺の首を軽く切らせたのでは、と考えてしまうのは穿ち過ぎだろうか。青白い表情で何も喋らずに震えているテツの様子を見るとさすがにわざとではなかったような気もするが、それにしてもタイミングが良過ぎる。俺が黙っていると、ずっと座っていた男がすっと立ち上がった。

「おいテツ！　お前は下がってろ！　俺がやる」

俺から刃物を離してうつむき、何もできないでいるテツを見て、もう彼に任せることはできないと判断したのだろう。立ち上がった男は腰の辺りから鈍く光る刃物を取り出し、俺の元へと近づいた。

「ところでよ、兄さん。さっきの暗号、頼むぜ……あれさえ分かれば金が手に入るんだよ……兄さんが頑張ってくれるなら、俺も頑張るぜ……」

そう言って男は、俺に刃物を押し当てた。

マックスは話し終えると、こちらをじっと見つめて言った。

「さて、話は以上だ。さっき見せた暗号の答えと、この大事件の真相を教えてくれ」

どうやらマックスの出題はこれで終わりらしい。彼が「大事件」と呼ぶ、この一連の不可解な話は何を意味しているのだろうか。私は彼の話に隠された「真相」に考えを巡らせた……。

依頼人——マックス
事件のポイント一——マックスが目にした暗号の答えは？
事件のポイント二——親分と呼ばれている男の正体は？

※真実への手がかりは次ページへ。
（重大な手がかりなのでどうしても分からないときに見ること）

「俺」が置かれていた状況

※ここから先は解決編になりますのでご注意ください。

二〇一九年三月二十五日（月）　十九時

「どうだ？　分かったか？」

マックスは早く答えが聞きたくてたまらないとばかりの表情で問いかけた。何とも奇妙な話だったが、彼の意地悪な言葉遣いに惑わされなければ、答えを導き出すことはそこまで難しくない。

「ええ。恐らく答えは……『ビバ床屋』ですよね？」

「ファイナルアンサー？」

どこぞのクイズ番組さながらにたっぷりと間を作りながら、マックスは私の瞳をじっと見つめた。

早く話すように催促しようとしたそのとき、彼はゆっくり口を開く。

「正解。さすがだな、谷」

「はあ……それは何よりです」

どうやら私の推理は間違っていなかったようだ。これで話を先に進めることができる。

「じゃあ、もうクイズは終わりでいいですかね」

「いや、まだだ」

「え？　もう一問とか言われてもさすがに困りますよ」

「違うよ、解決編だよ」

その言葉を聞いて、自分の読みが甘かったことを察した。久しぶりだったのでついうっかり忘れていたが、彼はクイズを出すのと同じくらい、何ならそれ以上に、クイズの答えを解説するのが大好きなのだ。そんな彼が、正解を導き出したからといってすぐに話題を変えるわけがない。

「正解は分かってるんですから、手短にしてくださいよ」

「はあ……切ねえなあ。俺は本当に好きなんだぜ、お前とのこの時間」

楽しげだったマックスの表情が、本当に切なげに変わった。私が思っていた以上に、こうしてくだらないクイズを出し合って過ごす、何でもないこの時間を彼は大切にしていたのだろうか。ひょっとすると、昔マックスが言っていた「谷が本質を見抜く目を鍛えるために親切で出しているんだよ」という言葉すらもあながち嘘ではないのかもしれない。三十年以上ずっと世話になってきたのに、困っているのを見て楽しんでいるのだとばかり考えていた自分を少し恥じた。

「ほら、やるならさっさとやってくださいよ」

「つたく……まあいい。じゃあ、解決編だ。俺のその後の話を聞いてもらおう」

切なげなマックスを気遣ってかなり優しい声色で言ったのが功を奏してか、マックスは先ほどまでの元気をおおむね取り戻したようだった。そして、彼の「解決編」が始まった……。

「どうだい兄さん？　解けたかい？」

「ええ、なかなかこの状態では解きづらかったですが……というかこの問題、他の人には見せない方がいいかもしれませんね」

「はあ？　どういうことだい？」

男は引き続き俺に刃物を押し当てていた。

「いや……ここから見える通りにこうやって解くと、答えが『みなごろし』になるんですよ」

「はあ!?　何だって!?」

驚きの表情を浮かべる男に、俺は解き方を丁寧に説明した。イラストを言葉にして、〇の付いた場所の文字だけを拾う。暗号自体は決して難しいものではない（次ページ参照）。

「なるほどな……でも当然、本当の答えはこれじゃねぇわけだろ」

「ええ」

「その答えを教えてくれよ」

男は待ち切れないとばかりに私を急き立てる。

「答えは……『ビバ床屋』です」

「本当か!?　さすがだな、兄さん！」

俺の説明もロクに聞かず、男は一人喜びはじめた。「みなごろし」が正しい答えではない理由。それは、俺の居場所と関係する。今いるここは床屋だ。そして目の前には、大きな姿見が広がっ

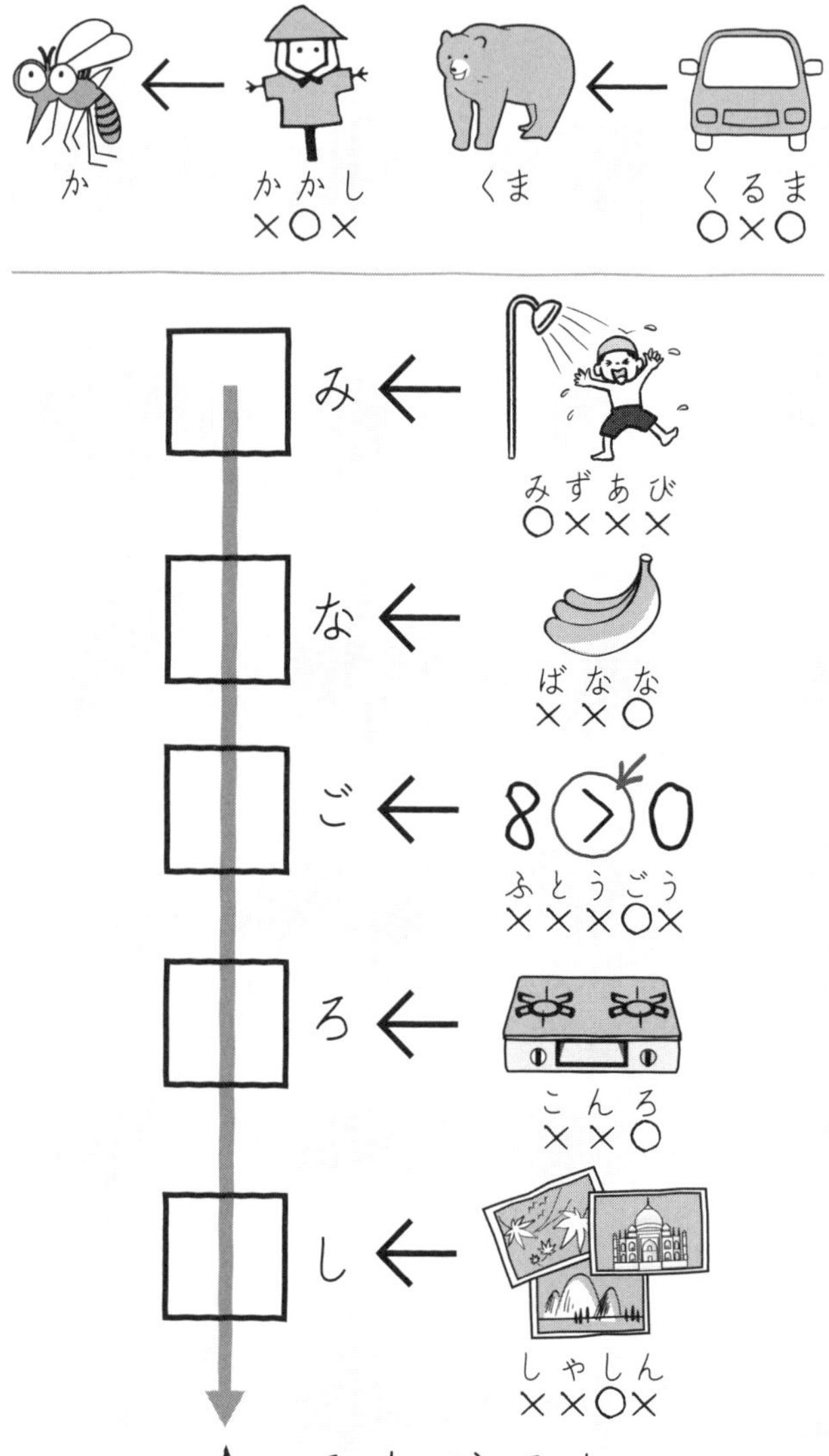
か
かかし
×○×
くま
くるま
○×○
み
みずあび
○×××
な
ばなな
××○
ご
8>0
ふとうごう
×××○×
ろ
こんろ
××○
し
しゃしん
××○×

A　みなごろし

ている。そう、俺の目の前に見えているこの問題は、鏡に映ったものなのだ。

鏡とは便利なものだが、ときとして厄介でもある。そもそも男が解けと言ってきたあの問題は、俺の右後方にいる男の後ろにある壁、すなわち俺の右後ろに貼られているものだ。正面を向いて動きを制限されている俺が、右前方に顔を傾けてそれを見られるのは、鏡のおかげとしか言いようがない。

それに鏡は、普段なら見られないものも見せてくれる。普通、出血する自分の首を見ることなどはできない。だが俺は先ほどテツに切られた際、鏡のおかげで、その中に映る自らの首の出血を確認することができた。こう考えると鏡が便利なのは間違いない。しかしそこには一つ厄介な欠点がある。それは、左右が反転することだ。

男から解くように言われたあの問題が鏡に映ったものである以上、そのまま解いては答えを導くことができない。頭の中で左右反転させて本来の配置を思い描き、その状態で解かなければならないのだ。これはなかなか面倒な作業だったが、俺は何とか成し遂げた。そして出てきた答えが「ビバ床屋」だったのだ（次ページ参照）。

「これを組合の会長に伝えれば、賞金は俺のもんだ……！」

「会長？」

「ああそうだ、悪い悪い。兄さんにはロクに説明もしてなかったな」

男は言葉とは裏腹にそこまで悪びれる様子もなく笑って言った。男の説明によれば、俺が解か

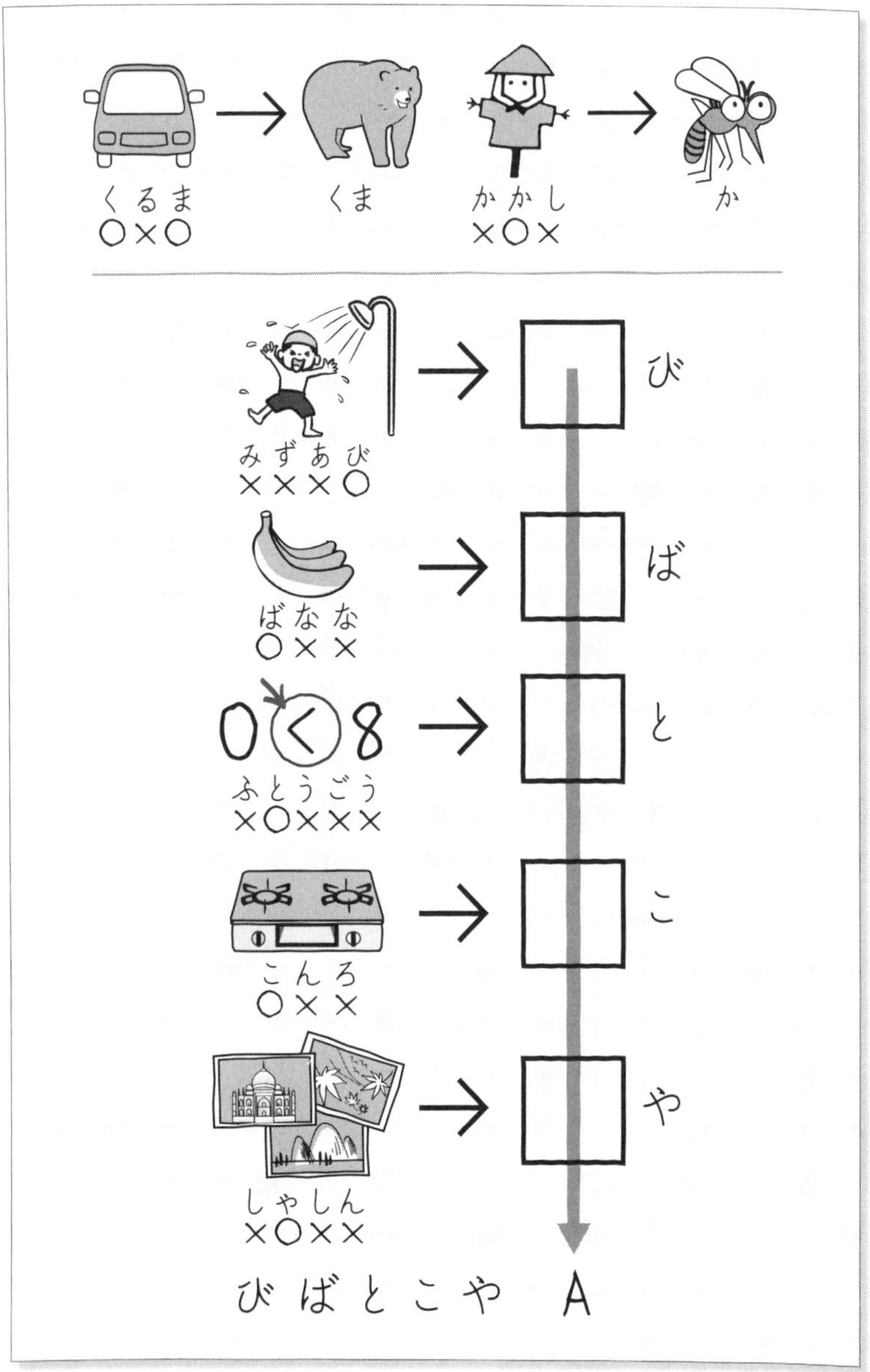

くるま
○×○
くま
かかし
×○×
か
みずあび
×××○
びばな
ばなな
○××
ふとうごう
×○×××
こんろ
○××
しゃしん
×○××
び
ば
と
こ
や
びばとこや　A

されたあの暗号は全国床屋組合主催の謎解き企画の問題らしい。

問題を一番最初に解いて、答えを組合の会長に伝えたお店に、賞金十万円が進呈される。協力して暗号を解くことで、店とお客さんの交流を深めるという立派なコンセプトのもと会長が自ら問題を作って開始された企画だったらしいが、解いてくれと頼られる方にとってはたまったものではない。

「にしても、問題を鏡写しで見たら、たまたま『みなごろし』と解けちまうだなんて……あの会長も運が悪いもんだ。兄さんの言う通り、こんなもんを店に貼ってたらお客さんに怖がられちまう」

男の言葉を聞きながら、俺の頭の中には一つの仮説が浮上していた。

「たまたまじゃないんじゃないでしょうか」

「あ？　どういうことだ？」

相変わらず客に向けるとは思えない口調の男に対して、俺は冷静に続けた。

「鏡に映ったまま暗号を解いて『みなごろし』という答えを導き出したお客さんは、きっとお店の人にそれを告げるでしょう。何だか物騒ですね、と」

「まさか、会長がそうやってお客さんと俺たちの間に会話が生まれるのを狙ってたってのかい？」

「分かりませんけど……その可能性もあるのではないかな、と」

男はしばらく信じ難いといった表情で黙り込んでいたが、やがて真偽の定かではないことなど考えるだけ無駄だとばかりにあっけらかんとした口調で喋りはじめた。

「それにしても……よくこの鏡越しの状態で解けたなあ兄さん！」

「何を他人事のように……あなたが解けというから解いたんですよ」

「へっ、そうだったな。まあお礼はちゃんとするぜ」

男は賞金が手に入る喜びを隠し切れんばかりにニヤニヤとしていた。彼の調子の良さにはあきれるが、これぞ昔気質とでもいうようなさっぱりとした感じには少し懐かしさも感じる。そんなことを考えていると、髪の毛とひげがばさりと落ちる音がした。

「はい、兄さん！　一丁上がり！　我ながらかっこ良くなったと思うぜ！」

男は俺に押し当てていたハサミやひげ剃りを腰のポシェットにしまうと、毛が服に付かないようにするためのケープを外してくれた。椅子に座る俺はケープのせいで身動きを制限されていたが、これでやっと自由の身だ。

「うん、いいですね。ありがとうございます」

鏡に映る自分を見て、素直にいい仕上がりだと感じていた。接客態度はさておき、腕はたしかなようだ。

「よし、じゃあ最後はシャンプーだ。こっちへ来てくれ」

男の言葉に従って、シャンプー台の方へと移動した。この床屋の中に、シャンプー台は一台しかない。店主の彼がずっと一人でこぢんまりと続けてきた証なのだろう。自分の城であるこの店のことを「俺のアジト」と呼びたくなる気持ちも分からなくもない。とはいえあの口の悪さには、改善の余地があるように思われるが。

「なあ兄さん。テツがあんたに謝りたいってよ」

「あ、ああ……まあ大丈夫ですよ」

シャンプーを終えて顔を上げると、俺の横にはテツが立っていた。相変わらず青白い表情だが、先ほどよりは少し顔色が戻ったようにも見える。

「すみませんでした……俺、お客さんの首を切っちまうだなんて……」

「いやいや、大丈夫だよ、テツくん。まだ修行中なんだろう？」

「はい、そうなんです。お客さんのひげを剃らせてもらうのは今日が初めてで、それで俺、緊張してて……」

恐縮しきりのテツが少しでも落ち着けるように、俺はなるべく優しい口調で続ける。

「そうだったんだね。君がひげ剃りを怖がってるのは、何となく俺にも分かったよ」

「すみません……親分にも『ビクビクしてるとお客に逃げられるぞ！』ってよく言われてるんですけど……」

「まあまあ。頑張ってくれよ」

テツは相変わらず恐縮していたが、その顔色は先ほどよりも少しマシだった。俺の励ましに、少しは元気を取り戻してくれたのだろう。テツは大きく頷くと、箒を持って店の片付けを始めた。

「それで店長、お代は？」

「ああ、そんなもん今回はなしでいいよ。テツが怪我させちまったし、暗号も解いてくれたしな！」

店長は気前良くそう言い放つと、俺の肩をポンと叩いた。

「そんな、悪いですよ」

「いいっていいって！　何なら今度何回か、賞金の分でタダでもいいぜ！」

「それだと……せっかく手に入れた賞金がプラスマイナスゼロになるのでは？」

「はっはっはっ！　さすが兄さん。その通りに違いねえ。今のは取り消しだ!!」

豪快に手を叩いて笑う店主を見ると、少し楽しい気分になった。俺はきっとまた、この店に来るのだろう。


「以上。これにて解決編は終了だ」

最後まで話し終えたマックスは満足げな表情でにっこり笑って軽く会釈すると、ゆっくり息を吐いた。長時間喋り続けて少し疲れたのか、一度段ボール小屋に入ると、ペットボトルの水を持って再び外に現れた。水を飲む彼を見つめながら、私は先ほど気になったことを聞いてみることにした。

「好きですよね、クイズ」

「何だよ急に」

「いや……どうして、いつもクイズを出すのかなと思いまして」

マックスはふっと気の抜けた笑みを浮かべると、なぜか背を向けて話しはじめた。

「さっきも言ったろ。好きなんだよ」

「クイズが……ですか……?」

「馬鹿野郎。違うよ、お前とこうやって話す時間がだよ」

照れ隠しで吐き捨てるように話すマックスの姿を見ていると、私まで恥ずかしくなってくる。

「俺はお前のことを、自分の子供だと思ってる。本当の親子じゃねえけど、この三十年近く、できることは何でもやってきた。子供とちょっとでも長く喋ってたいのは親として当然だろ?」

彼は私に背中を向けたままで話を続ける。

「それにな、お前のためでもあるんだぜ。ああいう意地悪なクイズをちゃんと正解できるようになったってことは、お前の頭脳がちゃんと成長したってことだからな」

「本質を見抜く目を鍛える……ってやつですか?」

マックスは私の言葉に反応してこちらを振り向くと、軽く舌打ちをした。

「お前……覚えてるのに聞きやがったのか」

「いや、ずいぶん昔のことですから。さっきふと思い出しただけですよ」

「ほら、思い出してるんじゃねえか」

柄にもなく素直になって損をしたとばかりに、マックスはわざとらしいため息をついた。それに苦笑いで応えながら、私の心の中は不思議と温かい気持ちになっていた。親に捨てられて施設で育ち、その後もひどい暮らしをしてきた私をずっと見守ってきてくれたマックス。最大の協力者として今も支援を続けてくれる彼の存在が、かけがえないものだということを実感する。

その彼が「手を引け」と言うのだから、今回の件はもうこれで終わりにするべきなのかもしれない。

私の頭の中にはそんな考えすらもよぎったが、それでもなお、あの黒いコートの男のことをこのまま放っておくことはできなかった。

「それで、あの黒いコートの男の情報は？」

柔らかかったマックスの表情が一転して緊張感を帯びる。

「クイズで満足ってわけにはいかねぇか」

「そうですね。すみません」

このまま終わってくれればいいのにと願う彼の寂しげな表情をなるべく見ないようにして続ける。

「調べたことを教えてください」

「分かったよ、約束だからな」

彼はタブレットを取り出して私の方に向けると、重々しい口調で話し出す。

「こいつはな……多分お前と一緒だ」

「え？」

タブレット上には、例の黒いコートの男の情報がまとめられていた。私は情報を書き留めるため、愛用の茶色い薄型の手帳を取り出した。しかし、表紙の革ベルトのボタンを外してメモを始めてすぐ、わざわざ書き留めるまでもなかったと感じていた。マックスの情報の中に名前など詳しい個人情報はなく、正直なところプロフィールとしてはかなりの穴抜け状態。奴を追いかける手がかりになるとはおよそ思えないレベルの情報量だ。

彼はこんなわずかな情報で一体何を伝えようとしているのだろうか。よく見ていると、奴の姿が映る監視カメラの画像がいくつか目についた。先ほど見せてくれたものを含め、すべてＶＩＮＥツインタワービルの監視カメラデータから何らかの方法で抜き取ったもののようだ。いくつかの写真を見終えたとき、私はマックスの言葉の意味を何となく理解した。

「義眼……」

「ああ。しかも何の因果か、お前と同じ左目だ」

この世の中、義眼の人間は決して多くない。しかし私には、自分とあの黒いコートの男との間に不思議なつながりがあるとしか思えなかった。それに特徴という意味ではもう一つ共通点がある。奴もまた私と同じように、どう見てもヤクザにしか見えない外見なのだ。

「この見た目……裏社会とつながりがあることは間違いないですよね」

「そうだ。詳細はつかめてねえが、組に所属してたこともあるはずだ」

奴が裏社会に関係ある人間だとするなら、これはなかなかの難敵だ。一筋縄ではいかないかもしれない。黙って次の一手を考えていると、マックスが不意に口を開いた。

「さっきも言ったがお前は手を引け。こいつは俺がどうにかする」

「いやちょっと待ってくださいよ。これは私の事件ですよ」

私は少し語気を強めた。心配してくれている彼の気持ちは分かる。とはいえ、私にだって譲れないものがある。私だけが手を引いて、マックスが奴を追うなどということは断じて許せない。

「奴は危険だ」

「危険なら今まで何度だって味わってきましたよ」

「嫌な予感がするんだよ。なあ頼む、俺に任せてくれ」

マックスは懇願するような目でこちらを見つめていた。彼がここまで言うのだから、本当に危険な相手なのだろう。それでも私は、何としても自分の手で奴を追いかける覚悟を決めていた。そこにはマックスの身の安全を思う気持ちも、自分の事件を最後まで見守る責任もあった。

「断ります。これは私の事件です。私が奴を追いかけます」

私は彼の瞳をじっと見据え、はっきりと言い放った。三十年来の付き合いだから、きっとこれ以上言葉を重ねなくても彼には伝わる。案の定、しばらく黙って考え込んでいたマックスはふと大きくため息をつくと、観念したとばかりに肩をすくめた。

「交渉決裂……か……」

今まで見たことないほどに悲しげな彼の瞳にはもう、私を諭そうとする意思は見えなかった。

「好きにしろ。んで、忠告を聞かねえ馬鹿はさっさと出てけ」

「ありがとうございます」

マックスはしっしっと手を払うと、相変わらず右足を少し引きずりながら、そそくさと段ボール小屋の中に戻る準備を始めた。何か声をかけようかと思ったが、いい言葉が思いつかない。そのまま立ち去ろうと、私が段ボール小屋に背を向けて数歩歩いたそのとき、後ろから急に声がかかった。

「なあ、谷」

振り向くと、マックスが段ボール小屋から顔だけを出してこちらを見ていた。

「何ですか？」

「俺はお前の味方だ。いつだってな」

そう言うと彼は、すっと段ボール小屋の中に入って見えなくなってしまった。どれだけ無鉄砲に動いても助けてくれるうれしさと、忠告を無視して突き進む申し訳なさで私の心はいっぱいだった。感謝も謝罪もすべて伝えるつもりで、段ボール小屋に向かってしっかりと一礼する。小屋の中に入った彼には見えていないはずだが、なぜだかきちんと伝わっているという自信があった。

しばらくして顔を上げると、私はセンター街の方に戻るために薄暗い裏路地を進んだ。いざセンター街に戻ろうかとするそのとき、センター街入口付近のそれが私の視界に入った。色とりどりのネオンや看板に彩られた渋谷には不釣り合いな黒いコート。そこにいたのは、あの黒いコートの男だった。

これは絶好のチャンスかもしれない。私が奴の方に向かって走り出すと、奴もチラリとこちらの方を振り向いた。ひょっとするとこちらに気づいたのかもしれない。私の失敗は、奴の振り向きに気を取られ過ぎたことだった。

「おいテメェ！　今ぶつかっただろ！」

私の近くを歩いていた若い男が突然声を上げた。どうやら黒いコートの男に気を取られていて、すれ違った際に軽く肩がぶつかってしまったようだ。

「申し訳ない」

「あ、いや……こ、こちらこそ、すみません!!」

彼は私の体を恐る恐る見回すと、逃げるように立ち去った。因縁をつけたときこそ気づかなかったが、ヤクザのような姿を見て怖くなったのだろう。よくあることだが、何とも最悪なタイミングだ。

センター街の方に目を戻すと、そこに黒いコートの男の姿はなかった。若い男に対応しているうちに見失ってしまったようだ。このままでは奴の正体はつかめない。何か、方法を考えなくては……。

学園に忍び寄る魔の手

二〇一九年三月二十六日（火）　十一時

　窓から入る日差しで、私は目を覚ました。金欠の探偵事務所にある安物のソファでの目覚めは、決して気分の良いものではない。歳のせいか硬いソファのせいかは分からないが、体の節々が痛むのを感じる。もう少しこのまま横になっていたかったが、一人孤独な金欠探偵稼業でそんなことばかり続けていては、すぐに生活はままならなくなる。だらけたい気持ちを何とか抑えつつ意を決して立ち上がると、大きく背伸びをした。

　ソファの前にある小ぶりなローテーブルには、コレクター事件の資料が乱雑に並べられていた。昨晩、というかもはや今朝早くまで、私はずっと事件資料を見返していた。事務所の奥の居住スペースに戻らずに、そのままこのソファで寝てしまったのもそれが原因だ。まあ、長時間粘った割に全く成果はなかったのだが。

　昨晩渋谷まで赴いて、何とかＶＩＮＥツインタワービルの監視カメラ画像を手に入れるまでは良かった。例の黒いコートの男が私と同じ義眼でヤクザのような見た目だという前提で、今までの事件資料を見直してみれば何か新しい真実が見えてくる……かと思ったのだが、ことはそう上手くいかなかった。そもそも、腕利きの情報屋をもってしても監視カメラの写真が精一杯だというのに、私ごときに簡単に何かをつかめるはずがない。それゆえに捜査は袋小路に入っていたし、奴を捕まえるための手段は全く思い浮かばなかった。

机の上の資料を整理しながら、私は愛用の手帳を探していた。薄型なので資料の山に埋もれて見えなくなってしまっているのだろう。自分のいい加減さを反省しながらも、資金さえあれば事務所に秘書でも雇って、資料整理をしてもらえるのにという無意味な妄想が止まらない。しばらくして机の上が整うと、資料の一番下に隠れていた愛用の茶色い手帳の表紙が顔を出した。表紙のベルトをスライドさせて中を開くと、私はしばらくの間、現在自分が抱えている問いと向き合うことにした。「コレクターの捜査を続けるべきなのかどうか」という問いと。

昨晩の時点では、捜査をやめることなど考えてもいなかった。だが渋谷で情報を受け取ってから、正直迷いはじめていた。コレクターを追っている理由はそもそも、江津誠司に依頼されたからだ。依頼といえば聞こえはいいが実態はほとんど脅迫。コレクターの次のターゲットは自分だと話す彼の「コレクターを捕まえて自分を守らなければ、お前の過去を吹聴して事務所の悪評を流す」という脅しに屈する形で捜査を始めた。そして不幸なことに彼の予想は的中し、江津は昨日コレクターの手によって殺害された。

よく考えると、この状況下で私が捜査を続ける理由はない。今現在、私の依頼人はすでに死亡している。依頼人の熱い思いに共感して依頼を受けた……という経緯でもあれば、きっと私は勇んで捜査を続けていたことだろう。しかし、今回依頼を受けた理由は脅迫だ。そして、依頼人である江津が死んだということは、彼の依頼を最後まで遂行しようがしなかろうが、私を脅す人間はいない。捜査を続けなくとも、私に損はないのだ。

もし捜査を続けるとするなら、その理由はたった一つ、私の中にあるこの事件への興味だ。乗りかかった船、と言うのは不謹慎かもしれないが、曲がりなりにも自分が関わった事件を未解決のまま終わらせるのは気分が悪い。義眼でヤクザのような見た目のあの黒いコートの男。奴は一体何者なのか。気のせいでなければ、昨日渋谷の街で一瞬見かけたのも奴だった。渋谷には情報屋が多くいるから、奴が何か次の犯罪を計画するために渋谷に立ち寄っていたとも考えられる。もしそうだとするなら、果たして次のターゲットは誰なのか。今まで犠牲者となった四人はなぜ殺され、なぜ眼球をえぐり取られたのか。考えはじめれば疑問は尽きない。それに、一連の事件についてはもう一つ気になることがある。この事件の裏にはきっと何かが隠されている。その一番の根拠は……。

事務所の扉をドンドンと叩く音がして、私は思考の沼地から抜け出した。扉の方に目を向けると、曇りガラスにうっすらと黒いシルエットが映っている。どうやら来客のようだ。捜査を続けるべきか否か、まとまらない思考のループをいったん切り上げ、机の上の資料が見えないように軽く整えると、扉の方へと向かった。

扉の外にいるのは新しい依頼人だろうか。もしそうなら、コレクターの件を忘れて心機一転新しい事件に取り組めるかもしれない。しかし、私には何となく予兆があった。この来客はきっと、新しい依頼人ではない。きっと誰か昨日の事件の関係者だ。何せ、この事務所に依頼人などめったに来ないのだから。少し自嘲気味な気持ちになりながらドアノブをひねって扉を開けると、扉の外には江津誠司の娘、江津紅羽が立っていた。

「どうも……」

紅羽は一言そう言うと、それきり黙ってしまった。私は何と声をかけるべきか迷った。彼女と会うのは昨日、江津の遺体を目撃して以来。あのときビルの外に出てしまった私は事情聴取を逃れたが、彼女は恐らくあの後、第一発見者として警察から取り調べを受けたのだろう。表情は明らかに衰弱していて、その瞳はどこかうつろだった。

父親が無惨にも殺害されて、その遺体を目撃した翌日なのだから無理もないが、このままずっと黙って立っていられてもどうしようもない。私は彼女を事務所の中に案内することにした。

「あの……立ち話もなんですし、とりあえず、中で話しませんか」

紅羽は小さく頷くと、事務所の中へと入ってきた。私はローテーブルから手早く資料を取り上げると急ごしらえの応接セットとして軽く整え、先ほどまで寝転がっていたソファに腰を下ろした。

「紅羽さんも、座ってください」

紅羽は私の向かいにある一人掛けの椅子に腰を下ろしたが、先ほどから続いている伏し目がちな態度は変わらず、ずっと押し黙っていた。

「その……今日はどうして……？　お父さまのご葬儀など、お忙しいのでは？」

話し出すきっかけを与えようと口を開いたが、彼女は変わらず口を閉ざし続けていた。気まずい空気がしばらく続いた後、不意にその場の沈黙を破るか細い声が響いた。

「司法解剖で遺体が戻らないから、葬儀はしばらく先。それよりも……教えて」

「はい？」

「教えて。パパのこと」

「というと……」

紅羽は少し震えの残る声で、ゆっくりと話し出した。

「パパは探偵さんにコレクターの件で相談してた、そうだよね？」

「守秘義務……は緊急事態ということで破りましょう。ええ、私は彼から依頼を受けてました」

「それを詳しく教えてほしいの。コレクターのことなんて、パパは私には一言も言わなかった」

彼女がここを訪れた理由が何となく見えてきた。恐らく父親の死について私が何か知っていると踏んで来たのだろう。脅迫の件も含め、どこまで正直に喋るべきなのかを迷いながら、会話を続けた。

「江津さんからは一昨日、『次にコレクターに狙われるのは自分だから、正体を突き止めて命を守ってほしい』という依頼を受けました」

「え、何それ？　パパは自分が殺されるって分かってたってこと？　何で？」

紅羽は噛みつかんばかりに矢継ぎ早に質問を重ねる。

「落ち着いてください。理由は私にも分かりません。何せ、詳しい話は昨日聞くはずでした。そのために江津さんの会社に行ったら、ああいうことになったんですよ」

「昨日」というワードが記憶を思い起こしてしまったのか、彼女は苦々しげな表情を浮かべた。

「だから、残念ながら私にお話しできる情報はないんですよ」

「待って。そもそも何でパパは探偵さんに依頼したの？　こんな……」

ふと、彼女は言いかけた言葉を飲み込んだ。「場末の寂れた探偵事務所なんかに」とでも続けたかったのだろうか。正直なところ言ったも同然だったが、ギリギリで飲み込んだだけ、彼女は成長しているのかもしれない。この質問に答えようとすると、自ずと脅迫の件を話さざるを得ない。父親の脅迫話を彼女にするべきなのか迷っていると、そのそぶりに勘づいたかのように彼女が追撃してきた。

「何か隠してない？　ねえ、私の中じゃあんただって一応怪しい容疑者の一人なのよ。昨日の事情聴取では説明も面倒だし、いったんあんたのことは話さなかった。その見た目じゃ無駄に疑われるだろうし……」

紅羽は私の義眼や桜の刺青、両手の手袋に次々と視線を飛ばしながら言った。どうやら彼女は多少なりとも私のことを気遣ってくれていたようだ。優しさが感じられて素直にうれしかったが、次に続く言葉ですぐに私はその思いを打ち消すことになった。

「でもね、あんたを突き出すのは簡単。下手したらあんたが犯人だって言うことだってできる。ヤクザみたいな見た目のあんたと、大企業令嬢の私と、警察はどっちの話を信じると思う？」

まさか親子そろって脅迫してくるとは。あの親あってこの子あり、といったところだろうか。私は思わずくすりと笑ってしまった。

「だから正直に教えて。パパはどうしてあんたに依頼したの……って、何笑ってんのよ」

「いやいや、すいません。分かりましたよ」

紅羽は私の笑みに腹を立てた様子で、ものすごい剣幕になっていた。それを落ち着けるためにも、なるべくゆっくり冷静に話を始める。

「失礼でしたね。本当にすみません。でも、今紅羽さんがしたのと同じですよ」

「はあ？」

「江津さんは私のことを脅していたんです。捜査しないと、事務所を潰すぞってね」

江津から依頼を受けた一連の経緯、そして彼との過去の出来事を私はすべて語って聞かせた。彼女にとっては初めて聞くことばかりだったのだろう。紅羽は唖然とした表情で耳を傾けていた。

「パパが脅迫……？　それに、ヤクザとつながってた……？」

「ええ、なので『なぜ私に』という問いの答えは『ちょうど弱みを知っている使いやすい探偵がいたから』というところですかね」

彼女は信じられないと言った様子で顔をしかめていた。それからしばらく考え込むように黙っていたが、やがておもむろに口を開いた。

「パパは……私にとっては最高のパパだった」

紅羽は思い出をたどるようにしていた。過去を懐かしむその表情は、どこか寂しげだった。

「パパは、私が小さい頃からずっと優しくしてくれた。たくさん遊んでくれたし、勉強や世の中のことをたくさん教えてくれた。こうやって話すとありきたりで、何て言ったら伝わるか分からないけど……誰に何と言われようと、私はパパが大好きだった」

彼女の瞳にはうっすらと涙が溜まっていた。天涯孤独で育った私には親子のことは分からないが、必死に父親のことを話すその姿は、母を想って昨日私に依頼をしてきた弘也の姿とも重なり、どこか私の胸を打った。彼女は軽く涙を拭うと、真剣な表情でじっとこちらを見据えた。

「だから、私は知りたい。どうしてパパが殺されたのか」

次に彼女が何と言うか、私には想像がついた。

「だからお願い、探偵さん。一緒にコレクターを探して」

彼女はまっすぐに私の目を見て言った。その瞳には先ほど事務所に入ってきたときのような絶望の色はなく、真っ赤な炎がぱちぱちと燃えているかのような、強い情熱が宿っていた。この一晩、今後の捜査をどうするか迷い続けていた自分の進むべき道がはっきりと決まった感覚が、たしかにあった。

「分かりました」

「本当に？」

「ええ。ただ、条件があります」

「何よ、一体」

パッと輝いた彼女の表情が、一瞬にして怪訝そうになった。よくもまあここまで表情がころころと変わるものだと感心しつつ、話を続ける。

「条件は二つ。私を信じること。そして、私に頼らないこと」

「どういうこと？」

「一つ目は簡単です。さっき紅羽さんも言ってた通り、私はこんな見た目の元ヤクザです。どれだけ怪しく見えるかは自分でも分かってる。でも、信頼関係がなかったら、捜査は進まない。だからまずは、私のことを信じてください」

紅羽は噛み締めるように、こくりと頷いた。

「そして二つ目。こっちの方が大事です。私に頼らず、自分の頭で考えること」

きょとんとした表情でこちらを見ている紅羽に、私はゆっくり話を続けた。

「自分の目でよく見て、よく考えること。これが、本質を見抜くために必要なことです。敵は、先入観と常識。考えるのをやめたらそこですべては終わります。たとえ探偵と依頼人という立場であっても、私に頼って考えなくなったら、紅羽さんにはきっと真実が見えない。だから、私に頼らないでください」

彼女は思考を整理しているのかしばらく黙ってうつむいていたが、顔を上げるとはっきりとした声で言った。

「分かった。だから、お願いします」

紅羽は深々と頭を下げた。大企業のお嬢様として育ってきた彼女にとって、こんな風に頭を下げる経験は恐らくほとんどなかっただろう。そんな彼女がこうして頼んでいる。その姿を見て、私も想いに応えないわけにはいかない。

「こちらこそ、よろしくお願いします」

なるべく自分の気持ちが伝わるように、私ははっきりと告げた。そして、頭を下げたままの紅羽に顔を上げるように促すと、あえて少しおどけた口調で言った。

「報酬は……江津さんの分も含めてたっぷりいただきますけど、よろしいですよね」

紅羽はふっと微笑んだ。そして、いつもの高飛車な調子で言った。

「元ヤクザってのは、やっぱりお金に汚いもんなのね。勉強になるわ」

昨日父親が亡くなったのだ。カラ元気に違いないことは分かっているにしろ、彼女の様子にもとの調子が戻ったことが少しうれしかった。

「そうやって、すぐ人を枠にはめようとするのが、先入観の始まりですよ」

「な……」

紅羽は何か言いたげにしていたが、特に返す言葉が思い浮かばなかったのだろう。憮然とした表情のまま私を軽く睨みつけていた。

「まあ、とにかく。捜査の話をしましょう」

彼女はわざと私に聞こえるような音量でため息をつく。

「そうね。それで、探偵さんはどこまでつかんでるわけ?」

私は今までの捜査結果をすべて彼女に伝えた。紅羽はときどき質問を挟みつつも、すべてを聞き逃すまいと真剣な表情で最後まで話を聞いていた。

「なるほど……つまりさ、打つ手なしってこと?」

今度は私の方が言葉に詰まる番だった。彼女の顔に明らかな落胆の表情が浮かぶのが分かる。打つ手なしというのは正直ほぼ正解なのだが、たった一つだけ可能性はまだ残されていた。

「いや、あります。沖島刑事です」

「沖島刑事って……昨日弘也くんの件で助けてもらった、あの？」

「ええ」

彼女が事務所に来て思考を中断してしまったが、沖島の件はちょうどその直前に考えていた。この一連のコレクター事件の裏に何かが潜んでいると考える最大の根拠。それは昨日弘也の件で電話をした際に、沖島の口から「コレクター」という単語が出たことだった。

「彼は昨日電話をした際、私にコレクターの話をしました」

「刑事なんでしょ？　ただ捜査してるってだけじゃないの、そんなの」

彼女の言うことももっともだ。しかし、私と彼の関係性においては少し話が変わってくる。

「想像力ですよ、紅羽さん」

彼女は馬鹿にされたと感じたのか少しムッとしていたが、構わずに話を続ける。

「彼は刑事、それも優秀な刑事です。ただ捜査をしているのだとしたら、私なんかに話すでしょうか」

「なるほど……探偵さんに話すからには、何か裏事情がある、ってこと？」

「ええ、彼が私に何かを頼むのは、大抵警察ではどうにもならない事件です。警察上層部の闇に関する事件とか、立件するのには証拠が足りないがクロに間違いない事件とかね」

我々が知っている中で、コレクターが警察内部と深く関わっているというような類の情報は特にない。もしも沖島が何かを知っているのであれば、我々にとって新しい糸口となる可能性が高いのだ。

「たしかにそれは、話してみる価値がありそうね」

「ええ。それに彼は『担当じゃないけど気になることがある』という言い方をしていました。彼があの言い方をするときは、大抵なかなか入り組んだ事情が隠されている」

「よし、じゃあさっさと連絡よ」

紅羽はまるで使用人に給仕を頼むかのように指示をした。私はその態度に苦笑いを浮かべつつも、捜査を始めて少し元気を取り戻した彼女に水を差す気にもならず、そのまま受け流すことにした。

一度ソファから立ち上がると携帯電話を取って戻り、電話帳で沖島の番号を探した。なぜか今日はいつものようにあ行を延々とスクロールするのではなく、か行から遡る形で彼の番号にたどり着くことができた。今日は幸運の日なのではないかとくだらないことを思いながら電話をかけると、何回かのコールですぐに彼につながった。

「何だ？　どうした？」

沖島のドスのきいた野太い声が電話口に響いた。紅羽が自分を指差して、聞かせてほしいとジェスチャーで伝えているのが見える。携帯をスピーカーフォンにしてテーブルの上に置くと、彼女は小声で「ありがとう」とつぶやいた。

「ちょっと話したいことがあって……コレクターの件です」

「な……お前、それはこっちから連絡するって言ったろ」

沖島が少し声をひそめるのを感じた。

「今、署なんだよ。外に出るからちょっと待て」

彼はそう言うとしばらく喋らなくなり、移動の音だけが聞こえた。コレクターの件は署内で堂々と話せないような話ということなのだろうか。ますます彼が何か知っている可能性が高まってくる。

「ったく……急にかけてくんじゃねえよ、本当に」

「すみません。そんなに繊細な話題だと思ってなかったんです」

沖島が大きくため息をつくのが電話口から聞こえてくる。

「それで、何で急にコレクターなんだよ。ってかお前、昨日も何か気にしてたよな」

私がどう説明をするべきか迷っていると、突然紅羽が声を上げた。

「私がかけてほしいって言ったんです」

「ああ？　誰だあんた？」

「江津紅羽。江津誠司の娘です」

「え……」

電話口の向こうで驚く沖島の顔が目に浮かぶようだった。勝手に話し出されるのは困ったものだが、説明を単純にするためには決して悪くなかったかもしれない。

「ちっ……おいお前、どういうことかちゃんと説明しろ」

私は沖島に今までの経緯を素直に伝えた。彼は適宜相槌を打ったり、ときどき唸り声を上げたりしながら話を聞いていた。

「まさかお前が、そんなにコレクターに関わってるとはな……」

「すみません、今まで黙ってて」

「んなことはいい。今大事なのはこれからどうするかだ。まず、勝手に捜査するのはもうやめろ」

冷たく言い放つ沖島の声を聞いて、この事件の闇が思ったよりも深いことを感じる。

「調べるなとは言わねぇ。言ったところで、どうせお前らは調べるだろうしな」

「さすが、よくお分かりですね」

「冗談言ってる場合じゃねえんだ。この件はかなりヤベェ。俺との連絡を欠かさないと約束しろ」

話を聞いているだけで、彼が私たちより明らかに情報をつかんでいることが分かる。連絡を欠かさないことを約束すると、私はさらなる情報を求めて次の一言を発した。

「教えてください。沖島さんは一体何を知ってるんですか?」

沖島はしばらく黙っていたが、やがてゆっくりと口を開いた。

「悪いが、今はまだ言えねえ」

「え、どうしてですか?」

苦々しげな声を聞けば、彼が相当迷いながら喋っていることは分かる。

「あのな、コレクター事件は、とんでもねえ闇につながってる」

「それを教えてくださいよ」

「まだ確証がないんだよ。そんな状態で、聞いただけで危険な話をするわけにはいかねえ」

沖島の声は苦しそうで、嘘を言っているようには思えなかった。きっと、話したくてもまだ話せないのだろう。それにしても「聞いただけで危険な話」とは、一体どんな闇が隠されているのだろうか。

「どうしてもダメですか、沖島さん。私はパパの命を奪ったコレクターを捕まえたい。だから何としても手がかりが欲しいんです」

紅羽は一生懸命な口調で言った。彼女のひたむきさは電話先の沖島にも伝わったのだろう。彼が大きくため息をつくのが聞こえた。

「悪いが、俺が知ってる情報についてはまだ話せねえ。それは変わらねえ」

「そんな……」

「ただし、一つだけ情報をやる。コレクターが昨日の現場に残した証拠についてだ」

沖島は一層声をひそめながら言った。恐らくまだ発表していない警察の内部情報なのだろう。

「一体、どんな証拠が残ってたんですか？」

「今メールした。見られるか？」

通話をそのままにしつつ、私は受信メールの画面を開いた。すると彼の言葉通り、沖島から一件のメールが入っていた。そのメールは題名も文面もなかったが、一枚の写真が添付されていた。

「え、何これ？」

「メモ……ですよね」

写真に写っていたのは、手のひらに収まるほどの小さなメモだった。そこには電話番号と思しき数列が書き留められている。

「これが一体何なんですか?」

私が聞くと、沖島は小声で説明を始めた。

「これは昨日ビル内で見つかったもんだ。監視カメラの映像から黒いコートの男、つまりコレクターの書いたもんだってことが判明してる」

奴の書いた電話番号入りのメモ。かなり重要な証拠が見つかったことに興奮しつつも、沖島の声に悔しげな響きが混じっていることが気になった。

「この番号は?」

「飛ばしの携帯だ。契約者は分からねぇ」

「指紋は?」

「つたく……これじゃどっちが警察か分かんねえな。落ち着け」

彼の言う通り、コレクターにつながる手がかりを目にして少し興奮し過ぎていた。私は「すみません」と沖島に謝り、紅羽にも軽く会釈をした。

「残念ながら、指紋やＤＮＡは取れてねえ。奴は手袋をしてたみたいだ」

新たな手がかりに期待した分、落胆も大きかった。電話番号は手がかりにならず、指紋やＤＮＡ

もないとなったら、一体この証拠に何の意味があるのだろうか。

「ちょっと……じゃあこのメモ何の意味もないじゃない」

同じことを思っていたのか紅羽が不満げに声をあげた。

「いや、ちょっと分かりづらいんだが……目を凝らしてみてくれ」

「よく見てって……電話番号が書いてあるだけじゃない！」

「あ、これ……」

沖島の言わんとすることが、私には何となく分かった。

「ひょっとして、注目すべきは電話番号じゃなくて、この模様……ですか？」

「模様って……あ……！」

どうやら紅羽も気づいたようだ。コレクターが書いたとされるこのメモには、背景にうっすらと、網目をシンボル化したような図形と、「ＡＭ」というアルファベットで構成された、不思議な模様が入っていた。

「何なんですか、この模様は」

私が問いかけると、沖島はすぐに答えた。すでに調べてあったのだろう。

「それはな、亜美《あみ》高校っていう高校の校章なんだよ」

「校章……？　コレクターと高校に一体何の関係があるんですか」

恐るべき殺人犯が使っているメモに書かれている模様が、高校の校章とは一体どういうことなのだろうか。

「それはまだ分からん。ただ、監視カメラの映像から、メモ自体コレクターの持ち物だってのは間違いねえ」

「つまり、この高校とコレクターに何らかの関係がある、と」

「ああ、その可能性が高い」

ふと、私の中に一つ疑問が生まれた。そこまで分かっているなら、警察がその高校に行っていてもおかしくないのではないのだろうか。

「沖島さんは、というか警察はその高校に行ってないんですか？」

沖島は軽く舌打ちをした。

「さすがお前はいいとこつくな。あのな、警察はコレクターの捜査を打ち切ろうとしてる」

「はあ？　何言ってんの⁉」

紅羽が怒鳴り声を上げた。父親を殺された彼女の心情を考えれば当然のことだろう。

「いや、紅羽さんには申し訳ない話だ。それは俺だって、分かってる。ただそれが上の方針なんだ」

紅羽はいまだ許せないといった表情で唇を噛んでいた。ふと、何かがつながったような感覚がする。

「コレクター事件は警察の闇につながる……ってことですかね」

「つたく……お前には隠せねえな。ああ、そういうことだ。上はこれ以上掘り返されたくねえから捜査を打ち切ろうとしてる。今話せんのはこれだけだ」

沖島は悔しげな声で言った。確固たる自分の正義を持っている彼にとって、上司の指示で捜査を止めなければならないのはとてもつらいことなのだろう。コレクター事件と警察が一体どのように関わっているのか皆目見当もつかないが、沖島の口ぶりから決して軽い話でないことは明らかだ。紅羽も彼の苦しげな声を聞いて、その心情をある程度察したのか、先ほどまでの怒りの色は収まっていた。

「そういうわけで、その高校に警察は行かねぇ。本当なら俺が行こうと思ってたんだが、こっちはこっちで調べることがあるから、手分けしようってわけだ」

沖島の話を聞きながら、彼が捜査上の秘密を私たちに簡単に漏らした理由はここにあったのだろうと推測していた。警察は捜査を止めようとしていて、自分も手一杯。そんな状況で、コレクターを捕まえるための手がかりが欲しいと願い出てきた我々は渡りに船というわけだ。

「分かりました。その高校の情報はありますか？」

「悪いけど大して調べられてないから情報はねぇ。ネットで調べりゃ多少は出てくんだろ」

「了解です。アポだけお願いしていいですか」

「もちろんだ。こっちからお前らが行く旨を連絡入れとく」

警察から連絡が入れば、恐らく門前払いで話が聞けないということはないだろう。感謝を告げると、彼は「また連絡する」とだけ言って電話を切った。電話が切れると、紅羽が私に声をかけてくる。

「その高校に、本当に何か情報があるの？」

「正直分かりません。ただ、他に手がかりはない。行ってみる価値はあると思います」

「分かった。私も行っていいよね」

私は本能的に断ろうとした。紅羽を危険に巻き込むわけにはいかない。しかし紅羽の表情を見ていて、その考えを変えざるを得ないと感じた。その瞳に強い決意の炎を灯している彼女を止めることは、私にはできない。

「ええ。一緒に行きましょう」

紅羽は強く頷いた。私たちは沖島から連絡が入るまで、パソコンで亜美高校を検索した。検索エンジンで名前を打ち込むと、すぐに学校の公式サイトが出てきた。

私立亜美高等学校。普通科から定時制、通信といったさまざまなコースを取りそろえ「網のように誰一人取りこぼさない教育を」という崇高な理念のもとこの名が付けられたようだったが、さらに調べると、その内実はいわゆるヤンキー高校だった。校内の風紀が乱れていることは学校付近の住民にも知られていて、偏差値は三、四十前後を推移しているらしい。場所は都内で、ここからだと車で二十分ほど。郊外の住宅街のはずれにぽつんと建った築四十年という校舎は、お世辞にも綺麗とは言い難かった。

「たしかに、この校章ね……」

紅羽は手元にある例のメモの写真と、校舎に刻まれた校章を見比べながら言った。コレクターとこの亜美高校には一体どんなつながりがあるのだろうか。検索を続けて十五分ほど経った頃、携帯に沖島からのメールが入った。「亜美高校の件」と題されたそのメールには「無事に校長のアポが取れた。

今すぐ出発すればちょうどいいはずだ」という簡素な文章だけが記されていた。

紅羽にメールの内容を伝えると、私たちは出かける準備を始めた。荷物をまとめている紅羽を横目に見ながら、携帯電話をポケットにしまおうとしたそのとき、ふと、沖島からもう一件メールが来ていることに気づいた。

メールの題名は「紅羽さんには見せるな」という一文。一体何事だろうか。はやる心を抑えつつそのメールを開封すると、中に書かれていたのは想像していなかった言葉だった。

「覚悟しろ。コレクターの闇は、江津誠司の闇につながる」

意味は単純だった。沖島が先ほどから繰り返している「コレクターの闇」を知ることは「江津誠司の闇」を知ることになる。紅羽に見せるなと言っていることからしても、きっと並大抵のものではないのだろう。私は動揺を彼女に悟られないようにしつつ、携帯電話をしまった。

準備を終えると、私たちは事務所の扉を開いて外に出た。事務所の施錠をする際に思う。私は果たして、無事にここに帰ってくることができるのだろうか。沖島いわく「とんでもない闇」を前にし、何ができるのだろうか。自分が巻き込まれているものの大きさも分からないままだったが、それでも、足を動かさなければ、いつまで経っても前には進まない。当たり前だが、大事なことだ。気を引き締めるつもりでしっかりと扉を施錠し、私たちは亜美高校に向かって出発した……。

二〇一九年三月二十六日（火）　十二時

事務所の近くの駐車場へと向かい、そこに止めてある愛車のセダンに乗り込んだ私は、紅羽とともに亜美高校へ車を走らせた。出所して以来ずっと使っているこのグレーのセダンは中古で買った安物で、大企業の令嬢を乗せるには我ながらひどい車内環境だと思ったが、彼女は特に嫌がる様子もなく黙って助手席に座っていた。

調べてあった通り、亜美高校へは二十分ほど車を走らせると到着した。住宅街の中に立つ亜美高校は思っていたよりも小ぶりで、コンパクトな学校だった。三階建ての校舎は写真で見ていたよりもさらに古びていて、ところどころにヒビのようなものも目立つ。公式サイトの写真では巧みに写らないように切り取られていたが、校舎のあちらこちらに生徒による落書きのようなものも散見された。

「ここか……何かこの時間にしては静かね」

「春休みだからじゃないですかね」

春休みだという予想は恐らく間違っていないだろう。校庭をはじめとして学校内に生徒の姿は見えず、紅羽の言う通り何となく静かで寂しげな様子だった。

「ってかさ、狭くない？　ここの校庭」

紅羽がふとぽつりとつぶやいた。校庭の広さはテニスコート二、三面ほど。ろくに学校に行っていない私には基準がないのでよく分からなかったが、決して広いわけではないような気はする。

「どうなんですかね。私、学校ってほとんど行ってなくて」

「そうなの？」

「ええ。中学に入る頃にはグレてこっちの道にね」

私は自らに刻まれた桜の刺青を指差しながら、深刻に聞こえないようになるべくおどけて言った。

その様子を察したのか、紅羽はふっと笑うとすぐに話題を変えた。

「そっか、そりゃ失礼。でもさ……ほら、見てよ。あの広さじゃ野球できないわよ」

「たしかに」

「野球部どこで練習したらいいのよ」

「うーん……内野と外野でシフト制ですかね」

「絶対弱いわ、その野球部」

紅羽は楽しそうに笑った。面識もない亜美高校野球部について余計な心配をしながら車を走らせていると、グラウンドの脇にある学校の駐車場の入口が見えてきた。駐車場には「車での通学禁止」と書かれた大きな看板が掲げられている。教員と来客の車を止める専用なのだろう。

駐車場の入口にいた警備員に事情を説明すると、少し怪訝な表情を浮かべながらもどこかに電話をかけてくれた。恐らく校長にアポの確認をとっているのだろう。しばらくして電話を切ると、彼は「車を止めて、校長室へどうぞ」と私たちを校内に招き入れてくれた。

駐車場内にほとんど車は止まっていなかったので、私は適当に車を止めると、近くにある通用口から学校の中に入った。通用口を入ってすぐのところにある地図によれば、校長室があるのは校舎の三階のようだ。三階へ移動するためには階段を登るしかない。警備員の指示通り校長室に向かうため、私たちは階段へと歩みを進めた。

校舎内は校庭と同じく生徒の姿がなく静かだったが、歩いているとちらほらと落書きや喧嘩の痕跡が目に入る。「夜露死苦」という昔懐かしいものから、ここには書けないような卑猥な言葉までバリエーション豊富な落書き、割れてヒビが入った手洗い場の鏡、明らかに誰かが殴ったとみられる壁の凹みなど、辺りを見回しているだけで先生たちの苦労が感じられる。

先ほど職員室の前を通った際に室内にちらりと動く人影が見えたが、あれも春休みにも関わらず出勤している苦労人の先生のものだったのだろうか。そんなことを考えながら結局そのまま誰にも出会うことなく、私たちは階段を登って校舎三階の校長室に到着した。

校長室のドアをノックすると、「あ、どうぞ」となぜかかなり焦った様子の声が部屋の中から聞こえてきた。ドアを開くと、立派なデスクと応接セットのある室内を、かなり苛立った様子でウロウロと歩き回る白髪の男がいた。

「あの……校長先生……ですよね」

「あ、はい。どうも、校長の阿比留岸雄《あびるきしお》です」

彼はろくにこちらの方も見ずに言った。白髪まじりにビール腹と典型的な中高年といった姿で、歳の頃は恐らく五十代後半。脂ぎった顔の汗をハンカチでしきりに拭いている様子は見るからに普通ではなかった。ちらりと紅羽の方を見ると、彼女も不思議そうな顔をしている。阿比留の様子に私と同じような奇妙さを感じているのだろう。

「あの……沖島刑事からご連絡があったかと思うのですが」

「あ、ええ、でもね、ちょっとそれどころじゃなくて、すみませんけど」

阿比留は、言い終わったタイミングでやっと私たちと目を合わせると、少し驚いた様子で動きを止めた。刑事から話を聞きに来ると告げられていた人間が、まさかこんなヤクザのような男だとは思わなかったのだろう。私は堅気の人間だということが伝わるように、なるべく丁寧に物腰柔らかく話した。

「お忙しいところすみません」

「あ、いや……」

阿比留は明らかに私のことを怖がっていて、急に黙り込んでしまった。

「見た目はひどいですが、堅気の人間です。安心してください」

「そ、そういうわけじゃ……」

彼はしばらく私をジロジロと眺めていたが、さすがに失礼だと思ったのかゆっくりと目を離すと、気持ちを切り替えんとばかりに私たちに座るように勧めた。その言葉に従って応接セットの方に腰を下ろすと、すぐに彼も私たちの正面に座った。

「さっそくなのですが……」

「あ、いや、ちょっと待ってください」

話し出すやいなや、突然阿比留が話を遮った。

「あの……ですね。正直、今それどころじゃなくて」

「というと何か問題が？」

「あ、そうなんですが、いや、その、部外者の方にはお伝えできないというか……」

彼は少し挙動不審と言っても過言ではないほどあわてた様子だった。

「なるほど。とはいえ申し訳ないのですが、私たちもお話を伺いたくて」

「あ、そうですよね。でもちょっと今は、うーん……」

煮え切らない態度の彼にどう話すべきか迷っていると、突然紅羽が口を開いた。

「ねえ校長先生。聞いてるか知らないけど、この人探偵なの」

「探偵……ですか」

「そうよ。だからもし何か困ってることがあるなら、解決できるかもしれないわよ」

全く勝手なことを言ってくれたものだ。しかし、阿比留がずっとこのままだと埒が明かないのもたしかだ。彼の悩みを聞いてみるというのは決して間違っていないアプローチだろう。しばらく考え込む様子だったが、少しすると彼は意を決したように口を開いた。

「絶対にオフレコでお願いできますか？」

紅羽がひそかにやりとするのを横目に見ながら、しっかりと頷く。

「実は……どうやら、この学校に爆弾が仕掛けられているようなんです」

「は？　爆弾⁉」

震える声で話す阿比留の「爆弾」というワードに反応して、紅羽が大きな声を上げた。悩み事といっても生徒同士のトラブルか何かだろうと思っていた私にとっても、爆弾というのは想定外だった。これはなかなか面倒なことになるかもしれない。紅羽を目で制して落ち着くように伝えると、私は阿比留の方に向き直った。

「校長。どうして爆弾だなんて……？」

「聞いたんですよ。生徒たちが『卒業式で爆破を決行する』って言ってるのを！」

彼は抱えていた不安を一気に吐き出すかのように、興奮した様子で喋り出した。

「こ……ここに、こっそり録音したデータがある！　これを聞いてくれれば探偵さんも分かるはずだ！」

「ちょ、ちょっと待ってください、校長。落ち着いて。順を追って説明してください」

阿比留の手には携帯電話が握られていた。恐らくボイスレコーダーにその録音したデータとやらが入っているのだろう。私の言葉に少し冷静さを取り戻した様子の彼は、ゆっくりと事の次第を語りはじめた。

「す、すみません……私が爆弾の話を聞いたのは数日前、春休み前最後の授業日の二十二時頃のことでした」

「最後の授業日の夜……校長はそんなに遅くまで学校に残っていたんですか？」

「いや、お恥ずかしながら手帳を忘れましてね。帰宅後に気づいて二十二時頃に学校に戻ってきたんです」

「なるほど」

「校長室で手帳を回収して、帰ろうと階段を降りたとき、二階の教室に明かりがついているのに気づきました。さすがにこの時間は誰もいないだろうから、消し忘れかと思って見に行ったら声が聞こえてきて」

「『卒業式で爆破を決行する』と聞こえた、と」

「ええ。教室にいたのは、教員一人と生徒四人。私は急いで携帯のボイスレコーダーを起動して、隣の教室から様子を伺いました」

その際に録音した音声が、彼が今持っている音声データということなのだろう。夜中の学校に生徒と教師が集まって『卒業式に爆破を決行する』とは、たしかに何やら物騒なのは間違いない。彼がおびえるのも無理ないことだ。ふと、紅羽が応接セットのデスクの上に置いてあった阿比留の携帯電話に手を伸ばした。

「いくら柄の悪い生徒が集まってるからって、爆弾なんてあり得る？」

紅羽はイヤホンをすると一人で音声データを聞きはじめた。その自分勝手な行動に私は若干腹が立ったが、いったん気にしないことにして、阿比留との会話に戻る。

「何だかすみません。それで、彼らは、他には何を話していたんですか？」

「あ、えっと……大半は雑談でしたが『火薬が足りない』だの何だの、たまに『爆破』の計画を話すという感じでした」

「なるほど……その場にいた生徒は誰だか分かっているのですか？」

「ええ。彼らです」

私たちが入ってくる前からずっと考え続けていたのだろう。校長は応接セットのソファから立ち上がると、デスクから五枚の紙を持ってきてこちらに差し出した。Ａ４判一枚にそれぞれ一人分のプロフィールが書かれたその紙には、名前から生年月日や住所、入学時から今までの成績と、さまざまな情報がまとめられていた。

資料によると、その場にいた四人の生徒は、金髪にロン毛と見るからにやんちゃそうな犬井《いぬい》、剃り込みを入れた坊主頭でひょうきんなポーズをとっている三枚目キャラと思しき猿田《さるた》、メガネをかけていて賢そうな猫川《ねこかわ》、物静かそうだがかなりの老け顔で実年齢より上に見える牛山《うしやま》の四人。資料を受け取った際は一瞬戸惑ったが、この学校のホームページの情報を思い出して、たしかにこんな生徒がいるのもあり得るのかと私はすぐに納得した。

「五枚目の資料にある通り、一緒にいた教員は、鹿野《しかの》という若手の先生でした」

「ここまで分かっているのなら、警察に通報すればいいのではないですか？」

私は率直な疑問を口にした。まだ音声を聞けていないので何とも言えないが、本当に爆破計画が立てられていてさらに犯人の生徒が分かっているなら、警察に通報するのが一番手っ取り早いはずだ。

「い、いや……私だっていざというときは警察に通報しようと思っていますよ。でも……」

「でも……？」

阿比留は少し黙っていたが、やがて言いづらそうに口を開いた。

「いや、生徒が学校を爆破だなんて人聞きが悪いじゃないですか。とんでもない不祥事ですよ」

「はあ……」

「だ、だからね。できるなら穏便に済ませたいんですよ」

「警察の世話にならずに、計画を未然に防ぎたいということですか？」

「ええ……それができれば、注意で済ませられますからね」

そこまで言うと阿比留はなぜか少し声のボリュームを上げ、教育者然とした口調で続けた。

「私はね、彼らの未来を潰したくないんですよ。根っこから腐った生徒なんていない。ちょっとやんちゃしてるだけで、警察なんかに突き出さなくても、話せばきっと分かってくれるんです」

本当に爆弾事件だというのならそんな悠長なことを言っている場合ではなく、早く警察を呼ぶべきだと思ってしまうが、教育というのはそういうものなのだろうか。わざとらしいほど熱っぽく語る阿比留の姿に少し呆気に取られていると、横から突然大声が聞こえた。

「んなこと言ってる場合じゃないでしょ校長先生！　さっさと通報よ！」

声の主は紅羽だった。彼女は恐らく音声データを聴き終えたのであろう。携帯電話を応接セットの机の上に乱暴に置くと、少し前に乗り出して校長に詰め寄った。

「すみません校長。紅羽さんもちょっと落ち着いて」

「落ち着いてらんないわよ！　こんなもんどう聞いたって悪ガキのイタズラのレベルを超えてるわ。さっさと警察に通報して対処しないと大変なことになるわよ」

紅羽の剣幕にたじろぐばかりの阿比留を尻目に、彼女が先ほど携帯電話を机の上に置いた際の衝撃で、一枚の紙がテーブルから床に落ちてしまっていることに気づいた。少し屈んでその紙を拾い上げた私は、阿比留が警察を呼びたくない理由が、生徒の更生だけではないことに気づいた。

「失礼ながら校長、あなたが警察に通報したくない理由は、生徒の更生だけじゃない……違いますか？」

「え？　何それ？」

ぎくりという音が聞こえるかのごとく、阿比留の顔色がさっと変わった。先ほど拾った紙をテーブルの上に広げてから、私は話を続けた。

「盗み見るつもりはなかったのですが、落ちているのを拾った際につい目に入ってしまいまして」

「これって……ん？　退職のご挨拶？」

「ええ。校長、これは卒業式での定年退職の挨拶の原稿、ですよね」

「は……はい」

阿比留は渋々とばかりに頷いた。

「定年退職の挨拶と爆破に何の関係があるっていうのよ？」

「すぐに聞かないで、少しは想像力を働かせるようにしてください、紅羽さん」

「な……」

彼女はこちらを睨みつけていたが、私は気にせず説明を続けた。

「とはいえ、のんびりしている時間もないのでご説明します。校長は今年で定年退職。卒業式まで何事もなく終われば、無事に退職金が入って老後も安泰でしょう。しかし、爆破計画で警察の世話になるとなったら……責任は免れず、退職金も危うい」

「まさか、責任を取らされて退職金をもらえないのが嫌だから、警察を呼ばないってこと？」

「もちろん、それがすべてではないでしょう。ただ、理由の一つではあるんじゃないでしょうか」

うつむき気味に黙って話を聞いていた阿比留は、小さな声でぼそぼそと話しはじめた。

「い、いや……も、もちろん、そういう気持ちはないわけじゃない」

きっと退職金の話は図星だったのだろう。彼は堰を切ったように話を続けた。

「あなた方には分からないでしょうが、この学校で校長をやるっていうのは本当に大変なんだ。生徒たちのトラブルは日常茶飯事だし、教員の退職や病気も珍しくない。そんな中で私は、自分なりに一生懸命やってきた。今まで頑張った分を退職金で報われたいと思って、何が悪いんですか」

そこまで言うと、阿比留はどこか吹っ切れたように我々の方をぐっと見つめ返した。

「ああ、もちろん、生徒たちの更生を考えてるのだって嘘じゃない。とにかく、警察を呼ばないでこの爆破計画を阻止するのが誰にとっても幸せなんですよ」

紅羽はまだ若干納得していないようだったが、阿比留が生徒の更生も考えているというのはあながち嘘ではないだろう。実際、もし警察を呼ばずに解決できるのであれば誰にとっても一番良いという彼の言葉には私も納得できた。

「話は分かりました。その計画とやらの特定をお手伝いしましょう。ここまで聞いてしまった以上気になります。それに、解決しない限り校長は我々の話を聞けるような状態じゃなさそうですしね」

「あ、ありがとうございます……も、もちろん今は手一杯ですけど、この件が解決したら思う存分お二人に協力します！」

現金なもので彼の顔色は少し明るくなり、見るからに元気を取り戻したようだった。先ほどまで紅羽が持っていた阿比留の携帯電話を手に取りながら、私は彼に詳しい説明を求めた。

「とりあえず、この音声を聞いてみればいいですかね」

「あ、ちょっと待ってください。実はもう一つあって……」

阿比留はデスクの上の資料をばさばさと漁ると、ノートの切れ端のような一枚の紙を取り出し、私たちの方に向けて差し出した。

「録音してある会話の後、念のため生徒たちがいなくなってから教室の中に入ったんです。そしたら、こんなメモが落ちていて。暗号になっていて私には読み解けないんですが、きっと計画の内容が書かれていると思うんです」

彼が差し出したノートの切れ端にはたしかに「計画メモ」という言葉が記されていた。その中身は明らかに暗号のようで、漢字や不思議な言葉ばかりが並んでいる。

「ねえ、ちょっとそれ貸して」

紅羽は私の手元の携帯電話を指差した。携帯を手渡すと、彼女は計画メモと睨めっこしながら音声データを聴き、何かをせっせと書き込みはじめる。恐らく音声データの中に、計画メモに関する情報が何かあるということなのだろう。真剣に何か考えている様子の紅羽はいったんそのままに、私は阿比留との会話に戻ることにした。

「生徒たちはこの計画メモについて何か？」

「ええ、会話の中で少し言及していたと思います」

「つまり、音声データを聞けば何かヒントがあると」

計画メモに書かれている暗号はどうやら、指示に従って色を塗っていくと答えとなる文字が残る……という形のもののようだ。しかし、上から順に指示に従ったところで答えは出そうにない。紅羽のように音声データに残された彼らの会話を参照して、どの順番で指示に従うべきなのか読み解く必要があるのだろう（次ページ参照）。

「紅羽さん、私にもその音声を……」

「分かった！　どこが爆破されるか分かったわよ……！」

声をかけるのとほぼ同時に、紅羽が意気揚々と声を上げた。

「本当ですか？」

阿比留はまるで救世主でも現れたかのような表情で、目を丸くして彼女の方を見つめていた。

計画メモ

一	画	上	火	炎	冬
大	花	春	弾	五	計
園	百	破	口	別	宴
円	丈	送	二	爆	煙
十	堂	秋	竹	小	長
下	校	六	講	遠	夏

塗られた右を塗れ

数字を塗れ

年上の指示から
順に実行しろ

四季を塗れ

エンを塗れ

三画を塗れ

残った6文字を下から読め

「ええ、やっぱりコイツらは学校を爆破しようとしてるわ。爆破される場所は……」

「ちょっと待ってください、紅羽さん」

「何よ？」

自分の推理を止められたのが気に食わなかったのだろう。紅羽は不満げな表情で私を見つめていた。

「早急に結論を出すのは危険です。まずは私にも音声を聞かせてもらえませんか」

「はぁ……私じゃ信用ならないってわけ？」

「そういうわけじゃないですが、慎重を期するに越したことはないかな、と」

紅羽はいまだ納得し難いといった表情で小さくため息をつきながらも、私の方に阿比留の携帯電話を差し出した。

「ほら、さっさと聞きなさいよ」

「ええ、再生してみます」

紅羽から受け取った携帯電話のボイスメモの画面を開くと、私は阿比留が録音したという生徒四人と教員一人の会話の音声を再生した……。

音声データ

犬井「だから、さっきも言った通り、卒業式で爆破を決行するんだっての！」
鹿野「いやいや……犬井くん……それはやめといた方がいいって……」
猿田「なになに先生？　びびってるわけ？」
鹿野「びびってる……そういうわけじゃないけど……」
猫川「僕たちの作戦には先生の力が必要なんですよ。生徒だけじゃできることに限りがある」
鹿野「分かった、分かったから……」
犬井「よっしゃー！　鹿野先生も協力決定!!　俺たち五人で派手にぶち上げるぜ！」
猫川「おい犬井さん！　声がでかいよ」
犬井「悪い悪い。でもよ、授業終わってもう何時間か経ってんだ。誰もいやしねえだろ」
猫川「油断大敵。先輩だってこの四字熟語の意味くらいは分かりますよね？」
犬井「ちっ……年下のくせに馬鹿にしやがって……はいはい。分かりましたー」
猫川「みなさん。とりあえずこの計画メモを見てください。まあさすがに何をするか忘れるってことはないだろうけど、念のためここに計画の内容を書いておきました」
猿田「どれどれ……ってあ？　何だこれ？　色塗り？」
犬井「塗り絵なら俺得意だぜ！　って……おい、これ上から指示に従っても上手く塗れねえぞ」

猫川「そんなに急がないでください。ちゃんと書いてあるでしょう。『年上の指示から順に』と」
鹿野「この動物……犬、猿、牛、猫、鹿……我々五人の名前に使われているのと一緒だな」
猫川「さすがですね先生。そう、この動物は我々五人のことです。各自の年齢を対応させて、年上の人を示す動物の指示から順に従って、塗り進めてください」
犬井「オッケー！　ってことはこれが最初で、これをやって……ここをこーして………完成！」
猿田「たしかに俺たちの計画の内容が書かれてるな」
猫川「ええ。万が一とは思いますが、メモを落とす馬鹿なやつがいたら困る。念のため暗号にしたんです」
犬井「馬鹿っていうのは……俺のことかな……猫川……!?」
猫川「へぇ～心当たりがあるんですねえ……犬井さん……」
鹿野「おいおい、何ガキみたいなことしてんだお前ら……もうちょっと年相応の落ち着きを持てよ」
猿田「へっ！　俺と七つしか違わなくて、二十四歳でまだ教師二年目のひよっこ先生には言われたくないと思うぜ、二人も」
鹿野「な……おい猿田。言っていいことと悪いことがあるだろ。俺は先生だぞ！」
猿田「はいはい。失礼しました。鹿野せんせ～」
猫川「猿田さん。せっかく先生が乗り気になってくれたのにそういうこと言わないでくださいよ」
猿田「分かったよ猫川。ってかよ、あいつ全然喋んねえな。お～い起きてますか～？　牛山く～

ん？」
牛山「あ……うん……聞いてるよ……ごめん……」
猿田「何謝ってんだよ……今回の計画はあんたが鍵なんだ。ちゃんと分かってる？」
牛山「もちろんだよ……ちゃんと準備は進めてる」
猫川「ありがとう牛山さん。順調に集まってきてます？」
牛山「いや……実はまだちょっと火薬が足りなくて……この時期だからね……」
猫川「なるほど……まあまだ日にちはあります。何とかちゃんと威力が出るようにかき集めてください」
牛山「分かった。卒業式当日まではちゃんと準備する」
犬井「それにしても、相変わらず気持ち悪いほど丁寧な口調だなあ猫川。大して年齢変わんねえっていうのに」
猫川「牛山さんは僕より三つも年上なんですから、敬語を使って当然です」
犬井「何だと……!?」
猫川「誰彼構わずタメ口利く犬井さんの方が、よっぽど気持ち悪いと思いますけどね、僕は」
犬井「てめぇ……この野郎……」
牛山「ちょっと、もうやめなよ。っていうか年齢の話はやめようよ……」
猿田「そうだ、失礼だぞ。牛山さんは学校にあんまり来られなくて、学年足踏みしたりしてるんだから……先生と五歳差なんだぜ」
牛山「ちょ……ちょっと……そんな直接的に言わなくても……」
猿田「あ、やべ……」
犬井「一番失礼なのはお前だったみたいだな猿田っち」
猿田「うっせえ犬井……いや……悪かったよ……ごめんな」
牛山「いいよいいよ。というか、例の計画の話に戻ろうよ」
猫川「それがいいですね。当日の段取りを考えましょう」
牛山「ああ……この前までは、俺が車に乗せて学校に運ぼうって話をしてたんだけど……」
鹿野「おいおい！　ちょっと待てお前ら。学校に車で乗りつけるつもりだったのか!?」
猫川「ええ。ただまあ、警備員に止められる可能性もあるし、それはちょっと現実的じゃない」
猿田「だからこそ、先生に協力してくれって頼んでるんだよ」
猫川「猿田さんの言う通り。先生の車だってことにすれば、駐車場に車を止められるはずだ」
鹿野「おい……ちょっと待てよ。俺免許持ってないぞ」
猫川「え!?　じゃあ……僕たちのうち誰かがこっそり運転して車を止めて、先生に嘘をついてもらう、ですかね」
鹿野「お前らの車を、俺の車って言い張るってことか。警備員は俺の免許のことは知らないだろうし大丈夫だろ」

猫川「ありがとうございます……じゃあ誰が運転するかだけど……運転できる人は手を上げて」
鹿野「え……ちょ……待てよ……お前ら全員運転できんのか……!?　す……すげえな……」
犬井「先生がダセェんだよ」
鹿野「そ……そうなのか……」
犬井「その歳になって運転できねえなんて。まあいいや。とにかく俺が車を転がすぜ！」
猫川「落ち着いてください犬井さん。全員運転できるなら、正直僕は犬井さんに運転を任せるのは心配です…」
犬井「何だとてめえ猫川！　おい牛山っち！　誰が運転して運んだって大丈夫だよなぁ!?」
牛山「あ……うん……火気に近づけない限りは、突然爆発するってこともないと思うから……」
犬井「ほれ見ろ猫川！　牛山っちが大丈夫って言ってるじゃねえか」
猫川「はぁ……っていうか犬井さん、牛山さんの一個年下ですよね。牛山さん早生まれですし。それなのに牛山っちって……」
犬井「牛山っちは牛山っちなんだよ！　なあ～牛山っち！」
牛山「何でもいいよ……とにかく年齢の話題はやめてくれって……」
猫川「そうでした。ごめんなさい。話を戻して運転のことですが……やっぱり犬井さんはやめましょう」
犬井「何でだよ!?」

猫川「さっき牛山さんが言ってたじゃないですか。火気はダメって。犬井さんタバコ吸うでしょ？」
犬井「ま……まあなあ……」
猫川「同じ理由で猿田さんもやめといた方がいい。残るは牛山さんか僕ですね」
猿田「忘れたのかよ猫川。そもそも牛山さん家の車が別件で出払っちゃうから困ってたんだろうが」
猫川「もちろん。忘れてないですよ猿田さん。だから僕が運転しますよ」
牛山「ありがとう猫川くん。当日の朝はあわただしい。前日の夜にウチまで取りに来てくれ」
猫川「分かりました牛山さん。前日夜に牛山さんのところで積み込み、当日朝早くに車を走らせてこっそり学校の駐車場に駐車、鹿野先生には自分の車だと言い張ってもらう、でいいですかね」
犬井「異議なし!!」
鹿野「ちょっと待ってくれ。一応車種と色だけ聞いといていいか」
猫川「ああすみません。白の軽自動車です」
猿田「ふふっ……やっぱり猫っぽい色なんだな……!!」
猫川「ただの白ですよ。何ですか猫っぽいって……」
犬井「よーしこれで作戦は決定。当日のことはこの前話した通りでいいよな！　じゃあ、成功を祈って乾杯だ！」

鹿野「乾杯って……ちょ、お前、学校に何持ってきてんだよ」
犬井「何って……ビールに決まってんだろ……！　乾杯っつってんだから！」
猿田「おおいいね、いいねえ！」
犬井「猫川と牛山っちもほら、飲んで飲んで」
猫川「まあ最終日だからな……」
牛山「ありがとう……」
鹿野「猫川まで……おいおい……お前らここ学校だぞ……!?」
犬井「固いこと言うなって。今日で授業も最後なんだからまあいいだろ。先生もほら」
鹿野「ったくもう……わーったよ！　今日だけだかんなお前ら！」
犬井「いえーい!!　じゃあ行くぜ、卒業式での爆破計画の成功を祈って……乾杯!!」
四人「乾杯!!」
猿田「いや〜うめぇなあ。楽しみだぜ〜卒業式でぶち上げるの」
猫川「校長先生のあわてふためく顔が目に浮かびますよね」
犬井「ドーンってなったときのあいつの驚く顔、写真撮んなきゃなあ」
牛山「たしかに。カメラも準備しとこう」
犬井「あいつにはでっけえ借りがあるからな」
鹿野「おいおい……校長先生のことあいつって言うのやめろよ……まあ、お前たちの計画は分かったよ」
犬井「ってかもう春休みか〜すぐだぜ卒業式」
猿田「なあなあ。お前ら卒業ソングって言ったら何？」
牛山「そりゃあ斉藤由貴でしょう」
犬井「いいねえ斉藤由貴！　でも俺はやっぱり……尾崎！」
猿田「尾崎!!　今から夜の校舎窓ガラス壊して回っちゃう!?」
鹿野「おいおい。ちょっと待てよ。そんなことしていいわけないだろう猿田！」
猿田「何だよ先生。ノリ悪いなあ。やるわけねえじゃん歌詞だよ歌詞」
鹿野「あ、歌詞か……ごめんなちょっとその辺の歌に疎くて。ってかお前らだって世代じゃないよな」
猿田「世代なんか関係なく尾崎はバイブルだろうよ。まったくこれだからよ……ってか、もうすぐ二十三時だぜ。そろそろ学校出ないとやばくね」
犬井「たしかに。みんな明日も朝はいつも通り早えだろ」
猫川「そうですね……そろそろお開きにしましょう」
牛山「先生は明日からお休みかあ。いいなあ」
鹿野「おいおい牛山。俺だって別に春休みだから完全に休みってわけじゃないぞ。仕事はある」
犬井「はいはい。頑張ってね〜」

鹿野「犬井！　だから言葉遣いをだな……」
猫川「ほら。先生もみんなも。行きますよ！」
鹿野「すまん猫川。あ、猿田！　悪いけど黒板消しておいてくれないか？」
猿田「何だよ……最後の授業の黒板いつまで残してんだよ」
鹿野「悪い悪い。お前らから計画の話されてすっかり忘れててな」
猿田「分かったよ……ってこれ！　書いてから二時間くらい経ってるから消しにくいじゃねえかよ」
犬井「お、俺も手伝うぜ」
鹿野「悪いな二人とも……ありがとう」
犬井「よし、消せた。じゃあ次は卒業式で。計画に向けて各々準備を進めといてくれよな！」
四人「了解！　じゃあな〜」

音声データをすべて聞き終わると、私は計画メモを見直して暗号を解読した。

「校長…たしかにこれは、なかなか大掛かりな計画なようだ」

「や、やはり……」

「ただ……校長、あなたはこの計画のことを忘れた方がいい」

「え？」

阿比留はきょとんとした表情で私を見つめた。隣に座っている紅羽も同じような顔をしている。

「ちょっとあんた、何言ってんのよ？　忘れていいわけないでしょ」

「落ち着いてください紅羽さん。校長先生にとって、忘れることが一番なのは間違いありません」

紅羽は納得していない様子だが、計画メモの暗号を読み解けば、校長に計画の内容を伝えるべきでないことは明らかだ。四人の生徒と一人の教員が企てた驚くべき「計画」の真実については……。

依頼人――阿比留岸雄《あびるきしお》
事件の手がかり一――計画メモの暗号の答えは？
事件の手がかり二――「この計画のことは忘れた方がいい」と校長に告げた理由は？

※真実への手がかりは次ページへ。
（重大な手がかりなのでどうしても分からないときに見ること）

生徒資料
ふりがな いぬい まさき
氏名 犬井 正樹
生年月日 1990年 12月 24日
コース 定時制 夜間コース
学年 3年
職業 警備員
生徒資料
ふりがな ねこかわ かずなり
氏名 猫川 一也
生年月日 1992年 6月 17日
コース 定時制 夜間コース
学年 3年
職業 ウェイター
生徒資料
ふりがな うしやま しょう
氏名 牛山 章
生年月日 1990年 1月 25日
コース 定時制 夜間コース
学年 3年
職業 花火職人
生徒資料
ふりがな さるた さとし
氏名 猿田 聡志
生年月日 1987年 11月 26日
コース 定時制 夜間コース
学年 3年
職業 鳶職人
教員資料
ふりがな しかの じゅん
氏名 鹿野 純
生年月日 1994年 8月 30日
担当コース 定時制 夜間コース
担当学年 3年

校長が持っていた五人の資料

※ここから先は解決編になりますのでご注意ください。

二〇一九年三月二十六日（火）　十三時

「ねぇ、どういうことよ！　校長先生はこの件を忘れた方がいいって」

紅羽は強い剣幕で私に詰め寄った。

「言葉の通りですよ。校長がこの計画の詳細を知るのは避けた方がいい」

「はあ？　何言ってんのあんた⁉︎」

紅羽は机の上にある計画メモをひったくるようにつかむと、それを指差して言った。

「この暗号を解いて出てくる答えは『講堂爆破計画』。つまり彼らは卒業式で講堂の爆破を計画してるってことでしょ⁉︎　そんな危険な話を校長先生が知らなくていいわけないじゃない」

熱っぽく語る紅羽を見つめる阿比留の表情は驚きの色で溢れていた。

「ちょ……ちょ……え？　講堂の爆破⁉︎　そ、そんな……‼︎」

阿比留は見ているだけで可哀想なほど狼狽していた。その様子は傍から見ると少し滑稽なほどだったが、生徒たちが講堂爆破を企てていると聞かされたのだから無理からぬことだろう。

「校長も紅羽さんもちょっと落ち着いてください」

「落ち着いてってあなたね……こっちは自分の学校の講堂が爆破されるって言われてるんですよ⁉︎ 落ち着けるわけないじゃないですか」

阿比留に計画の内容を教えるべきではないという考えは揺らいでいなかったが、彼のあわてぶりは尋常ではなかった。紅羽の余計な一言によってこうなってしまった今となっては、すべてを伝える以外に落ち着かせる方法はないかもしれない。彼らが少しでも冷静になれるように大きく一つ息を吐いてから、私はゆっくり話し出した。

「校長、講堂が爆破されるというのは紅羽さんの勘違いです。だからまずは、落ち着いてください」

「はあ⁉︎」

紅羽がこちらを睨みつけるのを感じつつ、私は構わず話を続けた。

「詳しくは後ほど説明しますが、この計画は校長の思っているような危険なものではありません。だからまずは、安心して、冷静になってください」

「ほ……本当ですか……？」

阿比留は感情の変化に追いつかないとばかりの表情で呆然と私を見つめていた。

「ねえちょっと待ってよ。私の勘違いってどういうこと⁉︎」

私を睨みつけていた紅羽がここぞとばかりに声を上げた。全く面倒なことこの上ないが、まずは彼女の誤解を解いていくことから始める必要があるようだ。

「ふう……紅羽さん、あなたがその答えを導いた理由を教えてもらえますか」

「理由って…そんなの簡単よ。あの会話によれば、この暗号は指示に従って色を塗っていき、残った文字を読むというもの。五つの指示に従う必要があるけど、その順番は年上の人から。つまり、年齢が上の人の名前の漢字に使われている動物の指示から順番に従っていくってことよね」

紅羽は自分が正しいことを全く疑っていないとばかりの様子で言った。たしかにここまでは彼女の言う通りだ。恐らく、間違っているのはこの先だろう。私が軽く頷いて続きを促すと、彼女は再び口を開いた。

「あとは簡単じゃない。その音声データの中で彼らが話していることを整理して年齢順に並べたら、年上の方から鹿、牛、犬、猿、猫になる。だからこうやって色を塗っていけば……ほら『講堂爆破計画』ってね」（次ページ参照）

紅羽の説明を聞いて、阿比留が不思議そうに眉をひそめるのが見えた。恐らく彼も、紅羽の勘違いに気づいたのだろう。

「紅羽さん、私が今朝出した条件を覚えていますか」

「何よ突然。覚えてるわよ。あなたを信じることと、頼らないことでしょ」

面倒くさそうに話す彼女に対して、私はいくばくかの皮肉を込めて言った。

「あら……お忘れではなかったんですね。全く守れていないので、お忘れなのかと思っていました」

「偉そうに……私が何をしたっていうのよ」

計画メモ

一	画	上	火	炎	冬
大	花	春	弾	五	計
園	百	破	口	別	宴
円	文	送	二	爆	煙
十	堂	秋	竹	小	長
下	校	六	講	遠	夏

3.  塗られた右を塗れ

4.  数字を塗れ

年上の指示から
順に実行しろ

2.  四季を塗れ

5.  エンを塗れ

1.  三画を塗れ

残った6文字を下から読め

講堂爆破計画

阿比留の前でこれ以上無様な姿を見せるわけにもいかない。これ以上は彼女を煽り立てないように、私はなるべく落ち着いた口調で言った。

「『何かした』のではなく、『してない』んですよ」

「はあ？」

「私は言いましたよね。先入観に囚われず、自分の頭で考えろと」

「つまり……どういうことよ？」

紅羽はまだ自分の勘違いに気づいていないのか、不思議そうな表情でこちらを見つめている。彼女が持っていた計画メモを引き寄せてから、私は話を続けた。

「五人の年齢の順番ですよ。一番年上なのは誰でしたっけ？」

「さっき言ったでしょ。二十四歳の鹿野先生よ。っていうか、先生が一番年上なのは当たり前じゃない」

「いいえ、違います。ですよね、校長？」

阿比留は突然話を振られて驚いた様子だったが、軽く頷くと口を開いた。

「え……ええ。教師二年目、二十四歳の鹿野先生は、五人の中では一番年下です」

「ちょっと何言ってんのよ！　先生が生徒より年下だなんて、常識的に言ってあり得ないでしょ!?」

「その『常識』が間違っているんですよ」

机の上に散乱する資料の中から、先ほど校長先生に見せてもらった五人のプロフィールを探し出すと、私は意味が分からないといった様子の紅羽の前に広げた。

「たしかに、先生が一番年下だなんて、いわゆる普通高校だったらあり得ない。ただ、この学校ならあり得るんですよ」

プロフィールの写真を見て自分の間違いに気づいたのだろう。紅羽ははっとした表情で恐る恐る口を開いた。

「まさか……彼らは定時制クラスの生徒……ってこと……?」

「ええ。私もその資料を最初に見たときは、彼らの顔立ちがあまりに大人びていて正直驚きましたが、定時制の生徒ということなら、何も違和感はありません」

「そ、そんなの、そのプロフィールを見なきゃ分かるわけないじゃない!」

「たしかに先入観を取り払うのは決して簡単ではないでしょう。ですが、定時制クラスがあることはこの高校のホームページにも書かれていました。それに、プロフィールを見なくとも彼らの会話を聞けば、定時制の生徒だということは問題なく推測できるはずです」

納得いかないといった様子で彼女は憮然としていたが、構わず音声データを再生して私は説明を続けた。彼らが定時制クラスの生徒で、先生より年上だというヒントはいくつもある。懐メロの卒業ソングに詳しいのは先生よりも生徒。さらに生徒たちが当然のように飲酒し、車を運転しているのに先生はそれを大して咎めない。生徒が未成年ならさすがにあり得ない状況だ。

何より、二十三時に「書いてから二時間くらい経っている」という「最後の授業の黒板」を消しているということは、授業は二十一時まで行われている。ここまで違和感があれば、彼らが定時制の生徒で、先生よりも年上だと考えることは決して難しくないだろう。

「彼らが先生より年上だとするならば、当然年齢の順番も変わってきます。猿田さんは先生と七つ違いなので三十一歳。牛山さんは先生と五つ違いなので二十九歳。猫川さんは牛山さんの三つ年下なので二十六歳。犬井さんは牛山さんの一つ年下なので二十八歳。つまり彼らを年齢順に並べると、猿田、牛山、犬井、猫川、鹿野の順番となるわけです」

紅羽と阿比留は話を聞きながらプロフィールに目を向け、そこに書かれた生年月日を見て齟齬がないか確認しているようだった。確認が終わったのか、私が話し終えてしばらくすると阿比留がゆっくり口を開く。

「たしかに……このプロフィールでもそうなっています」

「ありがとうございます、校長」

「つまり、その順番で指示に従って色を塗ればいいということですよね。そうすると、ええっと……」

阿比留は計画メモを片手にしばらく考え込んでいたが、やがて唖然とした表情で顔を上げた。やはり彼はこの計画について知るべきではなかったと私は心の底から思いつつ、その驚きを受け止めた。

「これって、まさか……」

「ええ、出てくる答えは『校長送別花火』。そう、彼ら五人は恐らく、今年定年を迎える校長のことをお祝いする計画を立てていたんですよ」（次ページ参照）

計画メモ

一	画	上	火	炎	冬
大	花	春	弾	五	計
園	百	破	口	別	宴
円	丈	送	二	爆	煙
十	堂	秋	竹	小	長
下	校	六	講	遠	夏

3.  塗られた右を塗れ

1.  数字を塗れ

年上の指示から順に実行しろ

2.  四季を塗れ

4.  エンを塗れ

5.  三画を塗れ

残った6文字を下から読め　校長送別花火

「な、何と……」

阿比留は信じられないといった様子であんぐりと口を開けていた。計画メモをその手に持っている紅羽は、自分でも再び暗号を解いて確認したのか、観念したとばかりの表情でこちらを見ていた。

「プロフィールを見ると、牛山さんはどうやら花火関連の仕事をしているみたいですね」

「『爆破』ってのはつまり……」

「ええ、紅羽さん。恐らく花火のことでしょう。彼らが計画していたのは講堂の爆破などではなく、卒業式でサプライズの花火を上げて、定年退職する校長を送り出すことなんですよ」

間違った解き方をすると「講堂爆破計画」と出てくるのは何かの偶然か、この暗号を作った猫川のいたずらだろう。勘違いした紅羽や阿比留が悪いとはいえ、物騒な会話にせよこの暗号にせよ、いろいろとよくも面倒なことをしてくれたのは間違いない。

感情の整理がつかずに呆然としている阿比留に向かって、私は一つ気になっていたことを尋ねた。

「彼らは会話の中で校長に『大きな借りがある』と言っています。何かあったんですか？」

「えーっと……何だろう……」

彼はしばらくプロフィールを見比べてから、ふと何かに気づいたように口を開いた。

「あ、分かりました。彼ら四人の生徒は本業が忙しくてなかなか授業に来られなくて。授業日程の相談に乗って、何度か私が調整をしたんですよ」

「なるほど、そういうことでしたか」

「それで、彼らのために調整した少しイレギュラーな授業を担当してくれていたのが、鹿野先生です」

彼らがサプライズ送別会を企てたことから考えるに、恐らく阿比留はかなり親身になって相談に乗ってあげたのだろう。少しずつ気持ちの整理がついてきたのか、彼は先ほどよりもだいぶ落ち着いた口調になっていた。

「それにしてもまさか、彼らが私のお祝いを企てていたなんて……」

「タネを知ってるサプライズほどやりづらいものはない。だから、忘れた方がいいと言ったんです」

私の言葉に阿比留は苦笑した。

「おっしゃる通りですね……忠告に従わずにすみません」

「いえいえ、こちらのせいでもありますので」

ちらりと紅羽の方に視線をやると、申し訳なさげにうつむく彼女の姿が見えた。

「いえそんな。まあこうなった以上、やることは一つ。知っていることを絶対に悟られないように、思いっ切り驚くだけです」

阿比留は心底楽しそうな笑顔を見せた。世の中にはもっと正直になるべきだと彼の考え方に異を唱える人もいるのかもしれないが、私は誰かを守ったり喜ばせたりするための優しい嘘は決して悪いものではないと思っている。彼の考えが素敵だと伝えるためにも、私はなるべく笑顔で「そうしてください」と大きく頷いた。

「本当にありがとうございます……探偵さん」

「いえいえ、解決して何よりです」

「遅くなって本当に申し訳ないですけれど……よければ皆さんのお話も聞かせてください」

阿比留は恐縮し切った様子で言った。ついに本題に入ることができそうだ。軽くソファに座り直して気持ちを切り替えると、私は自分の携帯電話で例のコレクターが落としていったメモの画像を表示した。

「これを見ていただけますか」

「ん？　電話番号、ですか？」

「書いている内容はいったん忘れて、このメモ自体をよく見てください」

「あ……たしかに、これはうちの学校の校章ですね」

阿比留は一体何を聞かれているのかとばかりに眉をひそめていた。

「不思議な質問ですみません。実は私たちはこのメモの持ち主を探しているんです。それで、何か手がかりがないかとこの学校にお邪魔しました」

「なるほど……ええっと、このメモは学校の周年記念で教員用に今年作ったものです。なので、基本的にうちの教員なら全員持っていますよ」

「それは逆に言うと、先生方以外に持っている人はいない、ということですか？」

興奮する気持ちを隠し、私はなるべく冷静に努めながら尋ねた。もしメモを持っているのがこの亜美高校の教員だけということになれば、コレクターの正体をかなり絞り込むことができる。

「いやあ、そうですね……もちろん落としたとか、家族や友人に渡したとかいうことはあると思いますけど、基本的にはそのはずです」

紅羽の方を向くと、彼女も興奮した様子でこちらを見ていた。阿比留の話している内容が本当なら、コレクターはこの学校の教員だという可能性がかなり高い。

「ちなみに、先生方の中で昨日の行動が分かる方はいますか?」

コレクターが昨日VINEツインタワービルで江津誠司を殺害したことは間違いない。もしこの学校の先生の中で昨日アリバイのある人間がいるなら、その人はコレクターではないだろう。阿比留は何かを考えながらしばらく天井を見つめていたが、すぐに思い出したのか、私たちの方に顔を戻して口を開いた。

「昨日は卒業式に向けて教職員全体の会議がありまして。割と朝から晩まで教員は学校にいましたよ」

「それは、先生方みなさん……ということでしょうか?」

「ええ。そうです」

阿比留の言葉に私は落胆を隠し切れなかった。彼の証言が正しければ、昨日VINEツインタワービルにいたコレクターは、この学校の教員ではあり得ないということになる。一縷の望みを胸に、私はもう一つ彼に質問を重ねた。

「特にお昼前の先生方の行動をお伺いしたいのですが……」

「お昼前……というと、十時頃でしょうか。その時間はちょうど会議をしてましたから、間違いなく全員そろってこの学校にいましたよ」

私の残念そうな表情から何かを汲み取ったのか、阿比留は少し申し訳なさそうに言った。昨日渋谷で入手した監視カメラに映っていたのは、ちょうど十時過ぎにＶＩＮＥツインタワービルのＲ棟にいるコレクターの姿だ。この学校の教員がコレクターだという可能性はこれで完全になくなった。先ほど校長が言っていた通り、教員の中の誰かが校章入りのメモを落としたか、知人に渡したかして、コレクターの手元にまでメモが渡ったのだろう。それでも手がかりにならないわけではないが、追跡はなかなか難しい。隣に座る紅羽のがっかりした表情を横目で見ながら、阿比留に何と言うべきか迷っていると、ふと彼が再び口を開いた。

「あ、でも、ちょっと待ってください」

「何でしょう」

「実はここ数ヶ月で何人か、学校を辞めた先生がいるんですよ。その人たちはメモをもらってますけど、辞めてるので当然昨日の会議には出てません」

自分の中で何か予感めいた勘が働くのを感じた。

「なるほど、ちなみに辞めた時期というのはいつ頃でしょうか？」

「ええっと……人によりまちまちですけど、今年に入ってからなのでだいたい三ヶ月前くらいです」

コレクターが犯行を始めたのも約三ヶ月前だ。偶然の一致かもしれないが、探ってみる価値は十分にある。

「その人たちの名前は分かりますか？」

「名前……ごめんなさい、歳のせいか今パッと出てこなくて……職員室には資料が残っているはずです」

「それを見せていただくことはできますか？」

いくら辞めたといっても教員の個人情報をおいそれと赤の他人に見せるわけにはいかないのだろう。阿比留はしばらく渋い顔をして黙り込んでいたが、やがて意を決したように口を開いた。

「本当はダメなんですが、お世話になった探偵さんのためです……お見せしますよ」

「ありがとうございます」

私と紅羽が深々と頭を下げると、阿比留は「さっそく行きましょうか」と応接セットのソファから立ち上がった。私たちはその後ろについて校長室を出ると、三人で職員室へ向かって階段を降りはじめた。

「あの校長、今さらですが、我々がいきなり職員室に入って大丈夫なんでしょうか」

「ん？　どういうことですか？」

私たちが校長室に向かう際、職員室には人影があった。もし誰か教員が職員室で仕事をしているとするならば、捉えようによっては個人情報の流出とも言えるような行動をしている以上、赤の他人の我々が堂々と入っていくのは避けた方が良いように思えたのだ。

「あ、いや。さっき校長室に来る途中、職員室に誰かいるみたいでしたから。我々が見られても良いものなのかと余計な心配をしました」

「え？　ちょっと待ってください。職員室に人がいた……？」

阿比留は階段を降りる足を止めると、私たちの方を振り返った。

「え……ええ、職員室に人影が見えました」

不思議そうな表情を浮かべる彼を見て、嫌な予感がした。

「そんなはずないんですけどね」

「え……？」

「昨日の会議が大変でしたし、今日先生方はみんなお休みのはずなんですよ」

どうやら嫌な予感は的中したかもしれない。確信はなかったが、私の頭の中にはある一つの最悪な可能性が思い浮かんでいた。あの人影がもし奴だったとしたら……自分の想像が間違っていることを祈りながら、私は阿比留と紅羽を残して一人職員室の方へと走り出した。

「え⁉　ちょっと⁉」

「どうしたんですか⁉」

あわてる二人の声を背後に聞きながら急ぎ階段を降りて一階の職員室の前までたどり着くと、目の前には赤く燃え盛る炎が広がっていた。最悪の可能性は現実になってしまったようだ。

「やられた……校長！　紅羽さん！　消火器と通報を‼」

私の叫び声を聞いて驚いた様子で階段を駆け降りてきた阿比留と紅羽は、燃え盛る職員室を見てたじろいでいた。職員室の窓から見える炎はボヤの範囲でおさまる程度ではあったが、特に阿比留にとってはショックが大きかったのだろう。

「そ、そんな……どうして……」

「ぼさっとしている暇はないですよ、校長。早く警察と消防を！」

「わ、分かりました！」

阿比留は携帯電話を手に廊下の奥の方へと走っていった。私は呆然と立ち尽くしている紅羽の手を取って階段から廊下の方へと引っ張ると、一緒に消火器の準備をするように言った。

「ね、ねえ。何で急にこんなことに？」

彼女は震える手で消火器の準備をしながら、私に尋ねた。

「たぶん……コレクターの仕業です」

「え……？」

「恐らく、校長の言っていたここ数ヶ月で辞めた先生の中にコレクターがいる。奴は昨日現場にメモを残してきたことに気づいて、自分の正体がバレないように証拠を隠滅しに来たんでしょう」

「まさか……」

自分の推理が当たっていることを、私はどこか直感的に確信していた。恐らく奴は本来、時間をかけてこっそりと自分の資料だけを持ち出し、痕跡を残さずに立ち去るつもりだったのだろう。しかし、先ほど我々が職員室の前を通った際に、奴は自分の姿が目撃されてしまったことに気づいた。

いつ我々が違和感に気づいて踏み込んでくるか分からない中で、膨大な職員室の資料の中をゆっくり探し、侵入した証拠を綺麗に隠滅している余裕はない。そこで奴は苦肉の策として、目立つのを覚悟で放火を決意した。と、おおかたそんなところだろう。消火器の用意を終えた紅羽は噴射を始めながら、大声で私に問いかけた。

「この炎の勢いからすると、多分まだ火をつけたばっかりだよね？」

「恐らく、そうじゃないかと」

炎のはぜる音と消火器の噴射音に邪魔されながらも、私たちは大声でやりとりを続けた。

「ってことは……あいつまだこの近くにいるんじゃない？」

紅羽の声には若干のおびえの色が混じっていた。たしかに彼女の言う通り、火をつけてから時間が経っていないのだとすれば、奴がまだこの学校付近にいる可能性は高い。

「そうかもしれません」

「多分、ここの消火は私と校長先生で何とかなるわよ」

「ありがとうございます、紅羽さん。様子を見てきます」

「分かった。任せて」

「とはいえ今から走って捕まえられる可能性は低いと思います。校長の通報で警察が来たら事情を説明して、この学校付近の人間をまとめて事情聴取するように頼んでください」

そこまで言い終えると自分の持っていた消火器を床に置き、私は校舎の通用口の方へと走った。

辺りを見回すと、駐車場のフェンスの所をよじ登っている人影が目に入った。その人物は、昨日ＶＩＮＥツインタワービルや渋谷で見たのと全く同じ、あの黒いコートの男だった。

「待て！」

私が叫ぶと、奴はこちらに気づいて一瞬振り向いた。しかしすぐに顔を戻すと、さらにスピードを上げてフェンスをよじ登り、フェンス裏へと飛び降りていく。今度こそ逃すわけにはいかない。私は奴を追いかけるため、駐車場を横切るように走り出した……。

ゴートゥヘブン

二〇一九年三月二十六日（火）　十五時

「なるほど……それで、その黒いコートの男を目撃したが、そいつと遭遇はしてない、と」

「ええ。ヤクザのような見た目の男でした」

私は粗末なパイプ椅子に座り、刑事の沖島と向き合っていた。殺風景な取調室に刑事と二人。ドラマでよく見る取調室では小窓からわずかに光が差し込んでいるが、ここにはそんなものはなかった。天井の蛍光灯だけがぼんやりと灯る窓のない薄暗い空間を、ただただ圧迫感だけが支配する中で取り調べは続く。例の火災の時間、亜美高校の付近にいた目撃者の一人として、警察から任意の事情聴取への協力を求められたのだった。

「ヤクザのような見た目……って、あんたに言われたくねえだろうがなあ」

沖島は私の全身をジロジロと眺めながら、少し皮肉めいた笑みを浮かべていった。たった今彼に証言した通り、亜美高校の外での奴との追いかけっこは、結局昨日のＶＩＮＥツインタワービルでの一件と同じような結末に終わった。奴と相対しなかったことは良かったのか、悪かったのか。次こそは奴と決着をつけなければならないという思いが私の中を渦巻いていたが、とりあえずはこの取り調べに集中することにした。

「その黒いコートの男についてだがな、そいつは……」

沖島の言葉の途中で、コンコンと取調室の鉄製の扉をノックする音が響いた。

「あ……ちょっと待ってろ」

軽く舌打ちをすると立ち上がって扉の方へと向かった沖島は、扉を少しだけ開き、外にいる誰かとこそこそと会話を始めた。扉の隙間のほとんどは沖島の背中で覆われていたため、会話の相手の顔はよく見えなかったが、彼の声色を聞くに、この訪問者は彼にとってうれしくない何かを届けに来たようだった。

「あぁ!? んなもん……ちっ……ざっけんじゃねぇよ……わぁったよ……」

沖島ははっきりと怒りの色を滲ませながら、拳で殴るように音を立ててバタンと扉を閉めると、これまた分かりやす過ぎるほどにドタドタと足音を立てながらこちらに戻ってきた。

「あぁ……ちょっと早えんだが、いろいろあってな。とりあえず、今日はこれでおしまいだ」

苦々しい声で話す沖島の顔には「不服です」とはっきり書いてあるかのようだった。何か別の事件が発生したのか、他の事情が作用したのか。とにかく先ほどの伝言は、大まかにいえばこの取り調べを早く終わらせるように彼に指示するものだったのだろう。

先ほど始まったばかりの取り調べがこんなに早く終わるとは少し意外だったが、ここに長くいて何か得があるわけでもない。私が「分かりました」と言うと、彼はポケットからボールペンを取り出してこちらに手渡した。

「一応、調書の内容を確認して、ここに日付と名前をくれ」

沖島はテーブルの上に置かれた「供述調書」と書かれた紙の下の方を指差した。さっと内容に目を通すと、彼から受け取ったボールペンをノックする。

文字を書きはじめてから、右の手袋を外さなかったことを後悔した。見た目を気にして両手に着けているだけで、本来小指がないことを隠すのに必要なのは左だけだ。手袋のせいでボールペンを握り損ねながらも、何とか「三月二十六日　谷典正」と書き終えると、ボールペンを沖島に返却する。

「じゃあまあ……いったん帰っていいよ。まあ、あんたには、すぐまた会うことになるだろうけどな」

沖島は意味ありげな目で私を見つめた。そもそも、なぜ刑事課の刑事ではなく組対の彼が取り調べを行ったのかは少し不思議だ。私のヤクザのような見た目を理由に組対が行くべきと誰かが判断したか、沖島自身が何か裏で手を回したか。後者だとしたらいろいろと気になることもあるが、今はそんな話をしている時間はないだろう。ギシギシと音を立てる粗末なパイプ椅子から立ち上がると、彼の後に従って取調室を出た。

「署の出口はここをまっすぐ行って右だ」

「ありがとうございます」

取調室を出た沖島は、まっすぐ続く白い廊下を指差しながら言った。軽く会釈してから彼の指差した方向に歩き出すと、背中からぽつりとつぶやくような声がした。

「なあ」

後ろを振り向くと、沖島は私の方をじっと見据えていた。

「俺はな、心の底からあんたを助けたいと思ってる。それは忘れんな」

沖島は先ほどまでの強面が嘘のように優しそうな顔でそう言うと、くるりと振り向いて廊下の反対側へと歩いていき、突き当たりにある「駐車場通用口」と書かれた扉の手前を右に曲がって姿を消した。コンコンと音がしたので恐らく階段を登ってデスクかどこかに戻ったのだろう。

秒数にしてほんのわずか一瞬の出来事だったが、彼の姿が目に焼き付いて離れなかった。先ほどの言葉は一般的に聞けばとても心強い一言だったが、その真意は一体どこにあるのか。自分やこの事件の行く末に一抹の不安を感じる。しかし、考えたところで何か変わるわけでもない。今はとにかく前だけ見て進むしかないのだ。雑念を振り切って、私は警察署の出口の方へと廊下を歩きはじめた。

廊下を歩きながら携帯電話を確認すると、状況を心配するメールが何件か入っていた。一度立ち止まって、現状や今後の待ち合わせ場所と時間の指示を書いて返信すると、携帯をポケットにしまって再び歩き出す。

廊下を突き当たりまで進むと、そこは開けたスペースになっていた。二、三人掛けのベンチがいくつか並び、あちこちに万引き防止や指名手配のポスターが貼ってあるここは、いわゆる受付ロビーのようなものなのだろう。果たして警察に平日と休日の差があるかは分からないが、平日の日中である現在、ロビーには何人かの姿がぽつりぽつりと見えるだけだった。

沖島の話していた通り、廊下からロビーに出て右手を見ると、そこにはこの警察署の正面出入口と思しき自動ドアがあった。すぐに外に出ようと自動ドアの近くまで行ったが、ふと、脳裏に奴の存在がよぎって一度立ち止まる。

先ほど取り調べの際に沖島が話していた通りであれば、警察は火災発生時に亜美高校の周りにいた人物を基本的には全員参考人として聴取しているはずだ。となれば、奴もこの警察署内で取り調べを受けている可能性が高い。ひょっとすると、この場所にもう少し留まっておくことで、奴の尻尾をつかむことができるかもしれない。

そう考えた私が自動ドアの前で踵を返し、ロビーにあるソファの方へと近づくと、突然、思いもよらぬ声がかけられた。

「あの、探偵さん……ですよね……？」

驚いた私が振り向くと、そこには一人の制服警官が立っていた。警察官らしく骨太のしっかりした体つきではあるが、年齢は恐らく五十代後半で、頭には若干の白さが混じっていた。歳のせいかシワが目立つ顔に浮かんだ優しそうな笑顔を見ると、彼が恐らく交番のお巡りさんとして長年地域の人に愛されてきたのだろうということが何となく感じ取れる。それにしても、彼は一体何者なのだろうか。彼に見覚えはないし、そもそもこんなヤクザのような見た目の人間をいきなり「探偵さん」と呼んでくるのもなかなかに奇妙だ。

「あ、いやそのすみませんが、人違いでは？」

警官ははっとした表情になると、突如恐縮し切った様子で言った。

「あ……わあぁ……すみません……初対面の方にこんなにぶしつけに……」

「あ、いえ、それは大丈夫なんですが」

警官はぺこぺこと頭を下げながら恐縮しきりだが、正直何が何だか分からなかった。彼の言う通り初対面なのだとしたら、なおさら私のことを突然「探偵さん」と呼んだ理由が謎だ。

「そうか、名前を名乗ってなかったですね。私、近くの交番で巡査長をしております。馬場《ばば》旅人《たびと》です。普段は交番に勤務しているんですが、ここ数日は研修でこの所轄署に出入りしておりまして……何卒、どうぞよろしくお願いします」

「は、はあ……」

突然の自己紹介で私が呆気に取られていると、それを察したのか彼はまたもやぺこぺこと頭を下げはじめた。

「ああ……すみません……突然名乗ったところでご存じないですよね。どこから説明したらいいんだろう。えっと……あの、その……」

どうやら馬場はかなりそそっかしい性格のようだ。このまま放っておいてはいつまで経っても話が進まない。私は彼を落ち着かせ、ゆっくりと話を聞くことにした。

「馬場さん、まずは落ち着いてください」

「すみません」

「大丈夫ですよ。ゆっくり一つ一つ教えてください」

「本当にすみません。あの名探偵さんだ！と思ったらつい興奮してしまいまして……」

馬場が何を考えているのか、私には皆目見当もつかなかった。彼が私を探偵と認識して声をかけてきていることはやはり間違いないようだが、それにしても「名探偵」とは一体何のことなのだろうか。

「馬場さん、まずはそこから教えてください。『名探偵』と言われましても、私とあなたは初対面ですよね」

馬場はしまったとばかりに顔に手を当てた。

「わああ……そうですよね。失礼しました。ええ、私と探偵さんがお会いするのは今日が初めてです。ただね、私は昨日、ちょうどここで、探偵さんのお噂を聞いたんですよ！」

「噂？」

「ええ、左目が義眼で、ヤクザみたいな探偵に、事件を解決してもらった！って!!」

私は何となく事の次第を理解しはじめた。これはひょっとすると、数々の歯車が噛み合って奇跡的な巡り合わせが起きているのかもしれない。

「それは……一体どなたから？」

「いや、それは……お恥ずかしい話ですけど、ちょっと小耳に挟んだだけで」

「というと？」

「昨日ちょうどここのロビーでね、中学生ぐらいの男の子と、たぶんそのお母さんが話していたのが耳に入ってきたんですよ。あ、いや、盗み聞きとかじゃないですよ。たまたまです。たまたま」

言えば言うほど言い訳めいて聞こえることに気づいていないのか、彼は盗み聞きしていたわけではないと何度も強調していた。この巡り合わせをどう受け止めたら良いのか迷っていたが、私はまずは詳細を確認してみることにした。

「その親子の名前は？」

「子供の方は『ヒロヤ』って名前だったはずです。お母さんは『お母さん』って呼ばれてたからなあ」

「なるほど」

馬場が一体どんな意図を持って声をかけてきたのか分からないが、こんな運命的な巡り合わせに出くわしたとあっては、乗らない理由が見当たらない。あれこれ考えるのをやめて、彼の話に身を任せてみることにした。

「馬場さんが私のことをご存じだという理由は分かりました。それで、今日はなぜ声をかけてくださったんですか？　まさか、昨日の親子の件で何かあった……とか？」

「ああ、いえいえ、すみません。心配になりますよね。そういうことではないんです」

「はあ……」

馬場は相変わらずぺこぺこと低姿勢だった。さすがに徐々に見慣れてはきたものの、警察官に低姿勢で話されるというのはなかなか居心地がいいものではない。

「では一体、どうして……？」

「その……実はですね、優秀な探偵さんと見込んで、お願いしたいことがありまして……」

「お願い」とは、これは思った以上に厄介なことになるかもしれない。奴がまだこの警察署に残っている可能性を考えてもう少しここに留まろうと思っていたものの、決して時間に余裕があるわけではない。彼のお願いとやらを聞いている間に、奴をみすみす逃すことになる可能性もある。

正直、断ってしまいたい気持ちもわずかにあったが、私のことを名探偵と呼ぶ彼に今さら変な言い訳をするのも決して得策ではない。迷った末に私は、とりあえず彼の話を聞いてみることにした。

「お願い……と言いますと？」

馬場は一瞬迷ったような表情を浮かべて言いにくそうにしたが、まもなくして口を開いた。

「その……実は、私の子供が行方不明で……その相談に乗っていただきたいんです」

行方不明とは何とも物騒だ。一体何があったのかと思案していると、彼はまるで抱えていた秘密を吐き出してすっきりした子供かのような表情でこちらを見つめていた。

「急にこんなことを頼んで、本当にすみません。突然失礼なのは分かってるんですが、どうしても話を聞いていただきたくて……」

「いえいえ。ただ、行方不明となると私に話すよりも、よほどきちんと警察に相談した方が良いのではないでしょうか？　きっと、その方面に詳しい同僚の方もいらっしゃるでしょう」

素直に思ったことを口にすると、馬場は苦々しい表情になった。

「警官が言うのもお恥ずかしい限りなんですが……行方不明を警察に相談しても、正直意味がないんですよ」

「それは……どういうことでしょう？」

彼は一瞬話すのをためらう様子を見せたが、少しするとやや声をひそめて話し出した。

「あのね、行方不明の相談なんてしょっちゅうなんです。警察には毎日のように大量の行方不明の相談が来る。でも、そのほとんどがただの家出です」

馬場の顔に浮かぶ渋い表情を見つめながら、彼の言わんとすることを理解した。

「つまり、相当な事件性がない限りは、行方不明をまともに取り合ってくれない、と」

「さすがですね、探偵さん。おっしゃる通りです。特に成人の失踪は放っておかれがちなんですよ」

馬場の顔には若干悔しげな色が浮かんでいた。警察が必ずしも市民に寄り添う優しい存在ではないという事実は、長年交番に勤めて地域の人々と触れ合ってきた彼にとって、決して愉快なものではないのだろう。警察に対して悪い印象しかなかったが、彼のような警官がいるという事実はある種の救いである。私は自分の中に少しずつ彼を助けてあげたいという気持ちが募っていくのを感じていた。

「詳しい話を伺いますので、ちょっといったんそちらに座りませんか」

そう答えると、馬場の顔が分かりやすくパッと明るくなった。

「ありがとうございます……！」

彼をロビーの中で一番廊下に近いベンチの方へと誘うと、腰掛けるように勧めた。ここなら廊下がよく見えるので、もし万が一話している最中に奴が現れたとしてもすぐに気づける。ベンチに腰を下ろすと、先に座っていた彼はすぐに話しはじめた。

「本当にありがとうございます、探偵さん」

深々と頭を下げる馬場の声には少し疲れの色が混じっていた。突然私に相談を持ちかけるほどなのだから、相当悩んでいることは間違いないだろう。

「まずは詳しいお話を聞かせてください」

「ええ。千秋《ちあき》が失踪したのは今朝のことでした」

「千秋さん……というのは、馬場さんのお子さんのお名前ですよね？」

「あ、失礼しました。そうです、馬場千秋。二十四歳。仕事は飛行機のＣＡをしてます」

馬場はスマートフォンを操作すると、私に写真を見せてくれた。にっこりと笑ってピースをするその姿は背景からすると海水浴場かどこかで撮影されたもののようだ。本人がどう思っているのかはさておき、年の割に幼さの残る千秋の顔には、かわいらしいと形容したくなるあどけなさがあった。

一方で、千秋が立派に成人した大人であることは写真からも明らかだ。馬場の顔色を伺いながらも、私は一番気になることを素直に聞いてみることにした。

「どうして、今朝千秋さんが失踪したと分かるのでしょうか？」

「千秋と私は一緒に暮らしていましてね……普段は私と同じくらいの時間に家を出るんですが、今朝は姿が見えなかったんです」

不安になる馬場の気持ちは分からなくもないが、それだけで急に失踪というのは少し飛躍し過ぎな気もする。

「それは……たまたま早い出勤だとか、そういうことではないんですよね？」

「ええ、私だって最初は早番か何かだと思いました。でも、千秋の勤める航空会社から連絡がありましてね……『何の連絡もなく会社を休んでいるんですが、何かご存知ですか？』とね」

たしかに何の連絡もなく会社を休むというのは決して日常的なことではない。とはいえ、まだそこまで事態に緊迫感を感じる必要もないようにも思える。少し聞きにくかったが、私は心を鬼にしてその質問を口にした。

「馬場さん、大変失礼なんですが、家出の可能性……というのは……？」

私の質問に、馬場はふっと力の抜けた笑い声を漏らした。いみじくも彼が先ほど言っていた通り、成人の行方不明の大半は意思を持った外出、つまり有り体に言えばただの家出であることは多いはずだ。しかも失踪したのは今朝となれば、心配するには少し早過ぎるような気もする。どこか遠い目をした彼は、そんな私の疑問を見越したかのように話し出した。

「もちろん、可能性はゼロじゃないですよ。家出かもしれない」

「だとするなら……」

「でもね、親としちゃ心配なんですよ。何の連絡もなく家を空けることすらしたことなかった子が、誰にも何にも言わずに会社も休んで、全く連絡も取れないんですよ」

馬場は口調こそ淡々としていたが、その心の中が不安でいっぱいであることは痛いほど伝わってきた。

「それにね、もう一個、不安なこともあるんですよ」

そう言うと馬場は懐から一冊の小さな本のようなものを取り出した。透明なカバーに覆われたその本は、ピンク色のツルツルとした表紙で、手のひらよりも少し大きいくらいのサイズ。しっかり使い込まれた形跡を見るに、誰かの手帳か日記といったところだろうか。いくら自分の子供がかわいいとはいえ、警察官として家出について多少の心得もあるはずの馬場が、失踪だと不安がる秘密は、ここに隠されているのかもしれない。

「それは、日記……ですか？」

「ええ、千秋の部屋に残されてました」

「なるほど。中は見たんですか？」

「はい。千秋には悪いんですけど、どうしても心配でして。それに何というか、机の上に読んでくれとばかりに置いてあったのも何だか気になりましてね」

馬場は日記を見つけた当時のことを思い出すように言った。

「中にはどんな内容が？」

「それがね……どうもよく分からないんですよ」

「というと？」

「何だか書き方がどうにも曖昧で、今千秋がどうしているのかとか、そういう詳細が分かる内容ではなかったんです……まあ、日記なんて所詮そんなものかもしれませんけどね」

馬場は不安を覆い隠すようにわざとらしく笑みを浮かべた。私が馬場の持つ日記を観察していると、彼はこちらに日記を差し出してくる。

「良かったら、見てもらえませんか」

彼から日記を受け取ると、パラパラとページをめくってさっと内容に目を通した。さっと見ただけでも、文章中に「耐えられない」「許さない」という言葉があるのが目に入ってくる。どうやら千秋がストレスを抱えていたことはたしかなようだ。

「これ……千秋さんはかなり悩んでいる様子ですね」

「ええ、どうやら職場も恋愛もあまり上手くいっていなかったようです」

「失礼なことは承知で申し上げますが、なおさら家出など自分の意思で失踪した可能性が高いような気がしてしまいますね」

そうやって再び家出の話を持ち出すと、馬場はふぅと大きく息を吐いてからゆっくり話し出した。

「ええ……もちろんその可能性はあります。正直ね、ただの家出ならそれでいいんだ。元気にいてくれるんなら、別に家にいなくたって連絡が取れなくたって構いやしない。でもね……」

彼は想像もしたくないと言いたげな様子で黙り込んだ。その先に続く言葉が何となく推測できるだけに、私の心は痛んだ。

「その日記の最後のページを見てみてください。『この場所から天国に向かう』ってあるんですよ」

そう話す馬場の顔はとても悲しげだった。彼の言う通り日記の最後のページを開くと、そこには細いボールペンの字でたしかに「この場所から天国に向かう」と書かれている。なかなか物騒な表現であるのは間違いなく、彼が心配になるのは無理もない。

「実は今さっきもね、上の階で自殺者の情報を聞いてきたんですよ。今日だけで何回行ったことか」

馬場はそう言うと自嘲気味に笑った。何と言ったらいいか迷っていると、彼は大きくため息をついてさらに話を続ける。

「今のところ、特にそれらしい情報はないそうです。喜んでいいのかは分かりませんがね」

淡々とつぶやく馬場に対して、私は「そうですか」と答えることしかできなかった。千秋の日記に「消えたい」や「もう嫌だ」という言葉が書かれていることは、先ほど日記をパラパラとめくった際にも確認できた。彼が不安視する通り、千秋が自殺しているという可能性は否定できない。

今のところそれらしき自殺者の情報はないというのが少しの安心材料ではあるが、あくまで一時的なもので、完全に安心できるわけではない。恐らく馬場が私に頼みたいことも、その辺りにあるのだろう。

「それで、私に頼みたいことというのはつまり……」

「ええ、この日記を読み解いて、千秋が今一体どこで何をしているのかを特定してほしいんです」

「それはともすると、今はもう、という最悪の可能性も……」

ずるいと分かりつつ、馬場の表情をなるべく見ずに自殺の可能性を提示した。彼は私の言葉を噛み締めるようにしていたが、やがて何かを吹っ切ったような表情で言った。

「ええ。覚悟はしてます。もしそうだとしても、一体千秋に何があって、最後はどこでどうやって……あの子に一体何があったのか、どんな結論であれ、私はそれをきちんと知っておきたいんです」

馬場はそこまで言うと黙り込んだ。しばらくしてから小声で「会いたいんですよ、どんな状態でも」

とつぶやく彼の瞳には、うっすらと光るものが溜まっているように見えた。彼の涙も最後の一言も何もなかったかのように、私はあえて今まで通りの口調で手元にある日記を開きながら言った。

「日記の終わりの方に書かれている、千秋さんが最後に向かった場所が重要そうですね」

馬場は目元を軽く手で拭うと、切り替えるかのように軽く息を吐き、少し張りを取り戻した声色で言った。

「ええ、恐らく。何せ『この場所から天国に向かう』ですからね。その手前に書かれている地図やら何やらをきちんと読み解けば分かるんでしょうが、ややこしいから私には理解できなくて……」

「分かりました。まずは、それを特定するところから始めましょう」

馬場は私の方をじっと見つめると、深々と頭を下げた。

「どうか、よろしくお願いします」

「頭を上げてください」

彼はしばらく頭を下げ続けていたが、やがてゆっくりと元に戻った。

「とりあえず、この日記をしっかりと読ませてください。現状手がかりはこれだけですので」

「ええ、もちろんです」

馬場は期待と恐怖が入り混じったような表情で頷いた。馬場千秋は何を思い、一体今どこにどんな状態でいるのか。それを突き止めるために、私は手元にあるピンクの表紙の日記の一番最初のページを開くと、中に書かれた文章へと目を通しはじめた……。

千秋の日記

二月二十六日

もう耐えられない。本当に無理。一体私が何をしたというのか。ミスしたのは私じゃなくてお局様の方だというのに。どうして私ばかり怒られなくてはいけないのだろう。申請の提出締切は明日までとあの人は言ってたはずなのに。急に「今日までだけど千秋ちゃん何で出してないの?」って……あなたが明日までだと言ったからですけど? 私が「あれ? 明日までって言ってましたよね」と言っても、先輩たちはみんな口をそろえて「いや今日までって言ってたよ」と知らん顔。自分は提出済みだからと誰も本当のことを言わない。先輩たちは全員お局様の言いなり。お局の操り人形。私はそんな中で一人戦う人間。ああ、仕事がつらい。

帰り際に同期の誠が第二ビルに入っていったから、声かけてみたけど無視された。何だよあいつ。何だか急いでいたけど、第二ビルに何の用だったんだろう。トイレに行くには三階まで行かなきゃいけないから面倒だし、違うよな。え、何だろう。気になる。あいつ、何してたんだろう。

三月二日

今日は先輩たち二人にご飯に誘われた。誘ってくれたのはチームの同僚の恭子《きょうこ》先輩と啓介《けいすけ》先輩。啓介先輩は一個上だから割と仲が良かったけれど、恭子先輩は割と年上で得意じゃなかった。だから正直、誘われてもあまりうれしくなかった。

でも今は、行って良かったと思っている。恭子先輩も本当はお局様のことが嫌いだって知ることができたから。恭子先輩はお局が偉そうに指図するのが腹が立つと言っていた。「この前の書類の件だって、千秋ちゃんは間違ってないよ。お局が期日を間違ってたんだよ。でも、あそこで味方したらお局が私たちにも文句を言いはじめるかもしれないって……味方できなくてごめんね」と謝ってくれたのもうれしかった。

恭子先輩がCAになった理由も印象深かった。恭子先輩は「私の夢はね、イケメン社長と結婚して、子供を産んで玉の輿に乗ることなのよ。そのための最短ルートがCAってわけ」と言っていた。啓介先輩は「俺らみたいな男には考えられない理由っすね」と言っていたけど、私は恭子先輩に共感できるなと思った。CAをやってるといろいろな人に出会えるのは事実。私はさすがに結婚とまでは考えていないけれど、有名人の接客をしてみたいなと思う。何だか、少し仕事をやる気が出てきた気がする。

三月十日

今日は月に一回チームの全員がそろうミーティングの日。お局を入れて男女三人ずつの六人全員で打ち合わせをした。私は今月もまたエコノミーの担当。しかもハワイ便。ハワイ便のエコノミーなんて、ビジネス客がほとんどいなくて、家族連れかジジババの団体、カーカー騒ぐ修学旅行の奴らばっかり。「ふざけんな!! あんな動物園みたいなところに来たくてCAになったんじゃねぇ!」って叫び出したいような気分だったけれど、何とか堪えた。「ハワイのエコノミーは千秋ちゃんね」と言うときのお局の顔、腹が立ったな……何だかちょっとニヤニヤしているようにも見えたし、本当に許せない。

というかそもそも、私のことを「千秋ちゃん」とか馴れ馴れしく呼んでくるのにも腹が立つ。いくら呼びやすいからといって、ちゃん付けで呼んでいいだなんて私は言ってない。お局が呼びはじめたせいでみんなにちゃん付けで呼ばれるのは本当に嫌だ。ただまあ、配置はお局より上の人たちが決めてるはずなので、それを恨むのは筋違いなのかもしれない。でもやっぱり腹が立つ。私はもっとキラキラした仕事がしたくてCAになったというのに。同期の誠《まこと》はNY便のファーストクラスの配置らしく、それもつらい。どうして同じ時間分仕事しているのに、ここまで待遇が違うのだろう。

仕事終わりに誠に愚痴を言ったら、誠には「それは千秋の努力が足りないからでしょ」と言われた。チームの人には内緒にしているけど、私と誠は数ヶ月前から付き合っている。少しくらい優しい言葉をかけてくれてもいいのに、どうしてそんな冷たいことを言うんだろう。今日は腹が立つことだらけだ。

それに、この前誠が第二ビルに入っていった話を聞いたら、「え？　人違いでしょ」とはぐらかされた。私が誠のことを見間違えるわけがない。あれは絶対に誠だった。ひょっとしてあいつは、浮気でもしてるのかもしれない。もう誠とも別れようかな。ふらっとどっかに消えてしまいたくなるな。

三月十六日

お局……さすがにいい加減にしてほしい。今日はチームの同僚で、新卒で入ってきた一年目の圭太《けいた》くんの教育係として出勤した。でもそもそも、CAの仕事は基本的に四勤二休なので、四日フライトで働いたら二日休み。私は一昨日までフライトで、昨日は休み。本来なら今日まで休みのはずだったのに、お局の一声で急遽オフィスへの出勤が決まった。

「あなたが一番年も境遇も近いんだし、頼むわよ」とお局は言っていたけれど、言われた方はたまったものじゃない。たしかに私と圭太くんは似てるのかもしれない。でも、年齢だけでいえば誠だって私と同い年。お局は、面倒事を私に押し付けたかったに違いない。やっぱり腹が立つ。

突然のスケチェンとか、本当にやめてほしい。

そういえば今朝、家を出る前にパパが「今日休みじゃないのか？」って聞いてきたから「スケチェンなんだよ」って言ったら、不思議そうな顔をされたな。あのときは急いでいてそのまま出かけちゃったけど、よく考えるとスケチェンって私たちＣＡしか使わないか。ついそういう言葉が出ちゃうなんて、私もだいぶ職場に染まってるのかな。気をつけないと。とりあえず、パパには後でちゃんと説明しよう。

そんなこんなで行かされた研修はやっぱりとても退屈だった。指導教官の人には「あなた教育係として来てるのに、こんなこともできないの!?」と言われる始末。驚いてちょっと一滴コーヒーこぼしただけなのに。そもそも、コーヒーを注いでいるのに突然あんなに大声で話しかけてくる客なんて、現実にはいないし。

全然関係ないけど、研修に男の人が多いのにはびっくりした。男の圭太くんは孤立してしまうかと思っていたけど、何なら半分くらいは男の人だった。時代は変わったってことなのかもしれない。

嫌なこと続きだったけれど、圭太くんの研修がいつも働いている第一ビルではなく、第二ビルでの開催だったのは良かった。

第二ビルは五階建てで、五階の屋上フロアは展望台の庭園。四階だけは私の会社の研修施設で社員以外立ち入り禁止だけど、他の階は一般の人も入れる。三階は英会話教室に診療所、銀行といろいろなお店が入ってるけど……私が一番気に入ったのは旅行代理店。韓国の美味しそうな料理からニューカレドニアの綺麗な空、果ては北極のオーロラまで世界各国のポスターが貼ってあって、とてもウキウキする。一、二階に入っているのは飲食店のテナント。昔は一階から三階まで研修施設だったけれど、経費削減やら何やらで去年閉鎖して、ついこの前リニューアルオープンしたのだ。

何だかんだと改装後一度も行けていなかったので、私は楽しくなってついつい各階を探検してしまった。あまりにも雑だから人には見せられないけど……今度行くときに迷わないように、ざっくり地図も書いた。あの汚い研修施設だったとは思えないくらい、綺麗になっていてすごかった
（次ページ参照）。

残念だったのは、お昼ご飯。圭太くんがガッツリしたものが食べたいと言うので一階のカツ屋さんに入ったけれど、私は隣にあった韓国料理の方が食べたかった。

第二ビル地図

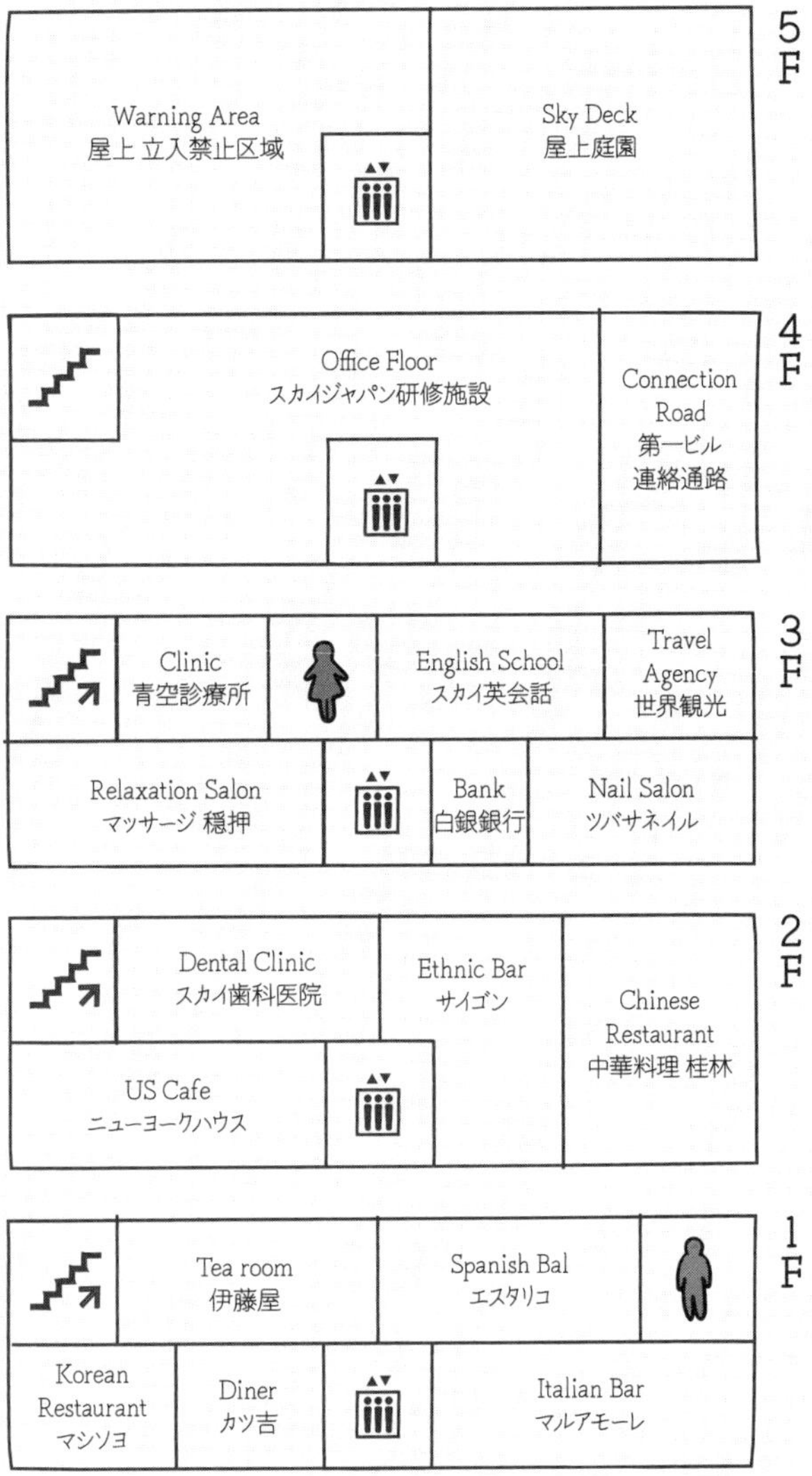
5F
Warning Area
屋上 立入禁止区域
Sky Deck
屋上庭園
4F
Office Floor
スカイジャパン研修施設
Connection
Road
第一ビル
連絡通路
3F
Clinic
青空診療所
English School
スカイ英会話
Travel
Agency
世界観光
Relaxation Salon
マッサージ 穏押
Bank
白銀銀行
Nail Salon
ツバサネイル
2F
Dental Clinic
スカイ歯科医院
Ethnic Bar
サイゴン
Chinese
Restaurant
中華料理 桂林
US Cafe
ニューヨークハウス
1F
Tea room
伊藤屋
Spanish Bal
エスタリコ
Korean
Restaurant
マシソヨ
Diner
カツ吉
Italian Bar
マルアモーレ

三月二十二日

もう許せない。消えてやる。あいつら絶対に許さない。今日私が給湯室に行ったら、お局と誠が話していた。なぜか知らないけれど、あのお局のババア、私と誠が付き合ってることを知っていた。お局にも腹が立つけれど、何より一番許せないのは誠だ。

お局が「あんたどうして千秋ちゃんなんかと付き合ってるわけ?」と言ったのに対して、誠は「いや……別にあっちから告白されて、断るのも面倒だっただけなんで……」と吐き捨てた。それに挙げ句の果てには「そろそろ別れようかなって思ってるんです。そもそも、あの人遊びなんで。本命は別にいるんですよね」と言い出して……ふざけるな。こっちから願い下げだ。私の想像は当たっていたんだ。きっと、この前第二ビルにこそこそ行っていたのは、その本命とやらに会うためだったのだ。本当に許せない。私はすぐ「別れよう」と誠に連絡した。今見たら、あいつは既読スルーしてる。ああ腹が立つ……。

でも、もういいのだ。私は見つけたのだ。こんな馬鹿みたいな場所からはいなくなってやる。給湯室でのことで腹が立ったから、私は気になっていた第二ビルの韓国料理屋に行った。大して美味しくなかったから、全然イライラは治まらなかったけど、第一ビルに帰るために地図を見直したとき、私は思いついた。あの場所を。綺麗な空。私はあそこに行くのだ。人生をリセットするのだ。天国で。

三月二十五日

今日は決行の日だ。準備は整えた。もちろんチームの人たちには何も言っていない。びっくりすればいいし不安になればいい。何と言ってもすべては奴らのせいなのだから。お局が何か責任を取らされるようなことになったら面白いな。あとは誠。誠には「私は天国に行ってくる。お前のせいだ。遊びだったんでしょ」と連絡しておいた。まだ既読になっていないけれど、きっと見たら驚くだろうな。驚いて、自分のせいだと反省すればいいのだ。

何だか気持ちがいい。今までとは大違いだ。決めて本当に良かった。でも、パパに何も伝えないことだけは申し訳ないと思っている。パパはママが死んで以来、私のことをずっと男手一つで育ててきてくれたから。でも、パパが知ったら、絶対に止める。だから何も言わずに決行すると決めた。ごめんね、パパ。

私は仕事終わりにこっそり第二ビルのトイレに向かった。チームの人たちに見られたらまずい。しばらくトイレに潜んで、周囲に物音がしないのを確認して外に出た。あとはエレベーターで上がるだけ……と思ったら、ちょうど近くにお局の姿が見えた。仕方がないので私は遠回りで行くことに決めて、階段を登った。一つ階を登ったら、もうお局に見つかることもないはずだ。私はその階からエレベーターに乗り込み、さらに一つ上の階まで登った。そして、この場所にたどり着いた。

到着した今振り返ると……トイレを出発した後、ここに至るまでに通った場所の英語表記の頭文字をつなぐと、ちょうどカラスを示す言葉になる。こんなに綺麗に単語ができるなんてなかなかに奇跡的だし、神様が私の選択を応援してくれているに違いない。ここが私の人生をリセットする場所だ。私はこの場所から、天国へ向かうのだ。

最後のページまで読み終えると日記を閉じ、気になっていることを携帯電話で軽く検索した。どうやら推測は間違っていないようで、すぐに必要な情報が手に入った。携帯電話をしまうと、こちらを不安そうな目で見つめる馬場に尋ねた。

「この日記は千秋さんの部屋にあったんですよね？」

「え、ええ……今朝心配になってあの子の部屋に入ったら、机の上にぽんと置かれていて」

馬場の返答を聞きながら、私は日記に書かれていた千秋の心情に思いを馳せていた。今、千秋の気持ちを尊重するためにできる一番のことは何だろうか。しばらく黙っていると、考え込む様子を見て不安になったのか、馬場が恐る恐る口を開いた。

「あ……あの、何か私に言えないような結論が出たんでしょうか」

「何と言ったらいいか……そうですね、千秋さんのことは、今はもう考えても仕方がないと思います」

「考えても仕方がないって、そんな、まさか……！」

真っ青に染まる彼の表情を見ながら、私は迷っていた。この千秋の日記に秘められた真実を、馬場に伝えるべきなのか、それとも、誰にも伝えずに「天国へ向かう」ことを決めた千秋の意思を尊重して、そのときが来るまで黙っておくべきなのか……。

依頼人——馬場《ばば》旅人《たびと》
事件の手がかり一——千秋が日記の最後に書いている「この場所」はどこ？
事件の手がかり二——千秋の目的は？

※真実への手がかりは次ページへ。
（重大な手がかりなのでどうしても分からないときに見ること）

馬場が見せてくれた千秋の写真

※ここから先は解決編になりますのでご注意ください。

二〇一九年三月二十六日（火）　十六時

「ねえちょっと、どういうことなんですか探偵さん、考えない方がいいって！」

馬場は周囲の目もはばからずに声を張り上げた。我が子を思う彼の気持ちを考えれば仕方のないことなのかもしれないが、この警察署の玄関ロビーで目立つのはあまり得策ではない。何せ、例の黒いコートの男がいつ現れるか分からないのだ。私が「少し落ち着いてください」と言うと、彼はふと我に返ったように語気を緩めた。

「あ、そ……その……すみません……興奮して……」

「いえいえ。心配な気持ちは分かります」

騒ぎ過ぎたと反省したのか、馬場はそれまでの興奮が嘘のようにぱったりと口を閉ざすと、背中を丸めてうつむいた。そんな彼を横目で見ながら、私は日記の内容について思いを巡らせていた。

日記に書かれていた通り、馬場親子はいわゆる父子家庭で、千秋の母親はすでに亡くなっている。男手一つで千秋を長年育ててきた彼にとって、我が子が自分に何も言わずに行方不明になったことは相当なショックだったのだろう。悩み苦しむ彼を見ていると、日記に書かれた真実を伝えるべきだと思えてくる。しかし、黙って出ていった千秋の意思を尊重するなら、私が勝手に伝えるのは良くないのかもしれない……結論の出ないままにぼんやりと頭を働かせていると、うつむいたままの馬場がぽつぽつと喋りはじめた。

「あの子はね……本当の子供じゃないんですよ」

「え？」

話を続ける彼は、なおもうつむいたままだった。

「亡くなった妻の連れ子なんですよ。ちょうど二十年前、アイツがまだ小学校にも上がってない千秋を連れてきたときはびっくりしたもんでした。好きになった女性が子持ちのシングルマザー。私の人生で数少ないドラマチックな出来事ですよ」

ゆっくりと顔を上げた馬場は、どこか懐かしげで優しい笑みを浮かべていた。

「千秋さんの血縁上のお父さんのことはご存知なんですか？」

「いえいえ、知りません。妻もあんまり話したくなさそうでしたから。でもね、いや、こんなこと言っちゃ良くないのかもしれないけどね、あの子の父親は世界中で自分だけだー！って、私は勝手にそう思ってるんですよ」

私の質問に答える馬場の顔はどこか誇らしげだった。

「千秋は最初こそ私のことを怖がってたけど、すぐにパパーって懐いてくれてね。数年後に妻が亡くなってからは、二人っきりでずっと暮らしてきました」

「日記にも書いてありましたね。パパはずっと男手一つで育ててくれたって」

彼は心底うれしそうな表情で頬をかく。

「ええ、ありましたね。まあでも実際、こうやって探偵さんに頼まなきゃ、あの子が何を考えてたのか分からない。お恥ずかしい限りです」

そこまで言い終わると馬場はこちらをじっと見つめ、やがてそのまま深々と頭を下げた。

「たとえ血がつながってなくても、私は父親として、あの子のことが知りたい。だから探偵さん、お願いします。どんな結論でもいい。何か分かったことがあるなら教えてください」

真剣な表情で深々と頭を下げる馬場の姿を見ながら、なぜだか私の脳裏にはマックスの姿がちらついていた。昨日「血がつながっていなくても親子のように思っている」と告げた彼の心中は、今目の前に映る彼と同じようなものだったのであろうか。気を抜くとマックスのことばかり考えてしまいそうになるが、今は馬場の件が先決だ。私は改めて馬場の方に向き直ると、頭を下げ続けている彼に向かって言った。

「馬場さん、すべてお話しします。とにかくまずは、頭を上げてください」

馬場はその後もしばらく頭を下げ続けていたが、やがて「ありがとうございます」と何度も繰り返しつぶやきながら、ゆっくりと顔を上げた。

「それで、千秋は一体……？」

こちらを見つめる馬場の表情は不安と期待が入り混じった複雑なものだった。彼を必要以上に不安がらせないように、なるべく落ち着いた調子で口を開く。

「結論に入る前に、繰り返しで恐縮ですが確認したいことがあります」

「何でしょう」

「千秋さんが行方不明になって、馬場さんが日記を見つけたのは今朝で間違いありませんよね」

「ええ」

彼は一体何を確認されているのか分からないとばかりに不思議そうな表情を浮かべていたが、やがて私が言いたいことに気づいたのだろう。はっとした表情になると、独り言のようにつぶやいた。

「そうか……この日記が家にあったってことは……」

「もうお分かりのようですね。日記の最後の日付は二十五日、つまり昨日です。そしてこの日の日記の中で千秋さんは『天国へ向かう』や『決行する』と書いていますが……もしこれが自殺を指している場合、大きな矛盾が生じます」

「昨日自殺する直前まで書いていた日記が、今朝家にあるはずがない、ということですよね」

「ええ、その通りです」

千秋が自殺していないということが何よりうれしかったのだろう。馬場は私の答えを聞くと、心底ほっとした表情を浮かべて胸をなでおろしていた。

馬場にたった今話した通り、昨日二十五日の夜に「決行」する直前までの出来事が記されている日記が、今日二十六日の朝に自宅にあるという状態を作るためには、千秋が「決行」した後、昨夜から今朝にかけて一度帰宅し、日記を置くという方法以外にあり得ない。

「決行」が自殺を表しているのであれば、当然その後に家に戻ることはできない。よって、日記に書かれた内容を細かく確認するまでもなく、「決行」したのは自殺ではないということは明白だ。

「千秋は私が寝ている間に一度家に帰ってきて、日記を置いてまた出かけたってことですよね」

「ええ、恐らくそうでしょう」

「でも、だとしたら……『天国へ向かう』っていうのは……？」

馬場は眉間に皺を寄せて考え込んでいた。この「天国へ向かう」という表現はなかなかの曲者だ。いきなり細かい説明に入るのではなく、私は一つ一つ順番に話していくことにした。

「順を追ってお話しします。まず一応、前提を確認しておきたいのですが……」

「と、言いますと？」

「失礼な質問で本当に恐縮なんですが、千秋さんは男性……で、間違いないですよね」

馬場はきょとんとした表情になったが、すぐに頷いた。

「え、ええ。先ほどお写真をお見せした通りです」

「そうですよね、すみません。女性の方でもいらっしゃるお名前だったので、念のためでした」

私が軽く頭を下げると、馬場は納得したとばかりに少し笑って言った。

「おっしゃる通りで、本人は女の子っぽい名前だから馬鹿にされると嫌がってました。歳の割に童顔で、男の子にしてはかわいらしい顔立ちをしてますしね」

「なるほど。たしかに日記にも、『千秋ちゃん』と呼ばれるのが嫌だと書いてありましたね」

私の言葉に、馬場は苦笑いで答えた。童顔でかわいらしい顔の造り、有名女性芸能人と同じ名前、少し女々しい日記の書きぶりと、ついつい勘違いしそうになるが、馬場千秋は女性ではなく男性だ。

これは、千秋が日記に書いている職場のメンバーに関する記述からも分かる。

千秋のチームは六人で男女がそれぞれ三人ずつ。「ババア」と呼ばれていたお局と、「子供を産んで玉の輿に乗りたい」と言っている恭子先輩の二人は女性。逆に「俺らみたいな男には考えられない」と言っている啓介先輩と、「男の圭太くん」とはっきり書いてある圭太の二人は男性で間違いない。

チーム内の残りは千秋と誠で、男女一人ずつ。誠は千秋と同じく男女どちらも使い得る名前で分かりづらいが、千秋が誠のことを第二ビルで目撃した際、誠に対して「トイレに行くなら三階」と書いている。地図を見ると、第二ビルの三階にあるのは女子トイレ。つまり誠は女性だと分かる。したがって最後に残った千秋は、男性で間違いないのである。

「それにしても……どうして性別なんて?」

「いや、ちょっとした偶然が起きてましてね」

「というと?」

「千秋さんが女性だとすると、最後に行った場所が屋上になるんですよ。まるで自殺でもしたかのように」（次ページ参照）

第二ビル地図

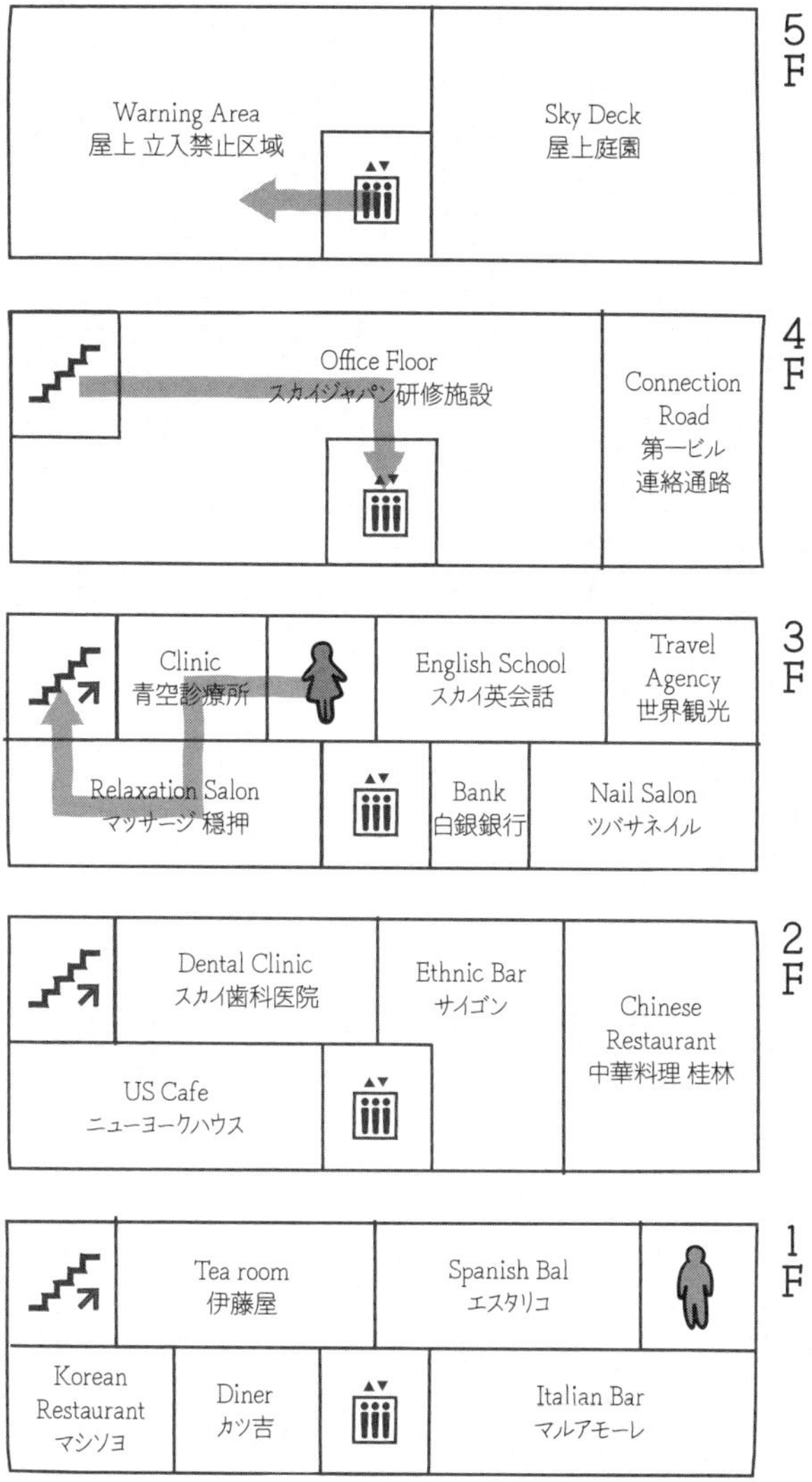
5F
Warning Area
屋上立入禁止区域
Sky Deck
屋上庭園
4F
Office Floor
スカイジャパン研修施設
Connection Road
第一ビル連絡通路
3F
Clinic
青空診療所
English School
スカイ英会話
Travel Agency
世界観光
Relaxation Salon
マッサージ 穏押
Bank
白銀銀行
Nail Salon
ツバサネイル
2F
Dental Clinic
スカイ歯科医院
Ethnic Bar
サイゴン
Chinese Restaurant
中華料理 桂林
US Cafe
ニューヨークハウス
1F
Tea room
伊藤屋
Spanish Bal
エスタリコ
Korean Restaurant
マシソヨ
Diner
カツ吉
Italian Bar
マルアモーレ

私は日記の中にあった地図のページを開いて馬場に見せながら説明を続けた。千秋が女性だとすると、出発地点は女子トイレ。そこからカラスを示す言葉、すなわち『ＣＲＯＷ』の順にたどっていくと、到着する場所は屋上の立入禁止区域になる。飛び降り自殺でもしたのではとつい考えてしまう場所だ。

説明を聞いていた馬場は、地図を見つめながら不思議そうな表情で口を開く。

「このルートには私も気づいてました……だからこそ、自殺が心配だったんです。でも、千秋は男だから、当然女子トイレに入るなんて考えられないし……」

このルートは階段やエレベーターに乗ったタイミング、登った階数なども含めて日記の描写と一致する。千秋の性別を考えればあり得ないとはいえ、馬場が不安になるのも無理はないだろう。

「仰る通り、千秋さんが通ったのはこのルートではありません。改めて、昨日の千秋さんの行動を振り返ってみましょうか。日記の記述によれば、千秋さんは退勤後に第二ビルに立ち寄りました」

「それで、いったんトイレに隠れたんでしたよね」

「そう書かれてましたね。第二ビルの男子トイレは一つ、一階のトイレです。千秋さんはエレベーター前でお局を見つけ、遠回りして階段で一フロア登り、さらにエレベーターで一フロア登って目的地に到着した」

「それで……あれですよね、目的地に到着するまでに通った部屋の頭文字をつなぐと『カラス』を示す言葉になる」

「ええ、これがなかなか厄介でした」

馬場は私の言葉に大きく頷いた。

「そうなんですよ……私はこれが分からなくて。カラスって『ＣＲＯＷ』ですよね？　でも一階の男子トイレの周りには、頭文字が『Ｃ』の場所なんてありませんし……逆に『ＣＲＯＷ』ができるルートはさっきの女子トイレ出発のものしかありません……」

馬場は地図をじっと見つめながら言った。彼の言うことは正しい。カラスは英語にすると「ＣＲＯＷ」で間違いないが、男子トイレに隣接する場所に、頭文字「Ｃ」のところはない。先ほど確認した通り、地図全体を見ると一応「ＣＲＯＷ」を通るルートがあるが、三階の女子トイレを出発し屋上へと行くものなので、千秋の性別を考えるとあり得ない。

では一体、千秋はどこをどう通ったのか。ここで考えるべきは千秋にとって「カラス」が本当に「ＣＲＯＷ」なのか、ということだ。千秋にとって「カラス」という言葉が「ＣＲＯＷ」以外の意味を持っていたとしたら……ヒントは、千秋の職業にあった。

「このカラスという言葉ですが……ＣＡの隠語なのかもしれません」

「え⁉　そんなものがあるんですか？」

「ええ。どうやらＣＡさんたちは修学旅行生や学生の乗客を『カラス』というようなんです」

馬場は驚きの表情を浮かべた。正直私も日記を読み終わって携帯で検索するまで知らなかったが、学ランやセーラー服が黒いのを理由に、ＣＡは修学旅行生を「カラス」と呼んだり、修学旅行生の多い便を「カラスフライト」と呼んだりするらしいのだ。

「スケチェン」という言葉がつい口から出たと書いている通り、ＣＡ用語は千秋にとって日常で、ただでさえつい当然のように使ってしまうものだった。基本的に他人に見せることを考えていない日記の中で、ＣＡ用語が出てきていても何ら不思議はないだろう。またハワイ便に関する記述で、千秋は「カーカー騒ぐ修学旅行の奴ら」と書いている。ひょっとするとこれも「学生＝カラス」という考え方が浸透していたことを示すものの一つかもしれない。

私が説明を終えると、馬場は地図を見つめながらしばらく何かを考え込むようにしていたが、やがてゆっくりと口を開いた。

「なるほど……つまり『カラス』は『ＳＴＵＤＥＮＴ』というわけですね」

「ええ。『ＳＴＵＤＥＮＴ』であれば一階の男子トイレから順番にルートをたどっていけます」

馬場が見つめる地図を指でゆっくりとたどりながら、話を続ける。

「こうしてたどっていくと……たどり着く場所は三階のここになります」

「これは……旅行代理店……ですよね？」

「ええ、千秋さんが昨日立ち寄ったのはそこでしょう」（次ページ参照）

馬場は一体どういうことなのかとばかりに眉をひそめていたが、やがてぼそりとつぶやいた。

「まさか……『決行』って……？」

「ええ、旅行会社で決行することは一つしかない。旅行の予約です」

「つまり千秋は昨日ここで旅行の予約をして、一度帰宅して準備を整えて、どこかへ旅立った」

第二ビル地図

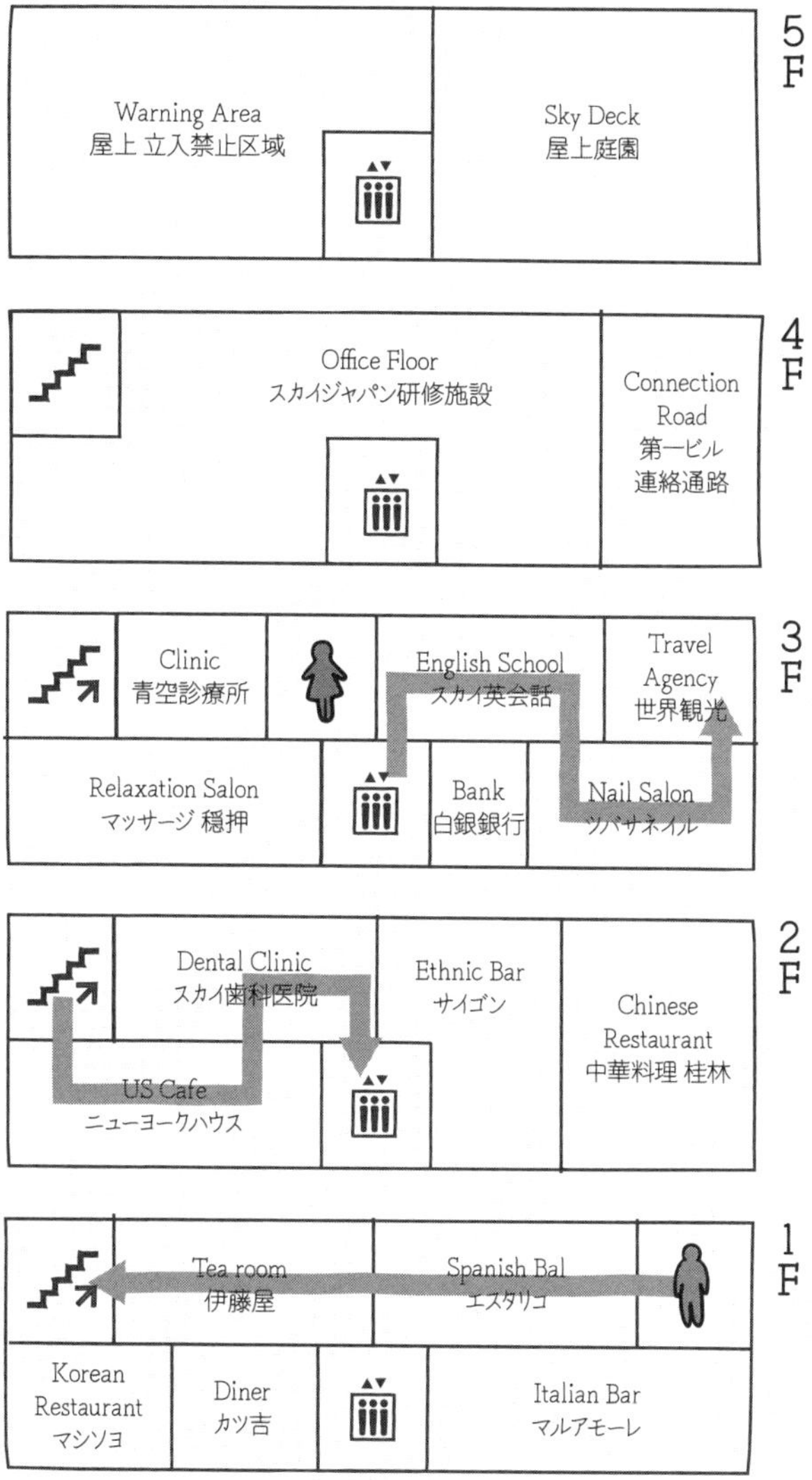
5F
Warning Area
屋上立入禁止区域
Sky Deck
屋上庭園
4F
Office Floor
スカイジャパン研修施設
Connection Road
第一ビル
連絡通路
3F
Clinic
青空診療所
English School
スカイ英会話
Travel Agency
世界観光
Relaxation Salon
マッサージ 穏押
Bank
白銀銀行
Nail Salon
ツバサネイル
2F
Dental Clinic
スカイ歯科医院
Ethnic Bar
サイゴン
Chinese Restaurant
中華料理 桂林
US Cafe
ニューヨークハウス
1F
Tea room
伊藤屋
Spanish Bal
エスタリコ
Korean Restaurant
マシソヨ
Diner
カツ吉
Italian Bar
マルアモーレ

「職場や恋愛関係が嫌になって、衝動的に旅に出たくなったというところでしょうか」

馬場は唖然とした表情でこちらを見つめていた。日記を読めば、千秋が職場や恋愛でストレスを抱えていて、逃げ出したい気持ちでいたことは明白だ。恐らく恋人である誠の裏切りで、ついに堪忍袋の緒が切れてしまったのだろう。

先ほどいみじくも馬場自身が言っていた通り、成人の行方不明の大半は意思を持った外出、つまり家出だ。さすがに彼に面と向かって言うわけにはいかないが、今回の千秋のケースもご多分に漏れず、その一つだったということなのだろう。馬場自身もそのことを自覚しているのか、渋い表情を浮かべた。

「結局……家出ってことですよね……本当にすみません、ご迷惑をおかけして」

「いえいえ。この日記の文面が不安になるのは事実です。馬場さんが謝ることじゃありませんよ」

「はあ……すみません……」

馬場は力なくつぶやくとうなだれてしばらく黙り込んでいたが、やがてぽつりと口を開いた。

「にしても……どこ行ったんですかね、千秋のやつ」

「行き先は正直私にも分かりません。ただ、候補なら一ヶ所だけありますよ」

「え!? どこですか?」

頭を上げてこちらを見つめる彼の顔には、私に対する期待の色が浮かんでいた。しかし、たった今伝えた通り、日記を読んでも場所まで特定することは難しく、正直なところ行き先の確証はない。なるべくそれが伝わるように心掛けながら、説明を始める。

「あくまで可能性ですが……私はニューカレドニア島ではないかと思っています」

初めて聞いたとばかりにきょとんとした表情でこちらを見つめる馬場に、ゆっくりと説明を続ける。

「ニュ、ニューカレドニア……？」

「ニューカレドニア島は、オーストラリアの東にある島です」

「そ、そうですか……で、でも……どうしてそこだと……？」

「ここは『天国に最も近い島』と呼ばれる島なんですよ」

真面目な表情をして言うのも恥ずかしく、私は少し苦笑いをしながら言った。小説家の森村桂《もりむらかつら》が『天国にいちばん近い島』というニューカレドニア島を舞台とした旅行記を出版したのが今から五十年以上前。この本はベストセラーとなり、後に映画化もされて大ヒット。これを機にニューカレドニア島は「天国に最も近い島」と呼ばれるようになったのだった。

旅行会社に貼られたニューカレドニア島のポスターを目にしたことは、十六日の日記にも書かれている。千秋は以前から旅行代理店に貼られたポスターを意識していて、ストレスが爆発した日に地図を見ながらそのことを思い出し、旅行を決意したといったところだろうか。

馬場は私の説明を聞きながら携帯電話を取り出すと、しばらくニューカレドニア島について調べていたが、ふと何か心当たりがあったかのようにぼそりとつぶやいた。

「あ、ここか……」

「何か心当たりでも？」

「あ、いえ、すみません。たぶんここ、千秋が行きたいってずっと話していたところです。なので、探偵さんの推理は、きっと正解だと思います」

馬場はそう言うと再び携帯電話に目を戻し、うつろな瞳で画面に映るニューカレドニア島の写真を見つめていた。今彼の心の中を占めているのは一体どんな思いなのだろうか。相談してくれなかったことに対する寂しさなのか、今現在海外にいるであろうことに対する心配なのか、行き先に気づけなかった自分に対する反省なのか……ぼんやりとそんなことを考えていると、突如馬場の携帯電話がピコンという通知音を鳴らした。

「あ……」

携帯電話を手にした彼は驚きの色を浮かべてそうつぶやくと、しばらく黙って画面を見つめていた。何があったのか声をかけようとしたその矢先、馬場の頬をぽろぽろと涙が伝っていくのが見えた。

「どうしたんですか、馬場さん」

「千秋が……千秋から……連絡が来たんです」

彼は涙を拭いながら、携帯電話をこちらへ差し出した。受け取って画面を見ると、そこにはたった今千秋から送られてきたばかりのメールの文面が表示されていた。

パパへ　実は今、私はニューカレドニア島にいます。仕事ズル休みして突然旅行に出かけてごめん。連絡も取れなくてきっと心配してるよね。パパに相談したら止められると思って黙って行ったけど、心配かけたよなって今はすごく反省してる。早朝に出発して八時間くらいのフライトで、さっきちょうど到着しました。ここに来た理由を詳しく説明すると長くなるので、部屋に置いてきた日記を読んでみて。簡単に言うと、ちょっと疲れちゃって。リフレッシュしたらちゃんと帰ってくるから、そこは安心してね。帰ってきたら心機一転頑張ります。今の仕事は辞めて別のことをしようと思ってるけど……パパにはなるべく迷惑をかけないつもり。パパの自慢の息子になれるように頑張るから、どうか今回のことは許してください。親孝行もちゃんとします！　千秋

P・S　お土産何がいいか教えてね！

メールには写真が一枚添付されていた。そこには、ニューカレドニア島の綺麗な空の下でにっこりと笑う千秋の姿が写っていた。写真に写る素敵な笑みを見ていると、日記に書かれていたようなどす黒い感情はもうすっかり消えているのだということが感じられる。

家出にズル休みと、誰にも何も言わずに心配をかけた今回の行動は決して褒められたものではないのだろう。しかし、仕事にも恋愛にも絶望して、つらくてたまらなかった彼がこれだけ笑えているならば、その選択は決して間違いではなかったように私には思える。

「迷惑かけられたいんだよ……馬鹿……」

馬場は引き続き涙を拭いながら、ぽつりとつぶやいた。少し落ち着いてきた彼に携帯電話を返すと、写真を見て思ったことを口にした。

「でも……良かったですね。千秋さんが笑ってて」

「はあ……本当に。あの子はちゃんと考えて、幸せになるための選択肢を自分で選べる子なんです。衝動的に行動したり、人に迷惑をかけたりする大馬鹿者だから、人間としてはまだまだですけどね」

馬場は泣いているとも笑っているともつかない曖昧な表情で言った。世間からどう見られようと、自分がきちんと考えて、ベストだと思える選択肢ならそれは正解に違いない。つらいときは逃げたらいい。無理に今の状況にしがみつく必要はない。逃げることも視野に、自分の得意なことが活かせる場所を探せばいい。逃げるは恥だが役に立つ。ドラマで話題になったこのことわざの本来の意味が「自分の戦う場所を選べ」だと知っている人はどれほどいるのだろうか。

他人のこととなると偉そうにこうやって分析できるものだが、翻って自分はどうなのだろうか。私は、自分が幸せになる選択肢を選べているのだろうか。例の黒いコートの男を前にして思考停止し、やけっぱちになっていることは自覚している。だが今は、それ以外の方法を考えようという気持ちはない。もう、進むしか選択肢は残されていないのだ。

長々と感傷にふけっていると、涙を止めた馬場がこちらをじっと見つめていた。

「すみませんね……探偵さん……あなたの手を煩わせるような話じゃなかった……」

「いえいえ、無事に解決して何よりです」

彼はしばらく深々と頭を下げていたが、やがてゆっくりと顔を上げた。その表情にはもう不安の色はなく、とても晴れ晴れとしていた。

「はあ……本当にすみません。やっぱり血縁って大事なのかなあ……千秋が気楽に相談できないようじゃ、私は本物の父親にはまだまだほど遠いですね」

馬場は大きくため息をつくと苦笑し、頬をかいた。彼にとっては軽い冗談のようなものだったのだろうが、私にはその言葉が妙に引っかかった。

「本物の父親にはほど遠い……本当にそうでしょうか」

「え？」

私はなぜだか反射的に少し鋭い口調で言い返してしまった。突然の反論に少しきょとんとする馬場を見ながら、話を続ける。

「千秋さんが馬場さんに相談しなかったのは、心配させないためですよね」

「ま、まあそうですけど……でも、私がしっかりしていたら、ちゃんと聞き出せたでしょう」

「そうでしょうか？　無理に聞き出しても、ストレスが募るばかりだったのではないですか」

「いや、うん、まあそうかもしれませんが……」

「とにかく、血がつながらないから馬場さんが本物の父親にほど遠いなんてことはないと、私は思います」

どうしてここまでムキになるのか自分でも分からないままに私は反論を続けていた。そんな私を見て何かを感じたのか、馬場は少しだけ黙り込んだ後に、優しい声で問いかけた。

「ひょっとして探偵さんも……血のつながらないお父様が？」

「え？」

「あ、いやいやすみません。何だか私の肩を持ってくれるので、そうなのかなって……」

馬場の言葉に、私は虚をつかれた気分だった。先ほど彼を見ていてその姿が重なったマックスの存在が、再び私の頭の中に広がる。マックスは私にとって、血のつながらない父親と言うべき存在……はっきりと言葉にしたことはなかったが、ひょっとすると心の奥底では強くそう感じているのかもしれない。

自分の知らない自分に気づかされたようなこそばゆい気分だったが、不思議と私はこの感情を受け入れたいと思っていた。黙り込む私を心配そうに見つめる馬場の方に向き直ると、なるべく和やかな笑みを浮かべる。

「いるのかもしれません、私にも」

「え、いるのかも……って……？　探偵さんは不思議なことを言いますね」

楽しそうに笑う馬場につられて、私も少し穏やかな気持ちになった。

「とにかく、ありがとうございました、探偵さん。こんなことを言うのも何ですが、正直、本当に解決してくれるとは思わなかったです。このお礼は、どこかで必ずします」

「お礼なんて……気にしないでください」

恐縮する私の前で、馬場は深々と頭を下げた。私を優秀な探偵だと思い、お礼まで考えてくれているようだが、こちらは明日どうなっているかも分からない身だ。それにそもそもこの一件は、偶然遭遇した運命的な巡り合わせから始まった産物。彼と会うことはきっともうないだろう。

馬場に頭を上げるように言おうとしたその瞬間、ふと廊下の奥にある、先ほどまで私がいた取調室の近くに黒い人影が見えた。あの姿は間違いない、奴だ。やはりあの黒いコートの男も事情聴取を受けてこの警察署内にいたのだ。奴を追いかけるためにも、私は急いで馬場に別れを告げることにした。

「すみません、馬場さん、そろそろ行かないといけないんです」

「え、あ、そんな。急ですね……もうちょっとゆっくり……」

「いや、ちょっと時間がなくて。すみません」

半ば押し付けるようにして千秋の日記を彼に返すと、移動する準備を整える。「もう少しゆっくり……」と引き留めようとする馬場に対して何度か「すみません」と謝ると、受付ロビーのベンチから立ち上がり、廊下に向かって歩きはじめた。

「必ずまた会いましょうね！　絶対お礼しますから！」

背中に響く馬場の声に返事をしたい気持ちは山々だったが、今はそれどころではない。急いで廊下に出ると、黒いコートの男はまだ取調室の近くにいた。奴に気づかれないように、足音を殺してなるべくゆっくりと廊下を進む。この歩き方では速度が出ず距離を詰めづらいが、どうやらまだ奴はこちらには気づいていないようだ。

しばらく追跡を続けていると、どうやら奴が取調室の奥、廊下の突き当たりにある扉から外に出ようとしていることが分かった。奴との差はじわじわと縮まってきているが、このままでは恐らく追いつくよりも奴が扉にたどり着く方が早い。

案の定、奴との距離がまだ数十メートルあるうちに、早くも向こうは廊下の奥の扉に到着した。奴が扉から外に出るのを確認すると、私は一目散に廊下を駆け抜けた。今ならまだ、扉の外にいるはずだ。扉の前までたどり着いた私は、勢い良くドアノブをひねって扉を開けた。扉の奥は駐車場になっていて、何台もの車が整然と並んで駐車されている。しかし、辺りを見回しても、例の黒いコートの男の姿はない。一体奴はどこに消えたのか……？

扉を出た私はまっすぐ進み、駐車場の内部へと足を踏み入れた。ふと、誰かの視線がこちらに注がれていることに気づく。この気配は、恐らく奴のものだ。しかし、一体奴はどこに……？　もう一度辺りを見回すと、私は駐車場内の探索を始めた……。

犬屋敷邸殺人事件

二〇一九年三月二十六日（火）　十七時

「何か長々喋ってるけど……つまり結局、コレクターは取り逃したってことでしょ？」

これまでの経緯を説明していた私に向かって乱暴に言い放つと、紅羽は手に持った割り箸を綺麗に二つに割り、たった今手元に届いたばかりのラーメンを勢い良くすすりはじめた。私たちが座っている二人掛けの小さなテーブル以外にはカウンターしかない、国道沿いの寂れた中華料理屋。大企業の社長令嬢である紅羽にはどう考えても不釣り合いではないかと思ってしまうこの店こそが、彼女がメールで指定してきた合流場所だった。

合流場所というと何だか物々しいが、シンプルに言えば、彼女が私を待っていてくれたというだけに過ぎない。例の亜美高校の火災の事情聴取は学校付近にいた人物も含めて大々的に行われたため、参考人が順番に取り調べを受ける形だった。校外にいた私よりも校内に残っていた紅羽の方が順番は圧倒的に先で、取り調べを先に終えた彼女は恐らく警察署内で待っているのに飽きたのだろう。集合場所のメールを寄越すと、一人先に警察署を後にしていたのだった。

「んで、結局取り逃した、間違いないよね？」

「ええ……まあ……」

美味しそうに麺を頬張りながら尋ねる紅羽に、私は弱々しく頷き返すことしかできない。

警察が火災発生時に学校周辺にいた人物を全員聴取しているのであれば、あの黒いコートの男も取り調べを受けて警察署内にいるはずだと考えて駐車場へ向かい、注意深く周囲を観察したところまでは良かった。実際何者かがこちらを見ている視線を感じたし、その視線の先を探った際に一瞬例の黒いコートの男の姿が見えた。その瞬間発生したあのトラブルさえなければ、あのまま奴を確保できたのに……と思わずにはいられない。

「はぁ……ってかさ、聞いたことある？　探偵が車の下に携帯落っことして、犯人取り逃すって」

「すみません……」

「私じゃなくて天国のコナン・ドイルとか、エラリー・クイーンとかに謝ったら？」

お前は探偵の恥だとばかりに強めの冗談を口にする紅羽の顔に笑みはなく、あきれ果てた表情だった。彼女の言う通り、私は奴の姿が見えたその瞬間に携帯電話を車の下に落としてしまった。必死にしゃがんで手を伸ばし、何とか携帯を取り戻せたのは良かったものの、駐車場の周りに視線を戻したときにはあの黒いコートの男の姿はどこかに消えていた。

ボンネットよりも低くほとんど寝っ転がるようにしゃがんでいたため、必死に携帯電話に手を伸ばす無様な姿を誰にも見られなかったのは不幸中の幸いだったが、紅羽に対してこの事実を隠し通すわけにはいかない。中華料理屋に到着するなりコートが薄汚れている理由を追及され、今に至るというわけだった。

「まあいいや。ねえ、さっさと食べないと冷めるわよ」

「ああたしかに、すみません」

駐車場での一件を思い出してぼんやりと考えにふけっていた私を引き戻すかのように、紅羽は箸で私のラーメンを指した。例の黒いコートの男を取り逃したのに加えて、取り調べから駐車場での一件に至るまで長時間警察署にいて彼女を待たせてしまったのが悪かったのだろうが、紅羽は明らかに不機嫌そうだった。

これ以上彼女を苛立たせないためにも、私は手早く割り箸を割ってラーメンをすすった。一口食べた瞬間、油染みや汚れが目立つ店内から想像できないほど奥深いコクと香りが口の中に広がる。驚くほど美味しかった。

「ん……美味しいな」

つい小声でぽつりとそう漏らすと、紅羽は「でしょ」とだけ言って少し笑った。ちらりとその表情を確認すると、彼女の顔からは先ほどまでの不機嫌そうな色が少し消えていた。

「よく来るんですか、ここ」

「え？　二回目とかだけど、何で？」

「いや、何というか、紅羽さんのイメージとは少し印象の違うお店だな、と」

店内の様子に目を向けながらそう言うと、紅羽はラーメンをすする手を止めてゆっくりと息を吐き、けらけらと笑い出した。

「探偵さん、人にいろいろ言う割には偏見だらけね」

「あ……いや、その、そういうわけじゃなくて」

とっさに否定したものの、大企業の令嬢がこんなお店に、と考えていた時点で彼女の言っていることはあながち間違ってはいなかった。次に続ける言葉に迷っていることを悟ったのか、彼女はラーメンをするのを再開しながら口を開いた。

「別にいいわよ。実際、ここ弘也くんが教えてくれただけだし」

「なるほど」

「それにさ、『美味しいお店があるから紅羽先生も行ってみてください！』ってあの子が言うから来てみたけど、私だって正直店構えを見て入るかどうか迷ったもの」

紅羽はカウンターの方で仕込みを続ける店主をチラリと横目で見ながら、少し声をひそめつつも楽しげに言った。表裏のないその素直な表情を見ていると私は少し自分が恥ずかしくなり、ゆっくりとため息をついて軽く頭を下げた。

「あの……紅羽さん、すみません、嘘つきました。紅羽さんのことを単純化して、大企業のご令嬢がこんな店にって思ってました」

私が謝ったことがよっぽどおかしかったのか、彼女は手で顔を押さえながら笑いはじめた。

「あはは、律儀ねえ探偵さん。いいわよ気にしなくて、大企業のご令嬢なのは事実だし。ってか、冷めるから食べなって」

彼女の言葉に従って再びラーメンに口を付けはじめると、紅羽はいたずらっぽい笑みを浮かべた。

「嘘……か。じゃあ私もね、一個謝るわ。嘘ついてたことがあるの」

「え……？」

紅羽の今までの言葉に嘘などあっただろうか。必死に記憶の糸をたどる私に対して彼女が打ち明けた内容は、何とも意外な話だった。

「私さ、世間じゃ優秀な社長の馬鹿娘って呼ばれてるでしょ。あれさ、パパが流した嘘なの」

理解が追いついていない私を諭すように、彼女はゆっくりと説明を始める。

「意外かもしれないけど、学校の成績だって悪くなかったのよ。経営者の一人娘で、成績優秀。つい数年前まで、周りの大人たちはみんな私のことを次期社長だーって囃し立ててた」

話を続ける紅羽の目は、どこか遠い場所を見つめているようだった。

「でもね、私は昔っから、人の役に立ったり、人を助けたりする仕事がしたかった。別にパパの会社が人の役に立ってないって言うつもりはないけど、もっと直接的に、それこそ先生とか、介護士とかね。だから正直にそれをパパに相談したの。そしたら言うの、『じゃあお前は明日から馬鹿娘だな』って」

紅羽はおかしくてたまらないとばかりに笑った。その笑みとは裏腹に、彼女の表情には少しだけ寂しさが混じっているように見える。

「パパは『お前は自由に好きなことをしたらいい』って言った。それ以来、私を役員待遇のお金をいくらでも使える立場にして『アイツは地位を与えたのに経営にも参加しないで金ばっかり使って遊び歩いてる』って周りに言いふらしはじめた。馬鹿娘の紅羽様の誕生よ」

紅羽の説明を聞きながら、世間で言われている彼女の噂と昨日今日と会って話しているときの印象の差を思い出し、どこかすっと腑に落ちるような感覚を抱いていた。

「弘也くんの家庭教師の話を持ってきてくれたのだってパパの優しさ。周りには馬鹿娘で通ってるから嫌々やってるように見せなきゃいけないのは面倒だったけどね」

私が「そうだったんですね」と言うと、彼女は力なく笑って「でもね」と言葉を続けた。

「私は結局、自分が何したいのか分からなかった。自由に好きなことしろって言われたら、逆に分かんなくなっちゃったっていうか。世間で言われてるほど豪遊してるわけじゃないけど、結局パパのお金で生活しているのも事実だし、社長令嬢って立場で優遇された暮らしを送ってるのも事実だしさ」

誰にも言ってこなかった話を打ち明けて少し楽になったのか、紅羽の表情はどこか少し晴れやかだった。いくら「馬鹿娘」というのが江津誠司の流した嘘であったとしても、本人がたった今口にしたように、彼女がかなり豊かな生活に慣れ切って暮らしてきたであろうことは間違いない。それは、彼女の身を包む高級品や高飛車な態度にありありと現れている。

しかし、いや、だからこそと言うべきか、そんな生活の中で彼女は自らの心の奥底にある、もっと自由に誰かのために働きたいという感情に苦しんできたのだろう。店主の仕込みの音だけが響く無言の時間が二人の間にしばらく流れていたが、やがて彼女が再びゆっくりと口を開いた。

「だからさ、探偵さんの言うこと、いちいち刺さるのよね〜本当！」

紅羽はわざとらしいほどに笑みを浮かべていた。

「よく見ろだの、もっと自分で考えろだの。正直馬鹿にすんなって毎度腹立つけどさ。事実なのよね

「……ありがとう、探偵さん」

紅羽はぺこりと一度頭を下げると、またにっこりと笑った。あまりに素直な彼女の態度に正直どう答えていいか分からなかったが、彼女に対して伝えたいことはたくさんあった。

昨日今日と一緒にいただけに過ぎない私でさえ、彼女が人一倍素直でまっすぐで、自分だけの魅力をきちんと持った女性だということを知っている。自分の頭で考えて選択する意志と勇気さえ持てば、何だって乗り越えられる……そう伝えたかったのだが、私にはどうにもうまく言葉が出なかった。

「いや、その……紅羽さんはきっと……」

「何よ？」

私と紅羽は、じっとお互いを見つめ合った。思っていることをただ素直に話せば良いだけなのに、彼女の顔のパーツの一つ一つが目に入って、うまく話せない。不思議な感覚に囚われながらも必死に言葉をひねり出そうとしたそのとき、私のポケットからジリリと着信音が響きはじめた。

「電話？」

「ええ、そのようです」

携帯電話を取り出して画面を確認すると、着信の主は沖島だった。

「誰から？」

「沖島さんです」

まだ夕飯時には早いからか、店内には私たち以外の客の姿はなかった。私は店主の方に目をやり、断りを入れるつもりで軽く会釈してから電話に出た。

「おう、お前今どこだ？」

沖島の声にはいつも以上の緊張感があり、どこか焦っているようにも聞こえた。

「警察署の近くの中華料理屋……ですけど」

「そっか……悪いけど、今からもう一回署に戻れるか？」

「え？　事情聴取に何か不備でも？」

「いや、違う。緊急事態だ」

沖島の強ばった声を聞きながら、私は事の重大さを感じていた。数々の修羅場をくぐり抜けてきた彼にここまで言わせるということは、相当な何かが起きたに違いない。

「一体何があったんですか？」

私の問いかけに沖島はしばらく黙っていたが、やがてゆっくりと口を開いた。

「さっき署内で見かけたんだよ、奴を……」

「まさか……」

「ああ、コレクターだ。まだ確実じゃねぇが、恐らく間違いねぇ。署内の動きもいろいろと不穏だしな」

沖島の言葉を聞きながら、私は先ほど駐車場で一瞬見かけたあの黒いコートの男のことを思い返していた。やはり、奴こそがコレクターだったということなのだろう。

それにしても、沖島はどうしてコレクターを見かけたと断言できるのだろうか。亜美高校に残っていた資料は焼かれてしまったし、奴は今までの事件で特段大きな証拠を残していない。つまり、例の黒いコートの人物を目撃してそれがいかに怪しい姿だろうと、コレクターだと断言できる理由はないはずなのだ。

私に似て左目が義眼でまるでヤクザのようだという見た目から判断したのか、あるいは、沖島は私が知らないような情報を持っているのか……そんなことを考えて黙り込んでいると、痺れを切らしたかのように電話口から早口でまくし立てる声が聞こえてきた。

「とにかくさっさと来てくれ。これ以上は会ってからだ」

「分かりました。紅羽さんを連れて行きます」

私は正面に座る紅羽の方をちらりと見て言った。恐らく私の返答からおおかたの事情を察しているのだろう彼女は、不安そうな目でこちらを見つめていた。電話口の沖島はしばらく黙っていたが、やがて苦々しい声でつぶやいた。

「いや……すまねぇが、お前一人で来てくれ」

「え？」

「今朝メールしただろ」

そう言われた瞬間、私の脳裏に今朝彼から届いた「覚悟しろ。コレクターの闇は、江津誠司の闇につながる」というメールの文面が浮かんだ。電話口の沖島はなおも苦々しい声で話を続けている。

「こうなった以上、お前には全部話すつもりだ。始まりからすべて、な」

沖島は嘘をつかない。こう話す以上、コレクターの闇とやらも、江津誠司の闇とやらも、すべて私に教えてくれるつもりなのだろう。そしてその中には恐らく、沖島がコレクターを目撃したとはっきり断言できた理由も隠されているはずだ。この一連の事件の「始まり」は一体どこにあり、彼は何を知っているのか。紅羽を置いて自分だけが行くのは心苦しかったが、この誘いを断るわけにはいかなかった。

「分かりました、すぐ行きます」

「おう。駐車場の入口で待ってる」

沖島はそう言い残すと電話を切った。携帯電話をポケットにしまうと、不安げにこちらを見つめる紅羽に向き直って口を開いた。

「どうやらやはり、先ほど警察署で見かけた男はコレクターだったようです。私は署に戻って、沖島さんに詳しい話を聞きに行ってきます」

「分かった。私も行くわよ」

紅羽はさも当然とばかりに言った。彼女を連れて行きたい気持ちは山々だったが、沖島との約束があるので首を縦に振るわけにはいかない。

「いえ、私一人で行きます」

「はあ？　何でよ」

不満げに眉をひそめる彼女の反応は想定内だった。正直にすべてを説明するべきか迷った私の脳裏に「江津誠司の闇」という言葉がよぎる。彼女に隠し事をするのは気が進まなかったが、その闇とやらが何なのかも分かっていない状態で中途半端に説明するのは決して得策ではないように思える。それに江津の話をしてしまったら、紅羽は余計に自分もついていくと言って聞かないだろう。一人で来いと頑なに主張する沖島のことを思えば、今はいったん紅羽を上手く説得しておくしかない。

「沖島さんの指示なんです。情報を伝えるのは最小限にしたい、と」

「例の、コレクターの闇……とかいうやつ?」

「ええ。沖島さんが一体何を話すつもりか知りませんが、戻ったらきちんと紅羽さんにも説明します。だから今は、私だけで行かせてください」

私は正直にそう思っていた。彼女にすべてを説明していないことはやはり心苦しかったが、沖島がどんな話をして、どんな口止めをしようとも、話を聞いた後で判断して、紅羽が知るべきことなら私からきちんと伝えればいい。真剣な表情を見て察したのか、紅羽はいまだ不満げではありつつも、やがてゆっくりと頷いた。

「分かった。私は家に戻ってるから、終わったら連絡して」

「はい。必ず」

ラーメンの支払いを机の上に置くと、私は外に出るために立ち上がった。ふと、背中の後ろから、紅羽が私を呼ぶ声が聞こえる。

「ねえ、探偵さん」

振り向くと、彼女はじっとこちらを見つめて言った。

「気をつけてよね」

紅羽の真剣な眼差しを受け止めた私は、彼女の瞳をしっかりと見つめ返して言った。

「ありがとうございます。紅羽さんも、お気をつけて」

いまだにこちらをじっと見つめて目を離さない紅羽の視線を振り切るように、店の扉の方へと視線を戻す。カウンター奥の店主に「美味しかったです。ごちそうさま」と軽く声をかけてから店の外に出ると、愛車を止めてある近くの駐車場へと向かった。

店に入ったとき、まだ太陽はだいぶ高い位置にあって空が明るかったが、今ではすっかり夕暮れの様相を呈していた。茜色に染まる空にどこか不穏な気配を感じながら駐車場までたどり着くと、グレーのセダンにキーを差し込んで扉を開ける。今時の車はリモコン式で鍵を開けられるらしいが、このオンボロ中古車はそんな機能とは縁がない。車に乗り込んでエンジンをかけると、私は警察署に向けて車を発進させた。

窓ガラスに差し込む夕日を頬に受けて車を走らせながら、沖島が話そうとしている「コレクターの闇」そして「江津誠司の闇」とやらに考えを巡らせていた。優しい父親としての江津のエピソードを懐かしげに語る紅羽を見てしまった私にとっては、江津の闇とやらが大したものであってほしくないという気持ちが強い。

とはいえ私と江津に以前からつながりがあったことからも明らかなように、彼が裏社会と関わっていたことは間違いなく、黒い部分はいろいろとあることだろう。どんな秘密を持っていたとしてもおかしくはない。

コレクターが江津の前に殺害してきた人々に全員何がしか後ろ暗い秘密があったことも、彼の「闇」とやらの存在をより確固たるものにしている。江津以前の被害者三人が報じられていたのはたしか、パワハラ、産地偽装、税金の不正利用。江津の闇とやらも、これらに連なるようなものなのだろうか。ひょっとしたらそもそも「暴力団とのつながり」が闇だという可能性もあり得るのかもしれない。

それにしても、過去三人の被害者の罪はもちろんどれも許されたことではないが、左目をえぐられるという残虐な殺され方に値するほどのことだとは私には思えない。世の中にはもっと大きな犯罪を犯した人間が数多くいるはずだ。では一体なぜ、コレクターは江津らをターゲットに選んだのか。そこには、まだ私の知らない理由が潜んでいるように思えてならなかった。

二〇一九年三月二十六日（火） 十八時

退勤の車の流れとは逆に進んでいたこともあってか、車は特に渋滞に引っかかることもなくスムーズに進み、中華料理店を出発して十分も経たないうちに私は警察署の駐車場までたどり着いた。ドライブしている最中にすっかり日は沈み、辺りはもう夜になっている。街灯が少なく薄暗い駐車場内をゆっくりと走りながら、ちょうど先ほど止めていたのと同じ場所が空いているのに気づいた。ここに止めてしまうのが手っ取り早いだろう。周囲の車に気をつけながら駐車を終えて車の外へと出ると、警察署へと入る扉の手前に長身のシルエットが見えた。恐らくあれが沖島だ。

「すみません、お待たせしました」

扉の方へと小走りで向かいながらそう言うと、向こうもこちらに気づいたようだった。

「おせえよ。何本吸わせるんだ、俺に」

警察署につながる扉の前に到着すると、沖島はタバコを手元の携帯灰皿で揉み消していた。相変わらずの強面でガタイが良く、身長は百八十センチを越えようかという大男。本人は指摘されるのを嫌うが、歳をとってさすがに頭頂部が少し寂しくなってきている。それに、ほんの少しの間会っていなかっただけなのに、顔にシワが増えてすっかり老け込んだように感じる。電話の声だけでは気づかなかったが、相当なストレスがかかっているということなのだろうか。彼の携帯灰皿に目線をやると、中にはたしかに二、三本の吸殻が見えた。少し待たせてしまったのは間違いないようだ。

「遅くなってすみません。でも、禁煙したんじゃなかったでしたっけ」

私がそう尋ねると、沖島は大きく舌打ちをした。

「うるせぇ、今日だけは例外だ。つうかな、てめぇに健康心配されるほど老いぼれちゃやねえんだよ」

沖島は私の方を軽く小突きながら言った。言葉こそ乱暴だが、彼の少し緩んだ表情を見れば本当に怒っているわけではなくふざけて手を出していると分かる。「今日だけは例外」という言葉に、沖島が今置かれている状況の難しさを悟りつつ、あえて今は言及しないようにした。

「失礼しました。それで、一体何の話ですか？」

「おいおい、お前は本当にせっかちだな」

「急げと言ったのは沖島さんの方じゃないですか」

「ったく……口の減らねえやつだな……」

私の反論ももっともだと思ったのか、沖島はそれ以上は何も言わずに軽くため息をつくと、警察署につながる扉のドアノブへと手を伸ばした。

「ここで話すのも何だ。ついて来い」

扉を開けた沖島とともに警察署に入る。先ほど事情聴取を受けたときは日中だったためあまり気にならなかったが、警察署の中は電灯が少なく、かなり薄暗かった。彼は扉を入ってすぐ左に曲がると、目の前にある階段を登りはじめる。

「どこ行くんですか？」

「いいから。とりあえずついて来い」

沖島は険しい表情のまま、足早に階段を登っていった。二階まで上がると、階段から離れて廊下の方へと進んでいく。私は後に続きながら、廊下に並んだ扉に取り付けられた小窓から中をちらりと覗いた。扉の奥には机に向かって作業をする刑事たちの姿が見える。恐らくここは各課のオフィスがそろっている階なのだろう。一般的な公務員の定時は超えているこの時間にあっても当たり前のように懸命に働く刑事たちの姿を見ていると、日々の地域の治安を守る彼らへの感謝が自然と浮かんでくる。

沖島の後ろを引き続き歩いていると、一人の制服警官とすれ違った。向こうが私の方をジロジロと眺め回す目線を強く感じる。慣れたものではあるが、警察署に来るといつもこの扱いだ。あの警官は恐らく、私のことを暴行か何かで逮捕されてきたヤクザだとでも思っているのだろう。左目の義眼に首元の桜の刺青、これ見よがしな手袋と見た目がヤクザ以外の何者でもないことは自覚しているが、彼ら警察官から見た目だけで一生こうして扱われるのだと思うと、決して気分の良いものではない。先ほど抱いた警察への感謝ももちろん嘘ではないのだが、見た目で一面的に人々を取り締まる警察に対する違和感は、私の中から決して消え去らないだろう。

私がそうやって周囲の目線に気を取られているとは露知らず、相変わらず足早に歩を進めていた沖島がふと何か思い出したように口を開いた。

「そういえば……お前、旅人の息子さんの件、解決したんだってな」

「え？」

何のことだか分からずに聞き返すと、彼は一瞬不思議そうな顔を浮かべてから、ひとり勝手に納得した表情になってつぶやいた。

「ああ悪い。名前で言っても分かんねぇよな。馬場だよ、交番のお巡りさんの馬場旅人。あいつは俺の同期でな、さっき、お前が助けてくれたって話を聞いたんだよ。左目義眼の名探偵様の物語をな」

沖島はまるでホームズの物語を聞かされたとでも言わんばかりに、こちらを茶化すような口調で言った。彼が聞いた話とは一体どんな内容だったのか、もっと詳しく話を聞こうと口を開いたそのとき、沖島の足がぴたりと止まった。

「その、馬場さんの話なんですけど……」

「ほら、ついたぞ」

どうやら沖島にはもう馬場の話をする気はなさそうだ。私の問いかけを気にも留めずに廊下に面した扉を開けると、電気をつけて部屋の中に入っていった。「資料室」と書かれた白いプレートが扉に取り付けられたこの部屋は、どうやら過去の事件の資料倉庫のようだ。室内に所狭しと並ぶ棚には、たくさんのダンボールやバインダーが整然と並んでいる。私は沖島に続いて、廊下よりもさらに薄暗いその部屋へと入った。

「あ、悪いけど、扉、鍵かけてくれ」

沖島は室内にある小さな窓のブラインドを下げながら言った。一体彼は今から何を話そうとしているのだろうか。これから始まる沖島の話に対する不安を募らせつつも、指示通りに扉の鍵を閉めた。

「今は電子化も進んでるから、ここに来る奴はめったにいねぇ。密談にはうってつけってわけだ」

沖島はブラインドを閉め終わると、そう言って私を部屋の奥の方へと誘った。手招きに従って部屋の奥にいる彼の近くまで行くと、そこには資料閲覧のために使われていると思しき小さな机と三、四脚の椅子が並んでいた。

「まあ座れよ」

沖島はそう言うと、自分は机の上にどかりと腰を下ろした。私は手近な椅子を近くに引き寄せると、沖島の勧めに従ってそこに座る。

「はあ……どっから話すかなぁ……」

沖島は誰に言うともなくつぶやいた。少し弱々しげなその表情は、今まで私が見たことないものだった。

「コレクターの件……ですよね」

恐る恐るそう尋ねると、沖島はしばらくじっと黙っていた。やがて何か決心を決めたのか、自分の頬をパンと両手で叩くと、いつもの調子で話しはじめる。

「ああ、そうだ。奴について俺が知ってることを、お前に全部話す」

沖島は真剣な表情で話を続けた。

「この警察署に奴が現れたってのは話したよな」

「ええ」

「実はな、例の火災の件で参考人としてここに来てた奴を、俺が事情聴取したんだよ」

「え、それって……」

頭の中にいくつもの疑問が渦巻いた。彼の口ぶりは、事情聴取をした相手がたまたまコレクターだったというよりも、まるで狙って奴を事情聴取したかのようだ。ただでさえ組対所属で、放火の捜査の中心にいるわけではない彼にそんなことができた理由があるとしたら、ただ一つ。コレクターの正体にもともと心当たりがあったからだ。

「まさか、沖島さんは、コレクターの正体が分かってるんですか」

私の問いかけに、彼はゆっくりと息を吐いてから答えた。

「ああ。さっきまで確証はなかったがな。会って確信したよ」

「それなら、そいつをさっさと捕まえたらいい話じゃないですか」

私はあえて馬鹿なふりをして聞いた。駐車場で奴を見かけたことを考えると、恐らく沖島が何らかの理由で奴を逮捕せずにそのまま解放したことは間違いない。これまでの話を考えるとその理由には何となく想像がつくが、改めて彼の口から説明を聞きたかった。案の定沖島は苦々しい表情を浮かべると、小さく舌打ちをした。

「おめえも何となく分かってんだろ。証拠がねぇし……この件は堂々と捜査ができねえんだ」

「警察の闇……ってやつですか」

「ああ、この件はもう触るなってお達しが上から届いてる」

「じゃあ奴は今は……」

「お前と一緒で、普通に取り調べを終えて署を出ていったよ」

悔しげな表情を見れば、それが彼の意思と反していることは痛いほど伝わってくる。やはり、彼が今回の件に関して内部情報を含め積極的に情報を流してくれているのは、警察上層部からの圧力が関係しているのだろう。警察内部では自由に動きづらい彼にとって、部外者の私は絶好の協力者なのだ。

沖島は渋い表情のまま小さくため息をつくと、机の上から立ち上がりファイルの並ぶ棚の方へと歩いていった。やがて手に一冊の青いファイルを手に取って戻ってくると、私の方へと手渡す。

「これは……？」

沖島から受け取ったそのファイルの表面には大きく「未解決」という文字が刻まれていた。手に取っただけで年季が入っていることが分かる古びたファイルの側面を見ると、そこには「犬屋敷《いぬやしき》邸殺人事件」というタイトルがつけられていた。

「三十年前に山奥の邸宅で起きたこの殺人事件が、すべての始まりだ」

「え……？」

「この事件が、今回のコレクター事件を引き起こしたんだよ」

沖島は再び机の上に腰を下ろしながら言った。犬屋敷邸殺人事件。名前すら知らないこの事件は、一体コレクターとどのように関わっているのだろうか。

「とりあえず読んでみろ、事件の概要が書かれてる」

沖島のその言葉に従って、青いファイルの表紙を開いた。最初に目に入ったのは、山奥にひっそりと建つ煉瓦造りの洋館の写真。恐らくこれが犬屋敷邸なのだろう。そのままページをめくろうとしたが、ふと写真の近くに小さく一人の名前が書かれているのが目に入った。

「これ……沖島さんが書いたんですか？」

写真の左下に黒いボールペンでしっかりと刻まれた「沖島米治」の文字を指差しながら尋ねると、彼は小さくこくりと頷いた。

「ああ。俺は当時駆け出しの刑事でな。先輩と一緒にこの事件を担当したんだ」

彼はそれだけ言うと黙り込んでしまった。説明してくれても良いように思うが、苦々しい表情を見れば決していい思い出ではないことはひしひしと伝わってくる。

改めて資料に向き直ってページをめくると、いくつもの写真や文章が目に入ってきた。ここに記されているのはどうやら当時の捜査資料のようだ。事件現場や関係者の写真は現像の手貼り、捜査報告の文字は手書きという三十年前の書類のフォーマットに月日の流れを感じつつ、私は丁寧に先を読み進めた。

事件が起きたのはちょうど三十年前、一九八九年の夏。東京は多摩の山奥に位置する、犬屋敷謙三《けんぞう》の豪邸、通称犬屋敷邸が事件の舞台だった。犬屋敷は貿易業で財をなして地元の名士となった人物で、その日は自らの誕生日パーティのために友人たちを屋敷に招いていた。招かれた友人たちも、当然のように企業の社長やその子息といった人物たちばかり。つまり犬屋敷邸殺人事件とは一言で言えば、金持ちが集まる豪勢な誕生日パーティで起きた惨劇、というわけだ。

そこまで読んで、私はふとある記述が目に入った。それは、この事件の被害者の遺体の状況に関する情報だった。それは、偶然と片付けるには難しいほどの一致だった。

「お前も気づいたか」

沖島は、私が読んでいるページに貼られた被害者の遺体発見時の写真を横目で見ながら口を開いた。

彼がコレクターの正体に気づいていた理由が、何となく私にも分かってきた。

「この事件の犯人は……」

「見りゃ分かるだろ。未解決でまだ逮捕されてない」

沖島は吐き捨てるように言った。その言い方を聞いて、自分の推測が決して間違っていないのだろうと私は感じはじめていた。

「誰が犯人か、分かってるんじゃないですか」

そう尋ねると、沖島はこちらをじっと見つめて言った。

「いいや、分かってないね……少なくとも、その資料上ではな」

最後の一言をわざわざ強調した彼の言わんとすることを正確に把握するために、私はなるべくはっきりとした言葉で尋ねた。

「沖島さんは犯人を突き止めたが、資料上には犯人の名前はない。つまり、圧力がかかった」

彼はしばらく黙っていたが、やがて静かに首を縦に振った。

「九十点。ほぼ正解だが、突き止めたのは俺じゃねぇ。当時俺の先輩だった、歳内《さいうち》さんだ」

言葉の一つ一つに集中して続きが話されるのを待っていたが、彼が再び口を開く気配はない。しばらく黙り込んだままの沖島に私が痺れを切らそうかというちょうどそのとき、不意に彼は懐から古ぼけた一冊の黒い革の手帳を取り出して、私に差し出した。

「これはな、歳内さんが当時使ってた手帳だ。事件についてまとめてある」

沖島から手帳を受け取ると、ぱらぱらとページをめくって中身を確認する。恐らく歳内は相当に真面目な人物だったのだろう。手帳には整った文字がびっしりと並んでいて、事件当時の様子が克明に記されている。詳しく読まなければ詳細は分からないが、どうやら沖島の言う通りで、この手帳に書かれているのは歳内が自らの捜査を元にまとめた、犬屋敷邸殺人事件の記録のようだ。

沖島の先輩となれば、恐らく歳内の今の年齢は七十歳前後とそこそこの高齢のはずだ。沖島とは長年の付き合いであるが、歳内という名の先輩刑事の話は一度も聞いたことがない。そこに何らかの秘密が隠されている予感を感じた私は手帳の内容を読み込む前に、一度確認してみることにした。

「歳内さんは沖島さんの先輩……なんですよね」

「ああ、そうだ。正義感が強くて、犯罪者にも上司にも全力で立ち向かってた。喧嘩も怪我も厭わねえで、いっつも身体中にあざ作って……消えねえ傷もたくさんあった。それでも絶対に折れねぇ。俺の憧れだったよ」

誇らしげに語る沖島の表情から歳内の優秀さを感じ取る一方で、彼の最後の言葉が過去形だったことに少し違和感を覚える。

「それで……なぜ沖島さんがこれを?」

「置いてったんだよ、歳内さんが」

「どういうことですか?」

沖島は口にするべきかどうか少し迷っているような表情を浮かべていたが、隠していても仕方ないと思ったのか、やがて口を開いた。

「歳内さんはな、この事件を機に警察を辞めたんだ。この手帳と辞表だけを置いて、俺たちの前から消えた。それ以降連絡は一切取れないし、俺もあの人が今何やってるのかは知らねえ」

どこか悔しそうな沖島の表情を見ていると、彼と歳内の間には相応の信頼関係があったのであろうことが推測できる。私は無遠慮に尋ねたことを少し後悔した。

「そうでしたか……何だか、すみません」

「いや、別にお前は何も間違っちゃねえ。とにかく、今はそれを読んでくれ。あの事件のすべてが、そこには書かれてる」

沖島は私の手元にある黒い手帳をじっと見つめていた。彼の言葉に従って手帳のページを開きかけたが、ふと、先ほどまで見ていた青いファイルの内容をまだ読み切っていないことを思い出した。

「こっちを先に読まなくていいんですかね」

青いファイルの方を指差しながら言うと、沖島はふっと笑った。

「そっちには大したことは書いてねえ。というか、書けなかった。だから事件の概要を知る以外に読んでも意味ねえし、歳内さんの日記を読むだけで十分だ。書いた本人が言うんだから、信じて手帳を読め」

沖島は最後の一言こそ少しわざとらしいほどに笑って言ったが、すぐに真剣な表情になって口をつぐんだ。長い付き合いだが、ここまで鬼気迫る彼の顔は今まで見たことがない。警察が詳細を記録に残すことさえを禁じた事件にして、今回の一連のコレクター事件につながる過去。三十年前に一体何があったのか。はやる気持ちを抑えながら、私は黒い手帳のページをめくった……。

歳内の手帳

一九八九年八月三十日、東京都郊外の山中にある犬屋敷謙三氏の邸宅、通称犬屋敷邸にて惨劇は発生した。以下に続く文章は、この犬屋敷邸殺人事件の担当刑事である私、歳内正人《まさと》が、生存者の一人である使用人、倉本《くらもと》氏の証言を記録したものである。

倉本太郎《たろう》、三十二歳です。犬屋敷邸で使用人をしています。あんなことがあってはもはや、使用人をしていました、と言った方が正しいかもしれませんが……事件について私が知っていることをすべて話してほしいということでしたよね。刑事さんはもう事件のことをよく知っていらっしゃるだろうと思いますが、順を追ってお話しします。

八月三十日、この日は犬屋敷様の七十四歳の誕生日で、四人のお客様を招いて誕生日会が行われる予定でした。誕生日会の話をする前に、犬屋敷様についてご説明します。犬屋敷様は、戦後焼け野原の中から、裸一貫、事業を興し、アメリカとの貿易を開始しました。数々の好景気にも味方されたのでしょう。犬屋敷様は貿易業で巨額の財をなし、地元の名士として知られる大富豪となりました。まあ言葉を選ばなければ、貿易成金と言っても差し支えないでしょう。

私は数年前から、犬屋敷邸にて使用人として働いています。前任の使用人が私の友人で、彼が心の病を理由に退職するということで、話が回ってきました。正直なところ、気は全く進みませんでした。亡くなった人を悪く言うのは決して褒められたことではないのでしょうが、先ほども言った通り犬屋敷様は言ってしまえばただの成金です。地元の名士といっても、清廉潔白な人間ではなく、成金趣味の尊大な人間であるということは、当時の私の耳にも入っていました。結局のところ、私が使用人の仕事を受けた理由はたった一つ、お金です。給料が信じられないくらいに高い。今では依頼を受けるべきではなかったのかもしれないと後悔しています。しかし、当時の私はとにかく金に目がくらんだ。そうして犬屋敷邸の使用人となったのです。

犬屋敷様は生涯独身を貫き、屋敷に暮らしているのは犬屋敷様と彼がペットとして飼っているポチだけでした。生涯独身を貫いた理由は私には分かりませんが、愛人が多くいらっしゃったという噂もあります。犬屋敷邸は、犬屋敷様の成金趣味が存分に表れたような別荘でした。刑事さんはもうご覧になったかとは思いますが、本当に悪趣味な光景です。

純金の食器から純金の燭台まで、地上二階建ての室内は金だらけ。一階には吹き抜けのある大きなエントランスに、洋風で豪奢な作りの食堂とリビングルーム。二階にはビリヤード台やダーツを完備した遊戯室に、たくさんの招待客を呼べる大量の寝室。それぞれの部屋の中や廊下には、一体どこから手に入れたのかというような怪しい高級絵画、彫刻、宝石がこれでもかとばかりに置かれている。さらに地下の倉庫には高級ワインがずらりと保存され、広大な庭にはペットハウスと呼ばれる、ポチが暮らす私のお腹の高さほどのサイズの小屋がありました。

犬屋敷邸での私の仕事は三つ。屋敷の掃除や食事の用意などの家事をすること、ご来客の方がいらしたときの寝室の管理や対応をすること、そして、ポチの食事や運動の面倒を見ること。三つの仕事、どの仕事も心や体に負担の大きい過酷な仕事です。ご想像のことかと思いますが、私に対する犬屋敷様の態度は尊大で、傲慢でした。彼の意に沿わずに怒鳴り散らされた経験は数え切れません。

すみません、長くなってしまいましたが、そろそろ本題、事件当日の出来事をお話しします。犬屋敷様の七十四歳の誕生日パーティが開かれたあの日、屋敷の中には男女二名ずつ、計四人の来客がありました。石油系企業の社長である猪狩淳子《いかりじゅんこ》様、地元警察署の署長である安西悟《あんざいさとる》様、人材派遣会社オーナーの娘である緒方千穂《おがたちほ》様、若手実業家である江津誠司様の四人です。

屋敷のドアノブがガチャリと回り、最初に到着したのは、淳子様でした。淳子様が到着したのは十六時を少し過ぎた頃。背中の開いた真っ赤なドレスをお召しでした。四十近い年齢にも関わらず、肌にはりつやがあって、ドレスがよく似合っていたのを覚えています。淳子様はよくこの犬屋敷邸を訪れていて、犬屋敷様と愛人関係にあることは周知の事実でした。淳子様は犬屋敷様の莫大な遺産を狙っているが、犬屋敷様がなかなか遺言状を書こうとしないという噂もありました。

淳子様が到着してから三十分くらい後、またドアノブがガチャリと回る音がして、安西様と江津様がほぼ同時にお屋敷にいらっしゃいました。お二人ともオーダーメイドと思しき仕立ての良いスーツを着ていらして、仲良くお話をしていました。江津様は二十代の若さですが、近年注目を浴びはじめたインターネットの世界に注目し着々と利益を上げている若手実業家で、ぱっと見の印象は爽やかな好青年といったところでしょうか。一方安西様は、歳の頃はもう少し上で三十近く、警察官らしいガッチリとした体つきで強面、柔道で潰れた耳が特徴的で、江津様とは対照的な印象でした。お二人は初対面のようで、お互いの仕事や家庭の話をしていました。内容はあまり覚えていませんが、江津様がもうすぐ結婚しようかと思っているという話をしていたこと、この屋敷に来るのが初めての江津様に、安西様が屋敷を案内し、「高級ワインに純金の食器、ペットのポチと、この屋敷にはすごいものがいっぱいあるんだよ」と話していたのは覚えています。

それからさらに三十分ほど後、十七時少し前に最後に到着したのが千穂様でした。本来は千穂様のお父様である、人材派遣会社オーナーの緒方傑《おがたすぐる》さまがお誕生日会にいらっしゃる予定だったのですが、前日に体調を崩し、代理として千穂様がいらっしゃいました。まだ二十代の前半であろうお若い千穂様は、初めての場所、初めての人々に戸惑っている様子なのが印象的でした。

千穂様が来てまもなく、ロビーに全員がそろうと、二階の書斎から犬屋敷様が降りていらっしゃいました。犬屋敷様は全員と固く握手すると、来訪への感謝を一人一人に告げていました。そして、夕食までの間ぜひポチと遊んでやってほしいと言い残すと、すぐに書斎に戻ってしまいました。夕食の時間は十八時。一時間ほどの時間があったので、犬屋敷様の提案通り、四人は庭に出てポチのもとに行きました。

ポチを小屋から連れ出すように言ったのは淳子様でした。淳子様は屋敷に来ると、いつもポチと触れ合います。淳子様が「やっぱりこういうのってストレス発散にいいよね」と三人に楽しげに話しているのを尻目に、私は小屋の中でくるまって寝転んでいるポチを揺り起こし、少し体を叩いて外に出るように促しました。

ポチは目が悪く、特に左目はいつも通りとろんとした目をしていましたが、私が何度も声をかけるとやがてゆっくりと動きはじめます。ポチは指が少し欠けているのですが、そんなことはものともせずに上手く両手をついて起き上がると、小屋の外に出て行きました。ポチの目や指について詳しくは知りませんが、たしか犬屋敷様がどこかの施設から譲り受けた際には元気だったが、このお屋敷で遊んでいるうちに怪我をしてしまったのだと悲しげにおっしゃっていた記憶があります。犬屋敷様がポチとの思い出を語る際はいつも止まらなくて、私は正直ついていけないレベルでした。小学生と同じくらいの背丈で、かなり痩せているポチがゆっくりと小屋の外に出ると、淳子様や安西様が「お～久しぶり～～!!」と手を振りました。

最初にポチと遊んだのは淳子様でした、外に出たポチに「また会えたね～～!!」と駆け寄ると、ポチにつけられた赤い首輪のリードをぐっと引っ張って、「行くよ！」と走り出しました。四十近いとは見えない若々しい走りを見せる淳子様に半ば引きずられるような形で、ポチは両手足を必死に動かして走っていました。

淳子様が疲れた頃、今度は安西様がポチと遊びはじめました。安西様はフリスビーを投げて、ポチに「取りに行け！」と叫びます。ポチは一生懸命に走り、最後には立ち上がってフリスビーをキャッチする。正確なところは分かりませんが、ポチは恐らく十三歳くらい。成人男性の求めるスピードについていくのはなかなか難しいところがあります。そんな中でポチが頑張る様子を見るのが楽しいのか、安西様はポチとこのフリスビーゲームをするのが大好きでした。その様子を見て「立ち上がるんじゃなくてジャンプしなさいよポチ！」と淳子様が野次を入れていたのを覚えています。

ポチを初めて見た江津様と千穂様のお二人の反応は、とても対照的でした。江津様は淳子様や安西様がポチと遊ぶ様子を興味津々といった様子で眺め、自分も遊びたくて仕方ないという顔をして笑っていました。一方の千穂様はポチが苦手だったのでしょう。近くに寄らず、あまり参加したくないといった様子で遠巻きに眺めていました。

江津様は安西様のフリスビー投げに合流し、その後三十分ほどポチと遊んでいました。徐々に日も暮れてきて、そろそろ屋敷内に戻った方がいいと私がみなさまに告げたとき、淳子様がどこから持ってきたのか、ドッグフードを取り出しました。「ねえ、ポチにこれあげようよ！」と淳子様が提案すると、安西様と江津様は大盛り上がり。私が「ポチには決まった食事があるし、やめた方がいい」と伝えたのには全く聞く耳を持っていただけませんでした。

淳子様はドッグフードの袋を開けると、突然千穂様を呼びました。淳子様の「ねえ、千穂ちゃん、あなたあげなよ！　さっきから全然ポチと遊んでないでしょ」という突然の言葉に千穂様は狼狽し「いやいやみなさんで」とそれとなく拒否の意思を示していました。しかし、その千穂様の曖昧な態度に、淳子様の何かのスイッチが入ってしまったようでした。淳子様はドッグフードを皿に入れて、千穂様に乱暴に押しつけると、「ほら〜別にご飯あげるだけだから大丈夫だって〜」と無理矢理ポチの方に押し出しました。淳子様の気迫に千穂様も観念したのでしょう。恐る恐るポチに近づくと、ドッグフードの入った皿を置き「ごめんね、食べてね」とポチに語りかけました。ポチはドッグフードを口にしましたが、当然いつも食べている食事とは違うのであまり口に合わなかったのでしょう。すぐに吐き出してしまいました。

淳子様たち三人はその後もどうにかポチにドッグフードを食べさせようと苦心していましたが、千穂様は足早に屋敷に戻っていきました。私が夕食の十八時が近づいていることを告げると、三人もポチに別れを告げ、屋敷の中に入りました。私は最後に屋敷に入って扉を閉め、ドアノブを何度かガチャガチャと回して、施錠してあることをしっかりと確認しました。

夕食は犬屋敷様を含めた五人が一階の食堂に集って行われました。メニューはフレンチのフルコース。今回の誕生日会のために犬屋敷様の指示のもと、キャビアやフォアグラからオマール海老、黒毛和牛まで、世界各地、全国各地から高級食材を取り寄せ、私が腕によりをかけて作ったものでした。犬屋敷様は、私の料理の腕だけは認めてくださっていました。私は以前有名フレンチ料理店で修行をしており、昔は料理人を目指していました。いつか自分の店を開きたいという思いは今でもあります。昔取った杵柄と言ってしまえばそれ以外の何ものでもないのですが、あの厳しい犬屋敷様が認めてくれることは、私にとって単純にうれしいことでもありました。

ただし、安西様だけは甲殻類に軽いアレルギーがあるため、一人だけ特別メニューを召し上がられていました。安西様は「ちょっとくらいいいかな……」と他の方のオマール海老のビスクに手を出そうとされていましたが、淳子様が「アレルギーは怖いんだからやめなさい！」と叱りつけていたのを覚えています。淳子様は以前にアナフィラキシーショックを起こしたそうで、アレルギー物質には近づくべきではないというお考えをお持ちのようでした。そこからアレルギーの会話になり、各々が自分の持つアレルギーの話をしていました。千穂様が、犬と猫に軽くアレルギーがあるのだと話していたのは覚えていますが、それに対して誰かが反応するでもなく、話自体は結局あまり盛り上がっていなかったので、詳しい内容は覚えていません。

デザートまで食べ終わった後、みなさんが談笑している中で、犬屋敷様はワインを振る舞いたいと言い出しました。犬屋敷様の生まれ年のワインで、数千万円はくだらない超高級ワインです。私は犬屋敷様に言われて、地下のワインセラーへと向かいました。その間食堂で何が起きていたのか、どのような話をしていたのかは分かりませんが、恐らく彼らはただ和やかに談笑していただけだったのだと推測しています。

地下のワインセラーへと降りると、大量のワインの中から犬屋敷様に指示された一本を探し出しました。ふと、ワインセラーの奥に黒い人影のようなものが見えました。戸締りはきちんとしていたはずなのに、泥棒でも入ってきたのかと、私は冷や汗ものでした。恐る恐る近づいてよく見ると、ワインセラーの奥にいたのは、ポチでした。屋敷の窓はポチが入ってこられる高さの場所にはないので、正面の扉を器用に開けて入ってきたのでしょう。侵入者ではなかったことに安心しつつも、ポチが勝手に室内に入っていることを犬屋敷様に知られては、私もポチも大目玉を喰らうことになります。私は急ぎポチにワインセラーから出てペットハウスに戻るように促しました。ポチと一緒に地下から一階まで上がってポチが扉の方に向かってゆっくり歩き出すのを確認すると、私はワインを持って食堂に戻りました。

ポチの件もあって戻りが遅くなってしまった私が犬屋敷様に大目玉を喰らったのは、想像に難くないでしょう。犬屋敷様はすっかり機嫌を悪くしてしまい、私が開けて全員分のグラスに注いだワインに一口も口をつけずに、自分の書斎に戻ってしまいました。こうなってしまうともう、私にできることは謝ること以外にはありません。私は書斎に犬屋敷様を追いかけていき、誠心誠意謝罪をしました。犬屋敷様はかなりご立腹の様子でしたが、次第に機嫌を直してくださいました。私は犬屋敷様がこれでみなさまの元にお戻りになられると思っていましたが、予想に反して犬屋敷様は「疲れた、もう休む」と私におっしゃいました。元気そうに見えますが、年齢相応な部分もあったのかもしれません。私は就寝の準備を手伝ってから、食堂に戻りました。

食堂に戻ると、例の超高級ワインがほとんど空になっていました。正直なところ、主人が不在だというのに勝手に飲み干すとはどれだけ面の皮が厚いのかと思ったものですが、社長やオーナーという人種はそういうものなのかもしれません。実際淳子様は「あんな奴が歳を取ろうが関係ない。こういうワインが飲めるからきてやっているだけだ」などと暴言を吐いていましたし、安西様も「ジジイにおべっか使うだけでタダで高級な飯が食えるんだから、こんないいレストランはないよな」と答えていました。犬屋敷様が素晴らしい人間でないことには私も同意しますが、裏で話される陰口を聞くのは、決して心地の良いものではありませんでした。

裏で話すと言えば、千穂様に思わぬ二面性があることを知ったのもこのときでした。千穂様はワインやらその前に飲んだシャンパンやらでかなりお酒が回っていたようで、昼間とは打って変わって饒舌になっていました。「私……初めてで……あんなふうにドッグフードあげるとか……！興奮しちゃって……あんな楽しいんですね……！」とポチとのことがよっぽど印象的だったのか、江津様に管を巻いているといっても良いような状態で、興奮げに話していたのを覚えています。

そんな風に食堂で話していると、不意に窓の外からガラガラという音がするのが聞こえました。一体何の音なのか、外に確認しにいくべきかと我々が考えていると、一本の電話が入りました。その電話は近くの市役所からのもので、この別荘へと続く山中で土砂崩れが起きたというのです。この別荘へと来る道筋は一本道で、それ以外の方法で別荘に入ることはできません。つまり、我々は犬屋敷邸から出られない状態となってしまいました。市役所の職員からは土砂崩れの除去が終わるのは明日の夜になるかもしれないという旨が告げられ、私はそのことを四人のお客様にご説明しました。

四人は最初は戸惑った様子でしたが、私が数日分の食事や寝床の準備は閉じ込められたままでも可能であることをご説明すると、結局は一日程度の宿泊なら特に問題ないという結論に至りました。犬屋敷様にこの件を伝えるかどうかは迷いましたが、眠っているところを起こすとまた大目玉を喰らう可能性が高いと私は考えました。特に急を要するわけでもないですし、犬屋敷様には目覚めたらお伝えすることに決めました。

私が寝室の準備をする旨を伝えると、四人はその間二階の遊戯室に遊びに行くと言って食堂を出ました。だいたい一時間ほどが経った後でしょうか。しばらくして、私が寝室の準備を終えて遊戯室に戻った頃には、四人はすっかりでき上がって盛り上がっていました。「もっと酒が欲しい」と安西様が仰ったので、遊戯室にさらにお酒をお持ちしました。

そのときふと私は、自分がとんでもないミスをしていることに気づきました。私は今朝犬屋敷様から、四人のお客様にそれぞれ今晩中にお土産を渡すように言われていたのですが、それをすっかり失念していたのです。お土産自体の準備は終えて、それぞれに名札まで付けていたものの、今そのお土産が置かれているのは犬屋敷様の寝室のすぐ横。下手に取りに行ってしまっては犬屋敷様を起こしてしまう可能性がありました。とはいえ朝になってお土産を渡し忘れていることに気づかれれば、大目玉を喰らうことは間違いない……迷った末に私は、少し卑怯な案を思いつきました。それは、四人のお客様にそれぞれお土産を取りに行ってもらうという作戦でした。

各自に今晩中に取りに行ってもらえば、当然明日の朝、犬屋敷様が私のミスに気づくことはありません。それに万が一取りに行った際に犬屋敷様を起こしてしまったとしても、お客様が立てた音だと分かればそこまでご立腹なさることはないでしょう。お客様の誰かが私に指示されてお土産を取りに来たことまで話してしまったらどうなるかは分かりませんが……犬屋敷様も夜遅く寝ぼけてそこまで強くは追及しないだろうという方に賭けて、私はこの作戦を実行しました。

名札付きのお土産を用意しているのだが、犬屋敷様の寝室の近くにあるので各自静かに今晩中に取りに行ってほしいという旨を私が遊戯室にいるみなさまに伝えると、彼らはみな一様に酔っ払った様子ながらもしっかりと同意してくださいました。みなさんはめいめいダーツやビリヤードに興じていて、まだしばらく遊戯室にいらっしゃる様子だったので、お酒が欲しい場合はキッチンにあること、それぞれの寝室についての説明を軽くし、お土産の件を念押しした後、遊戯室を出ました。というのも、私には戸締りの確認をする必要があったからです。

土砂崩れが起きて閉じ込められてしまった今、万が一にも泥棒や犯罪者に侵入されたらたまったものではありません。私はそう思っていつも以上に念入りに屋敷中の戸締りを確認して回りました。庭の近くを通った際にふと気になって、小屋の方を見ましたが、暗くてポチの姿はよく見えませんでした。今となってはあの見回りも正直無駄だったのかもしれないと思ってしまいますが、当時の私にはそんなこと知る由もありません。私はすべての窓の鍵をしっかりと閉めると、ワインセラーでポチを見つけた際に一度開けた屋敷のドアの鍵もしっかりと施錠し、ガチャガチャとドアノブを回してしっかりと確認しました。犬屋敷様の寝室の近くを通った際には、入口に土砂崩れについての簡単なメモを置きました。犬屋敷様は私には露ほども気づかず、いびきをかいてぐっすりと眠っていらっしゃいました。

その際に確認したところ、お土産はまだ全員分残っていました。私はお客様方が本当に今晩中に取りに来てくれるのか不安になりつつも、今自分が持ち出すと余計に混乱を招くので、いったん忘れて戸締りの確認を続けました。確認を終えた頃にはすっかり夜も更け、深夜二時頃になっていました。遊戯室に戻るとそこには誰もおらず、酒のグラスなどが乱雑に残されていました。さすがにみなさまお休みになられたのでしょう。私は酒のグラスを持ってキッチンに戻り、洗い物をしていました。

すると、また電話がかかってきました。この時間に何の用かと思いましたが、先ほどの市の職員でした。どうやら土砂が犬屋敷家の敷地にもかかっていてその撤去作業を行うに当たり、確認や許諾が必要ということで、向こうも緊急事態にかなり焦っている様子でした。仕方なく私はその電話に付き合い、一つ一つ懇切丁寧に打ち合わせをしました。電話は三、四時間ほどの長時間に及び、電話を終えた頃にはすっかり朝になっていました。

電話をしている間、四人のお客様がそれぞれ一度ずつ、お土産を持ってキッチンの前を通るのを目撃しました。このことについては後ほど詳しくお話ししますが、このときの私は全員がお土産を受け取ってくれて、これで犬屋敷様に怒られずに済むとしか思っていませんでした。

電話を終えて朝日が昇る頃、犬屋敷様が普段起きていらっしゃる時間になったので、私は寝室へと向かいました。いつも通りに静かなお屋敷を歩き、いつも通りに寝室の前へとたどり着き、いつも通りに扉を開けようと中を覗きました。しかし、私の目の前に広がったのは全くいつも通りではない光景でした。犬屋敷様が、ベッドの上で血まみれになって転がっていたのです。

刑事さんはきっともう遺体をご覧になったからご存知でしょうが、犬屋敷様の遺体は誰の目から見ても異様なものでした。全身はめった刺しにされて大量の刺し傷が残り、左手の小指に至っては無惨に切り落とされていました。そして、何より異様だったのが、犬屋敷様の顔。彼の顔からは、左目の眼球がくり抜かれていたのです。目も覆いたくなるような状況に、私は込み上げてくる吐き気を抑えるのが精一杯でした。

犬屋敷様が死んでいることは、誰の目から見ても明らかです。私は慌てて二階に走り、四人のお客様の無事を確認しに行きました。幸いにも四人のお客様は全員無事でしたが、犬屋敷様の死を伝えると、当然ながらみな一様に信じられないという表情をしていました。私たち五人は一度食堂に集まり、今後のことを話し合いました。対応の際に、警察署署長の安西様がいらしてくれたのは、とても心強かったです。

安西様が警察に電話すると、すぐに対応したいが、土砂崩れでなかなか近寄り難く、どうにか方法を考えるのでもうしばらく待ってほしいという旨の返事が来ました。安西様は、ただ待っていても仕方がないので、遺体を確認すべきだと主張し、私と江津様はそれについて行くことになりました。一方で、遺体を見たくないという淳子様と、それに付き添うという千穂様は食堂に残りました。

安西様たちと一緒に三人で現場を見た結果、死亡推定時刻は昨日の深夜から今朝にかけてであること、犯人は凶器として寝室に飾られていたナイフを使ったとみられるが、そのナイフはいまだ行方不明だということ、遺体のそばに置いてある血のついたロープは、これまた寝室にあったものだが、犯人が返り血を防ぐために着て、捨てたものだということが分かりました。これは恐らく刑事さん方が正確な鑑識をした結果とも相違ないかと思います。

食堂に戻る前に、私たちは屋敷の中を見て回ることにしました。誰かが潜んでいる可能性があるかもしれないと安西様が言いはじめたからです。私と安西様と江津様の三人は一緒になって、屋敷中をしっかりと見て回りました。結局侵入者はどこにも見つかりませんでしたし、戸締りはきちんとしていました。そういえばこのときにはすでに庭の小屋にポチの姿が見えませんでしたが、たとえポチがいなくなったり屋敷内に入ってきてももう怒る人はいないんだと思うと、もうどうにでもなれと思って大して気には留めませんでした。不謹慎かもしれませんが。

見回りを終えて食堂に戻ると、疑心暗鬼になった私たちは半ば犯人探しのようなことを始めました。侵入者が誰もいなかったのであれば、我々の中に犯人がいる可能性が高いからです。死亡推定時刻に基本的にずっと電話をしていた私は、一番疑いが薄かったのでしょう。私が四人のお客様の証言を集約することになりました。

四人のお客様から話を聞いたところ、彼らは死亡推定時刻の間にそれぞれ一人一回ずつ、お土産を取りに行くために部屋の外に出たと主張していました。これは私が目撃した光景とも一致します。お土産を取りに行った際にはまだ酔いが残っていた四人の証言は決して鮮明ではありませんでしたが、それぞれお土産の残り状況を部分的に覚えていたり、他の人物を目撃していたりと、犯人特定の手がかりになりそうな情報をお持ちでした。

　四人は全員が、お土産を取った際に寝室を覗いたが、そのときにはまだ犬屋敷様は生きていたと証言しました。犬屋敷様の遺体は遠目から見てもひどい状態だったので、死んでいるのを生きていると見間違えた可能性を考える必要はないでしょう。犯人は嘘をつくでしょうが、それ以外の人には嘘をつく理由がありません。ということはもし四人の中に犯人がいたとしても、それ以外の三人の証言は本当ということになります。

　当然のことですが、犬屋敷様が殺された後に、彼の生きている姿を見ることはできません。すなわち四人の中に犯人がいる場合、本当のことを言っている三人がお土産を取って犬屋敷様の生存を確認した後、嘘つきの犯人が最後にお土産を取って犬屋敷様を殺害した、ということになります。つまり、最後に犬屋敷様の寝室に近づいた人物こそが犯人だ、というわけです。当然犯人もそのことに気づいて、もし証言を求められたら自分は最後に入ったのではないと嘘をつくでしょう。その嘘さえ暴ければ犯人を特定できる……あのときの私たちはそう思っていました。

　きっと警察のみなさまはすでに証言を把握しておられると思いますが、覚えている範囲で私が聞いた各自の証言を話しておきます。ちなみに、私が目撃した際に四人とも自分のお土産をきちんと持っていらしたので、自分以外の人のお土産を取った人がいる可能性を考える必要はないかと思います。また、お土産に付いていた名札を交換したような形跡もありませんでした。

　まず淳子様。淳子様は「お土産を取りに行ったとき、まだ千穂の分のお土産が残っていたのを覚えている。それ以外は曖昧だが、自分が千穂よりも早く犬屋敷氏の寝室に近づいたのは間違いないだろう」という証言をしていました。

次に安西様。安西様は「誰のお土産が残っていたかは覚えていないが、お土産を取って出たときに江津氏がこちらに向かうのが見えた。自分の次に犬屋敷氏の寝室に近づいたのは江津氏で間違いないだろう」という証言をしていました。

さらに千穂様。千穂様は「誰のお土産が残っていたか覚えていないが、お土産を持って出る際に、部屋に向かってくる人影が見えた。あれが誰だったのかは分からないが、犬屋敷氏の寝室に近づいた人の中で、自分が最後から二番目なのは間違いないだろう」という証言をしていました。

最後に江津様。江津様は「お土産を取りに来た際に淳子さんと安西さんのお土産がなかったことを覚えている。千穂の分は曖昧だが、自分が淳子さんと安西さんより後に犬屋敷氏の寝室に近づいたことは間違いないだろう」という証言をしていました。

四人の証言の重要部分を抜粋した証言メモはこの通りです。犯人は嘘をついているが、それ以外の人物は嘘をついていない。犬屋敷氏の寝室に最後に近づいた人物が犯人である。こう考えれば犯人を絞れるはずです（次ページ参照）。

証言メモ（重要部分を抜粋）

○淳子

自分が千穂よりも早く寝室に近づいたのは間違いない。

○安西

自分の次に寝室に近づいたのは江津で間違いない。

○千穂

寝室に近づいた人の中で自分が最後から二番目なのは間違いない。

○江津

自分が淳子と安西より後に寝室に近づいたのは間違いない。

今改めてこのメモを見ると、やはり犯人は一人しかいないように感じます。ただ、当時の私たちはもうパニック状態で、誰一人として冷静に頭を働かせることはできていませんでした。淳子様が「いつこの中にいる犯人が私たちを皆殺しにするか分からないじゃない!!」とヒステリックに叫んだのを皮切りに、全員それぞれが自室で戸締りをきちんとしておくべきだという結論に至りました。今思えば、淳子様の言っていることはてんで見当外れですし、全員が一緒にいた方がよっぽど犯人も事を起こしづらく、安全だったでしょう。みなさまが自室に戻る方に傾く中で、安西様だけは一緒にいた方が安全だと主張を続けていました。そんな安西様も結局は淳子様の鬼気迫る声に押された形で渋々意見を変えて、最終的には自室に戻ることになりましたが。

あのとき食堂にみんなで残っていれば、ああはならなかったんじゃないかと、本当に心の底から後悔しています。あの忌まわしき第二の惨劇が起きたのは、それぞれが自室にこもってしばらくした後、正午過ぎのことでした。白昼の屋敷に、甲高い女性の叫び声が響いたのです。私は使用人室を出て、すぐに寝室が並ぶ廊下の方へと向かいました。私が到着すると、すでにみなさんは寝室から出られていて、みんな一様に真っ青な顔をしていました。犬屋敷様があんな殺され方をした後に、悲鳴としか聞こえない叫び声を聞いたのだから無理もありません。私もなるべく冷静にするように努めていましたが、内心では心臓がバクバクいっていました。

みなさまの話によると、声の出所は千穂様の寝室だということでした。実際千穂様は廊下にはいらっしゃいませんでしたし、寝室の扉は固く閉ざされたままでした。私たちが千穂様の寝室の前に集まって声をかけても、中からは特に返事がありません。千穂様の部屋には鍵がかかっていましたが、私たちは何とかして中を確認したいということで意見が一致しました。私は使用人室からスペアの鍵を持ってくることを提案したのですが、結局は「そんなことをしている暇はない」と強く主張する安西様が扉を蹴破って無理矢理中に入ることになりました。

寝室の中に入った我々の目の前に広がったのは、デジャブのように朝とそっくりの光景でした。ベッドの上に血だらけで横たわる千穂様の体には、犬屋敷様と同様に全身をめった刺しにされて大量の刺し傷が残り、左手の小指はまたも無惨に切り落とされていました。そして、千穂様の顔からもまた、左目の眼球がくり抜かれていたのです。

正直狂ってしまいそうな気分でしたが、私たちは何とかお互いに声を掛け合って意識を保ちました。遺体の傍にはこちらも犬屋敷様のときと同様に、血のついたロープが転がっていました。安西様の話によれば、凶器も犬屋敷様殺害の際に使われたものと同じだろうとのことでした。犬屋敷様の現場と違っていたのは一点、床にガラスが散乱していることでした。このガラスの正体はすぐに分かりました。千穂様の寝室の窓が割れていたのです。窓の外を見ると、屋敷の外壁に血の跡がついていました。犯人は恐らく、屋敷の外壁を巧みにつたって二階の高さまで上がり、外から窓を破ってこの部屋の中に侵入したのでしょう。

私たちがこうして二件目の殺人に恐れをなしていたそのとき、突如外からバリバリという爆音が聞こえました。そこから先のことは、刑事さんの方がお詳しいでしょう。これが、私の目撃した事件のすべてです。

以上が倉本氏の証言である。軽く補足すると、「バリバリという爆音」は市、警察、消防が協力して出した救助ヘリが到着する音である。救助ヘリが出たのは屋敷の庭が広くヘリが着陸できたというのも理由の一つだが、そもそもは警察内で権力を持つ安西氏が屋敷におり、一刻も早い救助をすべきとの判断が出たというのが大きいだろう。

私は後輩の沖島とともに、このヘリに乗って現場へと向かう一員だった。屋敷に到着した私たちは、犬屋敷謙三氏と緒方千穂氏の遺体を確認したが、前述の倉本氏の証言と食い違う部分はなかった。私たちの到着と入れ違いに、使用人の倉本氏と安西氏・江津氏・猪狩氏の三人を合わせた四人の生存者はヘリに乗って、警察署へと戻り事情聴取を受けることとなった。私たちが屋敷に到着した際には、犬屋敷氏がペットとして扱っていたポチはすでに屋敷から姿を消した後だった。生存者の証言によれば、ポチも昨日までは屋敷にいた。証言をするのは難しくとも、何らかの証拠などを持たされているなど、事件に有益な情報をもたらしてくれる可能性はゼロではない。警察はそう考えてすぐにポチの捜索を行ったが、決して多い人員が割かれたわけでもなく、森の奥でポチと思しき黒い影を一瞬確認したのを最後に、捕まえることはできないまま逃げられてしまった。

土砂崩れがまだ復旧していない中、我々は森も含めて丹念な捜索を行ったが、倉本氏の証言に出てくる人物以外の第三者はどこにも見当たらなかった。つまり、犯人は屋敷に暮らしていた人間と客のうちの誰かということになる。また、倉本氏が死亡推定時刻に電話をしていたことは、市職員から裏取りができている。後ほど事情聴取を受けた三人の証言とも食い違わなかったことから、倉本氏の証言は信頼に値するものだとして良いだろう。

以上のことから、この連続殺人事件の犯人は明白である。しかし、警察はこの事件を未解決事件として捜査を打ち切ることに決めた。後輩の沖島には申し訳ないが、私はこれから単独行動を取る。自らの正義に従い、この事件の犯人に会いに行こうと思っているのだ。


「歳内正人」と綺麗に書かれた署名で締めくくられている最後のページまで読み終わると、私は大きくため息をついた。正直なところ、私の頭はこの手帳に記された驚くべき事実の数々に翻弄されるばかりで、まだすべてをきちんと整理できていなかった。少し落ち着くためにも、一つ一つ沖島に確認していく。

「やっぱり、この殺され方って……」

「ああ、コレクターの手口と全く一緒だ」

犬屋敷邸で発見された遺体の左目がえぐり取られていたことは、先ほど青いファイルの事件資料を読んだ際にすでに気づいていた。手帳の描写からしても、やはり犬屋敷邸殺人事件で用いられた殺害方法がコレクターの手口と全く同じであることは間違いない。このことから導かれる事実はつまり……こちらをじっと見つめる沖島の瞳を見つめ返しながら、私は恐る恐る口を開いた。

「つまり、犬屋敷邸殺人事件の犯人が、コレクター……ってことですよね」

「ああ、俺はそう思ってる」

沖島は重々しく頷いた。頭のどこかで薄々察していたことではあったが、これで彼が警察署に来た例の黒いコートの男をコレクターだと断言した理由にも説明がつく。

「沖島さんは、犬屋敷邸殺人事件の犯人を知っている。そして、三十年を経てそいつが今日、例の亜美高校の火災の事情聴取を受ける参考人の一人として沖島さんの目の前に現れた。そういうことですよね」

沖島は何も言わず、ただ黙って首を縦に振った。もちろん三十年前の事件の犯人がたまたま火災を目撃したという可能性もゼロではないが、状況からみてそんな偶然はあり得ない。犯行手口の一致から考えても、犬屋敷邸殺人事件の犯人こそがコレクターであることは間違いないと言っていいだろう。

私は沖島にもう少し突っ込んだ質問をしてみることにした。

「取り調べのときに話した通り、コレクターは亜美高校で教師をしていた可能性が高い。資料こそ燃えてしまっていますが、校長に確認すれば顔くらいは覚えているはずですよね」

彼はその質問を想定していたかのように小さくため息をつくと、ゆっくりと口を開いた。

「取り調べに来てた奴の姿をこっそり撮影して、さっき校長に面通ししてきたよ」

沖島の表情を見れば、結果は聞くまでもなかった。

「ここ数ヶ月で辞めた教員と一致したんですね」

「ああ。それにそもそも、奴はそのことを隠す様子もなかった」

「どういうことですか？」

「正直俺にも分からねぇ。ただ奴は取り調べの時点で亜美高校で教師をやっていたことを隠す様子もなかったし、ずっと本名を名乗ってた。圧力がかかっているから警察の捜査は自分には及ばねぇと身をもって感じているのか、あるいは……」

沖島はそこまで言うと黙り込んだ。コレクターが何を考えているのか想像もつかないが、きっと奴には奴なりの理由があるのだろう。思考を整理するためにも、私はもう一度歳内の手帳を読んでみることにした。

先ほど読んだときは次々と現れる事実に翻弄されて事件の犯人を特定するまでに至らなかったが、歳内が最後に記している言葉を信じるなら、ここに書かれている内容から「犯人は明白」なはずなのである。しばらくの間じっくりと手帳を読み込み、そして、私は衝撃の真実にたどり着いた。

一言で言うならば、信じられない。この手帳から導き出される三十年前に起きた事件の真実、そしてコレクターの正体……どれをとっても、到底受け入れられなかった。手帳を閉じてしばらく呆然としている私に、沖島はゆっくりと声をかけた。

「お前も気づいたか。これが……すべての始まりにして、最悪の真実だ」

「正直……信じられません」

私はそう一言つぶやくのが精一杯だった。

「いくら信じられなくても、歳内さんの手帳には一つたりとて嘘はねえ。俺も、この目で見てきた」

沖島は私の顔をじっと見つめて言った。彼の最後の一言はとても重い。ここまで言うのだから、この手帳に書かれていることはすべて本当のことなのだろう。いまだ信じられなかったが、これが本当だとしたらいろいろと腑に落ちることも事実だった。

「警察はこの犬屋敷邸の事件に身内が絡んでいること、いやそもそも警察関係者が犬屋敷邸にいたこと自体を公表したくない。だからこの事件を闇に葬り、今なおコレクターの捜査を打ち切ろうとしている」

「ああ。表向きは土砂崩れで警察の到着が遅れて証拠が残ってないってことになってるが、証拠も証言もいくらでも残ってた。少なくとも、この歳内さんの日記に書かれた証言だけで、上層部の首が何個か飛ぶ。だから奴らは必死にすべてをなかったことにしようとしてるんだ」

悔しげに言う沖島の顔を見ながら、私は事件を闇に葬りたくなる上層部の気持ちも分からなくもないとすら思ってしまっている自分に気づいた。圧力も隠蔽も当然決して許されることではないが、果たしてこの真実を目の前にして、しっかりと直視できる人間がどれほどいるのだろうか。

「それに、このパーティ参加者たちの名前……はっきりと分かるのは江津さんだけなので私には推測しかできませんが……きっと、そういうことなんですよね」

私の問いかけに沖島はゆっくりと頷くと「想像の通りだ」とだけつぶやいた。やはり、そういうことなのか。紅羽の父にしてコレクター事件の四件目の犠牲者である江津誠司は、事件発生時に犬屋敷邸にいた。今まで謎に包まれていたコレクターの殺害の動機が、私の目の前にすっと立ち現れる。これですべてに説明がつく。

しかし、どれほど考えても、本当にこんなことがあり得るのかという気持ちは拭えない。私はまだ、自分が見ている真実を、現実のものとして受け止め切れていなかった……。

依頼人――沖島米治《おきしまよねじ》

事件のポイント一――犬屋敷邸殺人事件の犯人、すなわちコレクターの正体は？

事件のポイント二――犬屋敷邸殺人事件の犯人、すなわちコレクターの動機は？

※真実への手がかりは次ページへ。

（重大な手がかりなのでどうしても分からないときに見ること）

歳内の手帳に残されていた事件当日の招待客らの写真

※ここから先は解決編になりますのでご注意ください。

二〇一九年三月二十六日（火）　十九時

　恐るべき真実を目の前にして戸惑うばかりであったが、探偵として、これ以上ここで立ち止まっているわけにはいかない。気を引き締めるためにも、私は一度大きく深呼吸をした。そんなこちらの様子を見て覚悟ができたと思ったのか、沖島はまたぽつりぽつりと口を開きはじめた。

「正直言えばな、数ヶ月前の一件目の話を小耳に挟んだときから嫌な予感はしてた。左目がえぐり取られた遺体。今思えばそれだけですぐ動くべきだったんだろう」

　沖島は彼自身が一体これまでコレクター事件をどう捜査してきたのかを語ろうとしていた。私は頭の中で必死でコレクター事件についての情報をたどりながら耳を傾けた。

「一件目の被害者は、ハネダエレクトリクスの羽田淳子社長、でしたよね」

「ああ。事件自体は管轄外だったし、俺は詳しく聞こうとはしなかった。たまたま似てるだけだって最初は本当に思ってた。たぶん心の奥底で、どっか逃げてたんだろうな」

　沖島はそう言うと悔しげに唇を噛んだ。三十年前からこの件に向き合い続けている彼の中には、きっと私には想像し得ない苦悩があるのだろう。

「気づいたのは二件目の犠牲者が出たときだ。あんときに、これは奴の犯行だって確信した」

「二件目の被害者は……フレンチ料理人の美味仏蘭氏。彼はメディアへの露出も多かった」

私はあえて最後にそう一言付け加えると、ちらりと沖島の様子を伺った。少し肩をすくめた様子を見るに、二件目にして三十年前の事件とのつながりに気づいた理由は、私の想像通りのようだ。

「お前の思ってる通りだよ。美味仏蘭……まったくふざけた名前だ。テレビでこそ大して扱われちゃいなかったが、奴はネットではかなりの有名人だった。そんなにネットに詳しいわけでもねぇ俺の目に入るほどにはな」

「沖島さんは、事件以前から、美味仏蘭に目をつけていた……」

「ああ、当然だ。最初に見たときに、すぐあの顔にピンときた。まあ、あんな奴が堂々と偉そうに料理をしてること自体気に食わねぇから、なるべく見ねぇようにしてたがな」

吐き捨てるように言う彼の表情を見ながら、私はゆっくりと口を開いた。

「美味仏蘭の正体が、犬屋敷邸の使用人にしてあの事件の生存者、倉本太郎だから……ですよね」

「その通りだ。当時から自分の店を持ちたいとは言ってたが……あんなに売れるとはな」

沖島は少し物思いにふけるように黙り込んでいたが、私は話を続ける。

「沖島さんは、美味仏蘭こと倉本太郎が三十年前と全く同じ手口で殺害されたと聞いて、事件のつながりに気づいた。そして恐らく、一件目も調べ直した。そうですよね」

「ああ。苗字が変わったからって一件目の発生時には気づかなかった自分を呪いたい気分だったよ。結婚して羽田淳子と名前を変えてたが、旧姓は猪狩。間違いなかった。一件目の被害者もまた、あの日犬屋敷邸にいた人物。当時石油会社の女社長だった猪狩淳子だ」

沖島は苦しそうな表情を浮かべていた。彼のこんな表情は見たことがない。

「警察内部で三十年前の事件とのつながりに気づいてたのは俺だけだった。俺は言ったよ。この二件はただの連続殺人事件の一件目と二件目じゃない、三十年前から続く犬屋敷邸殺人事件の三件目と四件目の事件だって……」

彼の表情を見ていれば、それがどんな結果に終わったのかは言わずもがなだった。

「案の定、俺の話は全部揉み消された。三十年前と同じようにな。だから俺は単独でこっそり奴を追うことにした。そして、全く同じ手口で三件目が起きた」

「警察官の遠藤悟氏、ですよね」

彼は黙って小さく頷くと、ゆっくりと息を吐いた。今まで心のうちに秘めていたものをすべて吐き出すかのように息を吐き切ると、話を続ける。

「こちらも婿に入って苗字が変わってるが、旧姓は安西。あの日犬屋敷邸でパーティに参加していた安西悟だよ。これはもう奴の仕業以外にはあり得ねえ。きっとアイツもそう思ってたんだろうな」

「アイツ……?」

「江津だよ、江津誠司」

江津と沖島が接触していたことに一瞬驚きを感じたが、ふと、一昨日彼が事務所に来た際に「警察にはとっくに相談したが当てにならない」というようなことを話していたのを思い出した。

「狙われてる、助けてくれ、自宅を警備しろ、ってな。俺だってそうしたいのは山々だった。だが圧力がかかって人員は動かせねぇし、当然俺が江津につきっきりになるわけにもいかねぇ」

「それで江津さんは、私のところに依頼に来た……と」

「ああ、何の因果なんだろうな。自分で何とかしろって伝えた結果、アイツが助けを求めたのが、お前のところとはさすがに思ってもみなかったよ」

沖島は少しだけ皮肉っぽい笑みを浮かべて言った。そして私に依頼した翌日、つまり昨日、江津もまた同じ手口によって殺害された。これで、三十年前の犬屋敷邸で行われたパーティの参加者は、主人の犬屋敷、使用人の倉本を含めて全員殺されたことになる。

「狂気のサイコキラーであるコレクターは一体なぜ眼球を集めるのか。世間じゃそんな風に言われてるがな、俺に言わせりゃこの事件はそんなもんじゃねえ。この一連の事件はな、たった一人の人間が、三十年の時を経る強い意志を持って、同じ手口で人を殺して回ってるってだけだ」

沖島はそこまで言うと黙り込んだ。どうやら事件の真相に迫る時が来たようだ。私は彼の顔をじっと見据えると、一言一言丁寧に口を開いた。

「三十年の時を経る強い意志、それはすなわち……復讐……ですよね」

沖島は黙ったままで小さく頷いた。コレクターは、三十年の時をかけて当時犬屋敷邸に集った人々を殺害して回り、自らの復讐を成し遂げた。奴をそこまで突き動かした恨み。それはあまりにむごく、どうしても信じられないものだった。

「正直、信じられません」

その言葉に、沖島は小さくため息をついた。

「信じられない……か。俺だって三十年前現場に入ったときは、信じられなかったよ。でも俺は実際にこの目で見た。世の中には、日常暮らしてたら気づかねえような悲劇が事実としてたしかに存在するんだよ」

彼の言葉は重く、ずしりと胸に響いた。話を聞いただけの私ですらこれほどの思いだというのに、実際に目にしたという彼の胸の中には一体どんな感情が渦巻いているのか。私には想像もできないものが、きっとそこにはあるはずだ。彼は黙っている私に向かって、こう続けた。

「手帳には写真も貼られてたはずだ。それが今唯一残っている、確固たる証拠だよ」

沖島の言う通り、手帳にはたしかに三十年前のパーティの際の写真が一枚挟まっていた。ここには小さいもののはっきりと写っている。目を背けてはならない、真実が。

「想像の通りだよ。お前の考えていることは、この現実で、実際に起きたんだ」

彼の言葉を聞いていた私の頭に、ふと、どこぞの名探偵の言葉がよぎる。どんなに信じ難い事実であっても、可能性をすべて潰していった先に残るものは、真実であるという他ない。

三十年前の事件と今回のコレクター事件。考えうる他の可能性をすべて潰していったときに現れるのは、たった一つの悲し過ぎる真実だ。この事件と向き合う覚悟を決めた私は沖島を正面から見据えると、意を決して口を開いた。

「コレクターの正体は……『ポチ』」

沖島はしばらくじっとこちらを見つめていたが、やがてゆっくりと頷いた。そんな彼の様子を見ながら、私はこの恐るべき事件の真相に言及を続ける。

「犬屋敷邸でポチと呼ばれ、まるでペットの犬のように醜悪で最低の扱いを受けていた少年。それこそがコレクターの正体であり、彼の犯行のすべては当時の復讐……そうですよね、沖島さん」

沖島は黙ったままだったが、その表情を見れば私の推理が正しいことは容易に分かった。犬屋敷邸でペットとして飼われていた「ポチ」は犬ではなく、人間の子供である。このおぞましい真実は到底信じ難いことだが、こう考える以外に今までのすべての事象を説明できる方法はない。

仮にポチが人間ではなく犬だという想定で話を進めた場合に大きく矛盾が生じるのは、倉本が残した、犬屋敷殺害に関するパーティ参加者の証言メモだ。

もしポチが犬であるならば、当然犬屋敷殺害の犯人は招待客四人の中にいるということになる。では四人のうち犯人は誰なのか。淳子、安西、江津が嘘をついているとするとどこかに矛盾が生じる。よって、メモの内容を整理して導かれる嘘つき、すなわち犯人は緒方千穂だ（次ページ参照）。

しかし千穂は、犬屋敷殺害の翌朝には同じく遺体となって見つかっている。手口や凶器から、犬屋敷と千穂の殺害は明らかに同一犯である。つまり、被害者として遺体で発見された千穂は、犬屋敷殺

証言メモ（重要部分を抜粋）

○淳子

自分が千穂よりも早く寝室に近づいたのは間違いない。

○安西

自分の次に寝室に近づいたのは江津で間違いない。

○千穂

寝室に近づいた人の中で自分が最後から二番目なのは間違いない。

○江津

自分が淳子と安西より後に寝室に近づいたのは間違いない。

<寝室に近づいた順番>

淳子
↓
安西
↓
江津
↓
千穂

➡ 千穂が犯人（千穂が嘘つき）

害の犯人ではあり得ない。ここに、メモから読み解いた内容と現実との矛盾が生じてしまうのだ。

一方、ポチが人間であると考えるとどうなるだろうか。「屋敷に暮らしていた人間」、すなわち犬屋敷、倉本、ポチの三人と、招待客四人以外の第三者の存在がないことは警察の捜査によってもはっきりと明言されている。また、倉本の証言に嘘がないことは電話の裏取りによって分かっている。よって犯人は招待客四人＋ポチの合計五人の中にいる。もしポチが犯人で最後に寝室に近づいた人物であるならば、招待客四人は全員犯人ではなく正しいことを言っているということになる。その仮説を確認してみると……何の矛盾もなく成立する（次ページ参照）。

ポチが犯人ならばすべてに矛盾なく説明がつく。逆に言うとそうでなくては何かしらに矛盾が生じる。つまりこの事件の真実は、ポチが人間で、連続殺人の犯人であるという以外にあり得ないのだ。

「正直最初に読んだときは、まさかポチと呼ばれているのが人間の男の子だなんて気づきもしませんでした。彼が経験したのは、それくらいおぞましいことだ」

沖島はまだ黙ったままだったが、私の方を見つめる目線には強い光が宿っていた。彼に伝えた通り、人間を「ポチ」と名づけ、ペットとして飼っているという事実はあまりにも残虐で、私も最初に歳内の手帳を読んだ際には気づくことができなかった。

しかし歳内の手帳に残っていたあのパーティの写真にちらりと写る姿、倉本の証言に残るいくつかの手がかりに気づいたとき、自ずとその真実が浮かび上がった。すべてを知った後に読む倉本の証言はおぞましく、招待客らのポチへの一挙手一投足がこれ以上想像したくないほどに非道な行為だとい

証言メモ（重要部分を抜粋）

○淳子

自分が千穂よりも早く寝室に近づいたのは間違いない。

○安西

自分の次に寝室に近づいたのは江津で間違いない。

○千穂

寝室に近づいた人の中で自分が最後から二番目なのは間違いない。

○江津

自分が淳子と安西より後に寝室に近づいたのは間違いない。

<寝室に近づいた順番>

淳子
↓
安西
↓
江津
↓
千穂
↓
ポチ

➡ ポチが犯人（4人の中には嘘つきなし）

うことは、言うまでもないだろう。

ポチの件に最初は気づかなかった要因の一つに、倉本もなるべく明言を避けるようにしていたことがある。いくら容疑者候補から外れていたとしても、人間をペットとして飼っていたという事実は決して易々と口にできるものではなかったのだろう。しかし証言をよく読むと、ポチが犬ではなく人間であるという手がかりが端々に滲んでいた。

特にはっきり言えるのは二つ。一つ目は、ドッグフードが口に合わないというものだ。もちろん犬の個性によるものとも考えられるが、この件に関連してもう一つ違和感が存在する。それはアレルギーにうるさい淳子が、犬アレルギーの千穂がポチに近づいたことについて何の反応も示さなかったことだ。

淳子は「アレルゲンには絶対に近づくべきでない」と主張するほどアナフィラキシーショックを気にしていた。もしポチが犬だとするならば、千穂が犬アレルギーであると知って何もコメントしないはずがない。淳子は千穂がポチに近づいたのをしっかり目にしているし、彼女自身が千穂に、ポチに近づくよう勧めてもいるのだ。彼女が何も言わなかった理由はただ一つ、ポチが犬ではなく、何のアレルギーを怖がる必要もない、人間だったからだとしか考えられない。

二つ目の証言は、屋敷の扉に関するものだ。倉本はワインセラーでポチを見つけた際に「施錠してある扉を器用に開けて入ってきたのだろう」との考察をしている。しかし、この扉は倉本が少し前にしっかりと施錠を確認しているはずだ。果たして、犬に器用に鍵を開けることができるだろうか。

もしかすると、招待客のうちの誰かがたまたま何か理由で外に出た際に鍵をかけ忘れ、扉の鍵は開いていたという可能性も考えられなくもない。しかしそれでもまだ矛盾は残る。倉本は屋敷の扉の施錠を確認する際、いつも「扉のドアノブをガチャガチャと回して」という証言をしている。この屋敷の扉は、ドアノブを回すことによって開く形と考えて間違いないだろう。

力をかければ開くレバー式のドアノブならまだしも、ガチャリとひねって回さなければいけないドアノブを、犬が自ら回すことができるとは到底思えない。アレルギーの件も含めて考えれば、ポチが人間だったと結論づけるのは難しくない。

私がそうやって倉本の証言に残されていたわずかな手がかりに思いを巡らせていると、ふとずっと黙ったままだった沖島がゆっくりと口を開いた。

「俺はな、三十年前にアイツを見たんだよ」

「え……？」

「俺は歳内さんの指示で、森の探索部隊に加わってた。そのときに一瞬やつに遭遇した。痩せ細って、まるで獣のような殺気を放って。とんでもなく冷たい目をした男の子だったよ」

沖島は当時を思い出すように苦しげな声で言った。歳内が手帳の最後に書いていた「森の奥でポチと思しき黒い影を一瞬確認した」のが他ならぬ沖島だということなのだろう。この事件の真実に気づいて以来、ずっと気になっていたことを彼に尋ねてみることにした。

「ポチと呼ばれていた彼は、一体どうしてこんなことに……？」

「どうして……か。それは本人が一番聞きてえだろうな」

無力感と悔しさが入り混じる沖島の表情からは、彼のこの事件に対する並々ならぬ思いを感じずにはいられなかった。沖島はゆっくり息を吐くと、一言一言丁寧に口を開いた。

「正直なところ分からねえんだ。本人も小さい頃のことで覚えてないだろうし、犬屋敷が殺されちまった以上、真実を知る奴は誰もいねえ。唯一の手がかりは、その手帳に書かれた倉本の証言だよ」

沖島の言葉を聞いて私は改めて手帳を見返した。倉本は三十年前の事件発生当時、ポチは「恐らく十三歳くらい」で「犬屋敷様がどこかの施設から譲り受けた」と書いている。私の頭には、最悪な構図が浮かび上がり、ふと口から自然と言葉がついて出た。

「人身売買……」

沖島は渋い表情のまま小さく頷いた。

「そこまで大層なものかは分からねぇが、何かの理由で親に捨てられた奴が、不運なことに人身売買に手を染める非人道的な養護施設に引き取られ、犬屋敷の家に売りさばかれたって可能性は当然ある」

ゆっくりと絞り出すように話す沖島の顔は苦しげで、まるでこの世にはびこるすべての悪意と一人で立ち向かおうとしているように見えた。私は彼の瞳を見つめながら、話の続きに耳を傾ける。

「だからこっからは俺の妄想だが、個人的には、ちょっと違うんじゃねぇかと思ってる」

「どういうことですか?」

「いやあくまで推測だがな。奴は普通の施設で育ったと俺は思ってる。組織的な人身売買が行われていたわけじゃないってな」

沖島はそこまで言うと、一瞬だけ皮肉っぽい笑みを浮かべて言った。

「まあ正直、奴みたいな子供が他にもいるって思いたくねぇだけなのかもしれねぇ。でもな、俺は奴と対面したときに思ったんだよ。アイツには、たしかに知性があった。もし最初から人身売買組織みてぇなひどい場所にいたら、ああはならなかったはずだ」

真剣に話す沖島の言葉を聞きながら、私は手帳に書かれていた三十年前の事件現場の様子を思い浮かべていた。あの事件現場からも、たしかに奴に知性があることは感じ取れる。もちろん犯行の手口は衝動的だったが、返り血を防ぐためにローブを着脱するなど、捕まらないための工夫がたしかになされていたのだ。

またそもそも犬屋敷を殺害する機会は、パーティで人が大勢集まるあの日以外にも存在したはずだ。もちろんあの日にたまたま堪忍袋の緒が切れたという可能性もある。しかし私には、耐え切れない劣悪な環境の中で知性を持ち続け、ずっと殺害の機会を窺っていた奴が土砂崩れを知り、全員が閉じ込められ隔離されたこの状況をチャンスと考えて犯行に及んだのではないかと思えてならない。

知性があったという仮説に関して私が目線で賛同の意を示すと、沖島は話を続けた。

「奴は普通の施設で元気に暮らしていたが、親切な善人のフリをして言葉巧みに操る悪魔が現れた」

「犬屋敷は上手く言い繕って奴を自分の手に引き取り、裏では屋敷でペット扱いをしていた、と」

沖島は私の言葉に小さく頷いた。犬屋敷が地元の名士として知られていたことを考えれば、彼を善意の人と信じて子供を託す施設もあっただろう。犬屋敷に引き取られるまでは奴が健康に暮らしていたことを示し、そして、奴の殺人の残忍な手口につながる事実について、私は話題を広げた。

「倉本の証言の中に……『施設から譲り受けた際には元気だったが、このお屋敷で遊んでいるうちに怪我をしてしまった』という証言があります」

「ああ」

沖島は唸るように頷いた。次に何を言おうとしているのか彼にはもう分かっているのだろう。

「そしてその怪我についてですが、同じく倉本は『目が悪く、特にとろんとした左目』そして『指が少し欠けている』と証言しています。これは恐らく……」

「もういい。お前の思っている通りだよ」

沖島は苦しそうにそう言うと、ゆっくりと話を続けた。

「奴は、犬屋敷家でひどい扱いを受けて左目を怪我して失明、左小指を失った。一体あの屋敷で犬屋敷の野郎が奴にどんな仕打ちをしてたのか、それはもう今となっては分からねぇ。ただ、およそ人間がするようなことではなかったことは間違いねぇだろう」

沖島は憤りを隠さずに言った。想像していたこととはいえ、あまりのひどさに私は若干の吐き気を感じていた。左目の失明に、左小指の損傷。これと奴の犯行動機を関連づけることは決して難しいことではないだろう。奴は、眼球を集めるコレクターなどではない。自らが受けた仕打ちをそっくりそのままやり返さんとする怒りに支配された悲しき復讐者なのだ。

沖島が少し冷静さを取り戻した様子であるのを見計らって、私は最後に残った疑問をぶつけることにした。

「奴はもしヘリが到着していなければ、あの場で全員を殺害するつもりだったんでしょうか」

「まあ、その可能性は高いだろうな。現にこうして最後まで復讐を成し遂げた」

「逆に言うと……なぜ奴は三十年間、復讐をしていなかったのか」

「んなもん俺には分からねぇ。目下それが最大の謎だろうが」

沖島は口調こそ変わっていないが、その声に少し何かを隠している様子が感じられた。犬屋敷邸での事件後すぐに全員を殺害するのが難しく準備が必要だったとしても、三十年というのは長過ぎる月日だ。それに奴は、この三十年の間で、亜美高校の教員にまでなっている。まるで、普通に日常生活を歩もうとしていたかのように。

家も金も持たなかったはずの少年が、そうやって穏やかな生活を取り戻すというのは……到底一人でできることだとは思えない。恐らく間違いなく、奴には復讐を先延ばしにする理由があったのだ。正しくは、奴に復讐を先延ばしにさせる人物、がいたのだ。

「本当に、心当たりはないんでしょうか」

沖島の顔にさっと動揺の色が広がる。恐らく、私の推測は間違っていない。

「三十年前の事件に関して、まだもう一つ……謎が残っています」

「何だよ?」

「歳内さんのことです」

沖島の顔が苦悶の表情に歪む。沖島の先輩にして、三十年前の犬屋敷邸殺人事件を最後に姿を消した刑事、歳内正人。三十年前の事件とコレクターをつなぐ最後の鍵が彼であることは、沖島も薄々勘づいていたのだろう。何も口を開こうとしない彼に、私は最後の一押しを加えた。

「歳内さんは手帳の最後を『自らの正義に従って単独行動を取り、犯人に会いに行く』と締めくくっています。これは恐らく、奴を捕まえに行くという意味ではない。歳内さんはきっと……奴を助けようとしたのではないですか」

そこまで言うと、沖島は観念したような表情になってため息をついた。

「俺にも詳しくは分からねぇ。でも、そんな気がしてるよ。あの人はずっと奴の更生を考えてた」

沖島は寂しげに遠くを見つめて言った。犬屋敷邸の事件が警察の手によって闇に葬られれば、奴が捕まることも、更生の機会を得ることもない。そんな状況下で歳内が下した結論は、警察ではなく自分の正義に従って行動し奴に近づくこと。きっとこのまま奴を野に放ってさらなる復讐を続けさせるのではなく、どうにか復讐心を抑えて穏やかな生活を送れるように支援しようとしたのではないだろうか。

「歳内さんはきっと、復讐の手助けをすると言って奴に近づきつつ、心の奥では何とか奴がこれ以上凶行に及ばないような道を模索していた。その結果が、この平穏な三十年だった」

私の言葉にじっと耳を傾けていた沖島が、やがてゆっくりと口を開いた。

「その可能性は高えだろうな、正直」

「しかし、何らかの理由で奴の復讐心は歳内さんにも止め切れないほどに膨れ上がり、三十年の時を経た今になって再開された」

「ああ。それが、コレクターの正体だ」

沖島は険しい表情のまま続けた。

「奴が人殺しであることは間違いねぇ。歳内さんが今何を思っていようとも、それを支援してるんだとしたらそれは、やっぱり犯罪者だ。でも、じゃあ、一体どうしたら良かったんだ、奴らは」

沖島は答えがないと分かっている問いを自らに課すようにつぶやいた。苦悩する彼の様子を目にしながら、その問いにうまく答えられない自分がいる。三十年前に奴に与えられた、想像を絶するほどに深い傷。奴の復讐心は痛いほど理解できる。

でも、それでも、たとえ綺麗事だとしても、暴力に暴力で報いる世の中に未来はない。決して誇れる話ではないが、ヤクザ時代に仇討ちを起こして懲役を受けた自分は暴力の無意味さを身をもって知っている。だから、何としても奴を止めなくてはいけないのだ。

「なあ、奴はこの後どうすると思う」

沖島はぽつりと口を開いた。たしかに三十年前の関係者すべての殺害は終了し、奴にとっての復讐はすでに遂げられているように思える。奴は今何を思い、どこへ行こうとしているのか……。

「正直、皆目見当もつきません。沖島さんは何か心当たりが?」

「いや……ただな、さっき署内で見かけたあいつは、もはや自暴自棄になってるようにも見えた」

「それはつまり……」

「どんなことをしてもおかしくねぇ。もう多分麻痺しちまってる。他人の命も……自分の命も」

険しい形相で語る沖島に対して、何と返すべきか分からなかった。彼がここまで言うのだから、その見立てはきっと間違いないのだろう。この先一体奴は何をしようとしているのか……私が思考の海へと入ろうとしていたまさにそのとき、ポケットの携帯電話に着信が入った。

携帯を取り出して画面を見ると、発信元は紅羽だった。一体何事だろうか。少し嫌な予感がしつつも、「紅羽さんからです」と沖島に軽く断りを入れ、ボタンを押して通話に出た。

「探偵さん……ですよね」

予感は的中した。電話口から聞こえてきたのは、紅羽の声でなく、少ししわがれた高齢の男性の声だった。

「どなたでしょう……」

私の緊張感を察したのか、沖島が表情を強張らせてこちらを見つめている。電話口の相手はしばらく黙っていたが、やがてゆっくり息を吐いた。

「きっともう、分かってるんでしょう?」

電話の主はそれしか言わなかった。何となく、男の正体が分かった気がした。しかし今大事なのは何よりも紅羽の安否だ。相手を刺激しないように、私はなるべく穏やかに尋ねた。

「これは紅羽さんの携帯ですよね。彼女は今どこに?」

「彼女の身柄は私が預かってます。無事に会いたいなら、私の指示に従った方が良いかと」

想像し得る最悪の状況だった。紅羽は連れ去られ、たった今もこの男に拉致されている。詳しく尋ねようとするのを察したかのように、電話先の男は早口でまくし立てた。

「今からメールする場所に一人で来てください。仲良しの刑事さんを含めて誰かに知らせたら、彼女の命は……分かりますよね」

電話口の男はそれだけ言うと、一方的に電話を切った。呆然としている私を不安げに見つめる沖島が、ゆっくりと口を開いた。

「何があった……」

「紅羽さんが誘拐されました。恐らく……歳内さんに」

沖島が苦悶の表情を浮かべた。状況から考えて、紅羽を誘拐して私を呼び出すなどという犯行に及ぶ可能性があるのは奴らしかいない。電話口の声は明らかに年齢を重ねた人間のものだった。つまり、今電話をかけてきた男は歳内でほぼ間違いないだろう。

歳内が今も奴と行動をともにしているのかは分からないが、とにかく今は、歳内の指示に従う他ない。一人で指定された場所に来るように言われたことなど、電話の内容を沖島に手短に伝えた。

「なるほどな……」

「携帯にはたしかにメールが入ってました。今から急いでそこに向かおうと思ってます」

私はそう言いながら、メールの内容を沖島に伝えるべきか迷っていた。彼の協力を得ることができればとても心強い。しかしもし万が一にも、歳内たちが何らかの手段で我々を見張っていたとしたら、約束を破ったとして紅羽の命が脅かされかねない。私の迷いを読み取ったのか、沖島は力強く言った。

「分かった。紅羽さんの安全のためにも、俺は何も聞かねえ。早く行け。通信を含めてどこでどう見張ってるかも分からねえし、メールの内容を今聞いたところで途中でさらに追加の指示をして行き先を変更させることだって考えられる。何せ相手は、あの名刑事だからな」

最後の一言を言うときにだけ、沖島の声にほんの少しの苦しみの色が混じっているように感じた。

私がしっかりと頷くと、彼は小さな紙を取り出した。

「これが、奴の情報だ。持ってけ」

沖島が差し出した紙は、一枚の顔写真だった。写真の裏を確認すると、名前と軽いプロフィールが書かれている。これが三十年前の事件の犯人、すなわちコレクターの正体なのだろう。私はそれを丁寧に受け取ると、沖島に頭を下げた。

「ありがとうございます、沖島さん」

「いいから早く行け。いいか。お前は、紅羽さんと自分の安全のことだけを考えろ。俺は俺で、紅羽さんの携帯の履歴や監視カメラをたどって奴を追う。奴を捕まえるのは、俺の仕事だ。三十年前に取り逃しちまった責任を取る」

真剣な表情で宣言する沖島の様子を見ていると、少し勇気が湧いてくるような感覚があった。私は沖島に一言「はい」とだけ応えると、資料室を出て駐車場に止めてある愛車の方へと向かった。数々の悲しみと怒りを孕み、三十年続いたこの忌まわしき事件に決着をつけるために……。

終章

焦る気持ちから先へと素早くページをめくり、最後まで読み終えた紅羽は、ゆっくりと手帳の茶色い裏表紙を閉じた。この三日間の出来事が克明に記された分厚い手帳はずっしりと重く、自らが巻き込まれた事件の奥深さを改めて彼女に感じさせる。

まもなく日付を越えようかとしている二〇一九年三月二十六日の深夜。東京と埼玉の県境にある寂れた廃倉庫に、彼女は一人閉じ込められていた。紅羽は気を抜いたらあきらめてしまいそうな自分を奮い立たせて、手帳に挟まれていたもう一枚の紙に目を向ける。それは、探偵から彼女へのメッセージだった（次ページ参照）。

紅羽はメッセージを見ながら必死に頭を回転させていた。これは、最後の希望だ。彼女にとっても、探偵にとっても。メッセージを見つめて必死に考えを巡らせる彼女の目の端に、床に溜まった赤黒い血が映る。これは、あの探偵のものだ。先ほど彼は紅羽を助けるためにこの廃倉庫に駆けつけたが、最終的には奴に連れ去られてしまった。彼の命の灯は、いつ消えてもおかしくない。

探偵の命を助けるためにも、紅羽は絶対にこのメッセージを読み解かなければならないと思っていた。どれほど時間が経っただろうか。実際には恐らく数分ほど、彼女にとっては永遠のように長い時間を経て、紅羽はこのメッセージが示す隠れ家の場所を導き出した。

倉庫に一人閉じ込められている彼女にとって、この答えは今即座に役に立つものではない。しかし誰かがこの倉庫に助けに来てさえくれれば、すぐに探偵の救助に向かうことができる。そしてきっと、もうすぐ沖島がこの倉庫に助けに来てくれるはずだ。探偵が「沖島を連れて」とはっきり書いている。

馴染みの情報屋を頼って、奴の隠れ家の情報をつかみました。もし万が一にも私の身に何かあったら、沖島さんを連れてそこに向かってください。

隠れ家の場所は、私が手帳に書き留めた江津さん以外のすべての依頼人の名前をひらがなにして、ちょうど二文字ある文字を五十音順に並べれば分かるはずです。

紅羽さん、どうかご無事で。

沖島がこの場所に来られるように、彼はきっと何か話し合ってあるはずだ。

あとは沖島が救助に来るのを待つしかない。そう思いはじめた彼女の脳裏に、突然一つの違和感が生じた。ぼんやりとしていて正体は分からないが、それは、大切な何かを見逃しているような感覚だった。彼女は必死にその正体を探ろうと思考の手を伸ばすが、届きそうでどこか届かない。

この感覚は一体何なのか。紅羽はその正体を探るために、彼女が中華料理屋で探偵と別れてから今に至るまでの出来事を、探偵とコレクターのあの悪夢のような直接対決の時間を、回想した……。


中華料理屋で探偵と別れた後、私は自宅に戻ろうと店を出た。店の前の大通りを見回してどこかでタクシーを捕まえようとすると、ふと幸運にも目の前に一台の車両が停車して客を待っているのが目に入った。今思えばこのタクシーがすでに奴らの罠だったのだろう。

運転手に声をかけるためにその車の窓ガラスを軽く叩いた瞬間、私の視界が真っ暗になった。何者かに湿ったハンカチのようなもので顔を覆われたのだ。きっと睡眠薬か何かが染み込んでいたのだろう。ハンカチを押し当てられると、私の意識はすぐに遠のいていった……。

目を覚まして最初に感じたのは、自分の頬がひんやりと冷たく刺されるような感覚だった。ゆっくりと目を開くと、そのひんやりしたものの正体が薄汚れた床であることが分かる。辺りを見回すと、サビの目立つ天井が異様に高い位置に見え、床に乱雑に捨て置かれた工場機材のようなガラクタが目線の高さに見える。どうやら私はこの廃倉庫と思しき薄暗い室内で、床の上に乱暴に

寝かされているようだ。

拉致されてからどれほど時間が経ったのか分からないが、廃倉庫の天井にほど近い位置にある窓に目をやると、中華料理屋を出たときにはまだ夕日に染まっていた空がすっかり真っ暗になっているのが見える。恐らく数時間以上経過しているのだろう。

何とか体を動かして起き上がろうとしたが、体が痺れてうまく動けない。体だけではなく頭もどこかぼんやりとして、まるで自分のものではないような感覚だ。恐らく中華料理屋で拉致されてからここに連れて来られるまでの間に、筋弛緩剤のような何らかの薬物を投与されたに違いない。私がそうやってうつろな頭で状況を整理していると、少ししわがれた低い声が倉庫内に響いた。

「お目覚めですか」

声のする方に目を向けると、数メートルほど離れた倉庫の壁面に寄りかかる男性の姿が見えた。倉庫内は薄暗く、私の横たわる場所からでは表情が読み取りづらかったが、声の感じからすると歳の頃は恐らく七十代近くだと思われた。

「誰、あんた」

何とか声を絞り出して尋ねると、男はじっとこちらを見つめながらゆっくりと口を開く。

「まあ、どうせすぐ分かるでしょうから。歳内正人。コレクターの協力者です」

男はそれだけ言うと、これ以上話すことはないとばかりに口をつぐんだ。慇懃無礼な様子で、口調こそ敬語だが、決してこちらに敬意を払う気がないことがひしひしと感じられる。恐らくこの歳内と名乗る男が、私を中華料理屋の前で拉致してこの倉庫まで連れて来た犯人なのだろう。歳内から何か情報を引き出すために口を開きかけた瞬間、倉庫の外から車のスキール音のような音が聞こえてきた。バタンという音の後、ざくざくと砂利を踏み締める音が響く。どうやら誰かが車から降りて、この倉庫に歩いてきているようだ。

「来ましたか」

歳内が遠くを見つめながらそうつぶやくのとほぼ同時に、倉庫の扉がガラガラと音を立てて開いた。扉の外から月明かりが入ってきて、倉庫の中がぼんやりと照らされる。目を凝らして扉の方を見ると、扉を開けて倉庫に入ってくる人影が見えた。

「紅羽さん！」

人影の主は、今日一日行動をともにしてきたあの探偵だった。恐らく彼の位置からは影になっていて、歳内の存在には気づいていないのだろう。探偵は扉の入り口の近くから大きな声で叫ぶと、ゆっくりと倉庫の中へと歩みを進めた。私は何とか返事をしようとしたが、薬のせいで上手く大声を上げることができず、小さなうめき声を出すのが精一杯だった。

「彼女ならそこにいますよ」

歳内が声を張ってそう言うと、探偵はぴくりと反応し、彼の存在に気づいた。探偵は歳内と私の姿を確認しながら、ゆっくりとこちらへ近づいてくる。

「あまり近づき過ぎないでください」

歳内の言葉に、探偵は私の顔がしっかりと見える位置まで近寄ると、やがて足を止めた。

「歳内さん……ですよね」

「ええ、初めまして。やはり分かっていましたか。さすが、名探偵さんですね」

探偵は歳内の意図を探っているのだろう。彼の表情を窺いつつ、慎重に話を続けた。

「紅羽さんは……」

「無事ですよ。今は薬を飲ませて逃げられないようにしていますが」

探偵は私の方を見ると、大丈夫だとでも言いたげにゆっくりと頷いた。痺れる身体を何とか動かして、軽く頷きを返す。

「それで……一体、私にどうしろと」

「そう急がないでくださいよ、探偵さん。私はゆっくり話がしたいだけです」

口調こそ丁寧だが、探偵と歳内の間には強い緊張感が走っていた。

「話……それはコレクターの、いや『ポチ』の話、ということでしょうか」

「もうすべてお見通し、というわけですか」

探偵が一体何を話しているのか、私には上手く理解できなかった。コレクターの話だというのは分かるが『ポチ』とは一体何のことなのだろうか。とはいえ、今できることは二人の会話を聞くことしかない。私は彼らの言葉に必死に耳を傾けた。

「もちろん、いくつか分からないことはあります」

「例えば？」

「歳内さん、あなたは一体何を思って、警察を辞めてまで奴に協力したんですか」

探偵がそう問いかけると、歳内は皮肉めいた笑みを浮かべた。

「何を思って……ですか。うん、何にも考えてなかったんじゃないかな」

「ごまかさないでください。あなたの中には、確固たる信念があったはずです。少なくとも三十年前のあなたは『自らの正義に従う』と手帳に書いていた」

歳内は、三十年前という言葉にぴくりと反応すると、肩をすくめた。

「おっしゃる通り、アイツとはもう三十年来の付き合いだ。あったとしても、もう忘れましたよ」

歳内はそう言うと、この件に関してもう語ることはないとばかりに口を閉ざした。探偵はそんな彼を見ながら、少し語気を強めて話を続ける。

「では私が代わりにお話ししましょう。三十年前、あなたはすべてを闇に葬ろうとする警察に絶望した。そして協力者という形で奴に接触した。すべては、奴の復讐の炎を消し、更生の道を探るため。そうしてあなたは三十年間、奴を見守り続けた。違いますか？」

探偵の問いかけの後、しばらくの間倉庫には静寂が訪れた。私にはいまだ全貌がつかめないが、探偵の言葉の端々からコレクターの動機が何らかの復讐であること、この歳内という男はコレクターの協力者だということなどは少しずつ分かってきた。倉庫内の沈黙はしばらく続いていたが、やがて歳内は自らをじっと見つめる探偵の姿に根負けしたかのようにゆっくりと口を開いた。

「はあ……昔話は嫌いなんですけどね」

歳内は大きく息を吐いてから話しはじめた。

「探偵さんの言うことは、おおかた間違っていません。アイツを助けよう、自分なら助けられる。三十年前の私は、愚かにもそう思っていました。そして、アイツに近づいた」

歳内は過去を一つ一つ思い返すように言葉を紡ぐ。

「私が助けたいと近づいても、アイツは聞く耳を持ちませんでした。それまでひどい生活を強いられてきたんだから、私を怪しむのも無理のないこと。とはいえ、当時のアイツは住む場所も金も全くと言っていいほどなかった。背に腹は代えられないとばかりに、徐々に私を頼るようになっていきました」

そこまで言うと、ふと歳内は少し悪戯っぽい顔をして言った。

「クイズしませんか？」

「え？」

探偵が戸惑いの表情を浮かべていると、歳内はそれを面白がるように言葉を続けた。

「三十年前のアイツの状況はひどいものだったが……一つだけ幸運なことがあった。分かりますか？」

探偵はしばらく考えていたが、やがてゆっくりと口を開いた。

「戸籍……でしょうか」

探偵がそう答えると、歳内は大げさに手を叩いた。

「さすが、大正解です。そう、アイツには戸籍があった。犬屋敷が卑劣な嘘を使いこなしてアイツを引き取ったせいであんなにひどいことになっていましたが、そもそも親が死んだ後にアイツが入った養護施設は、決して悪いところではなかったんですよ」

相変わらず大筋だけで細かい部分の意味は理解できていなかった私にも、戸籍の話はすんなりと納得することができた。現在の日本においては、出生届などの不備で無戸籍状態にある場合、教育や医療などさまざまな公的サービスを受けることすらままならないことがある。生活を立て直すために、戸籍があるだけでもかなりの助けになったということなのだろう。

「怪我を治して、学校に行って、人と触れ合って。出会ったときは奴らに対する復讐心しかなくて、暴力性の塊みたいだったアイツは少しずつ人間生活を取り戻していきました。ゆっくりゆっくりだけど、アイツの冷たい目にだんだんと温もりが灯っていくのがうれしかった」

そう言いながら昔を懐かしむ歳内の顔には、たしかな優しさが滲んでいるように見えた。

「貯金はありましたが、私は警察を辞めて無職の身。二人分の生活費を稼ぐためには、警察時代のコネを生かして探偵の真似事をしたり、情報を売買したりと、裏社会の仕事をすることもありました。もちろんアイツに言えないような悪事には手を染めてない。あくまで自分の正義は守っているつもりでした」

とうとうと語る歳内の言葉を、探偵はじっくり噛み締めるように聞いていた。彼はそんな探偵の表情を確認するように見つめながら、話を続ける。

「私はそうやって資金面を支援し、ゆっくりと信頼関係を築きながら、アイツを説得しました。お前にとって最大の復讐は、奴らを殺すことじゃない。奴らなんかに負けないほどお前が立派に育つことだ、ってね。アイツは私の言葉を聞き入れて、まともな道を進んでいった。教員免許も取って、立派に教師にまでなった。私の助けなんてもういらない、アイツの復讐心は消えた。私は本気でそう思ってましたよ」

先ほどまで微笑んでいた歳内の表情が一転して悲しげになるのが、私の目にも明らかに分かった。探偵の方を見ると、彼も歳内につられるかのように、少し悲しげな歯がゆい表情を浮かべている。

「一体なぜ、奴は復讐を再開したんですか？」

「正直、正確な理由は分かりません。ただきっと……アイツの復讐の炎は、どれだけ時間が経っても消えてなかった。それに尽きると私は思っています」

歳内は小さくため息をつくと、話を続けた。

「アイツはね、偶然見てしまったんですよ」

歳内のその言葉に探偵は何かぴんと来るものがあったのか、次の言葉を先回りするように口を開いた。

「まさか……羽田淳子のあの週刊誌……」

「ええ、その通りです。今の姓は羽田ですが、当時の名前で言うと、猪狩淳子。あの腐った女社長がパワハラをすっぱ抜かれたその週刊誌を、たまたまアイツは見てしまった」

悲しげに話す歳内を見つめる探偵もまた、つらそうな表情だった。

「記事を見た後のことは覚えてないとアイツは言いました。『冷静になったときには、あの女の死体が目の前にあった』ってね。記事を見て理性を失って、衝動的に殺したんですよ。パニックになったアイツは、すぐに私に連絡を寄越しました。私は事件現場に行って……証拠隠滅を手伝った」

歳内はまだ言葉を続けようとしていたが、それを遮るように探偵が口を開いた。

「どうして……どうして復讐を手伝ったんですか！」

探偵は強い言葉で歳内に問いかけた。探偵の表情は私がこの二日間で見た中で最も悲痛で、苦しそうだった。歳内は探偵の言葉を受けてしばらく黙っていたが、やがてゆっくりと口を開いた。

「どうしてでしょうね……私の頭の中には、アイツを警察に突き出すなんていう選択肢は一度も浮かびませんでした。勝手な話ですけどね、私にとってアイツはもう、家族だったんです。アイツのことは、本当の子供のように思ってました」

そう話す歳内の顔には、たしかに父親としての表情が浮かんでいるように見えた。昨日コレクターに自分の父親を殺された私にとっては複雑でしかないが、歳内がコレクターを思う気持ちに嘘はないのだろう。私の複雑な感情を汲み取ったのか、探偵は一瞬こちらにちらりと視線を向けたが、すぐに視線を歳内の方に戻して話を続けた。

「でも……だとしても、二件目以降を止めることはできたはずです」

そう歳内に言い放つ探偵は、なおも強い口調だった。

「私だってそのつもりでしたよ。でもね、アイツは言うんです。これは自分の復讐じゃない、って」

「どういうことですか？」

「一件目の後、アイツは三十年前の関係者残り三人の現在を調べてほしいと私に言いました。アイツはまた復讐を再開しようとしている。そう思って私が断ったら……アイツは言ったんですよ。『奴らが今も権力の影に隠れて悪事に手を染めているなら、放っておけば自分と同じように奴らに痛めつけられる人がこれからもどんどん増えていく。それでも、奴らを生かしておけますか』ってね」

歳内はそこまで言うと、大きく息を吐いた。

「私にはアイツに反論することができなかった。それに、一件目の事件の後に教師を辞めて、少しずつ冷静さを失っていくアイツを放ってはおけなかった。私はアイツの言う通り三人を調べました。そうしたら、案の定と言うべきか、全員がいまだ悪事を行っていました」

「それを告発するという方法だって……」

探偵が口を挟もうとするのを拒否するかのように、歳内は無理矢理話を続ける。

「警察が奴らの悪事を握りつぶすのは明白だった。実際リークしたって警察は動きませんでしたしね」

「まさか……二件目以降は……」

「ええ、私が毎回悪事をリークしていました。もしそれで警察が動いたら、殺さない。アイツとはそういう約束をしてました。その結果は……ご覧の通りです」

探偵は、歳内のその言葉に納得がいかないとばかりに声を上げげた。

「しかし、江津さんは……」

私がついに父親の名前が出てきたことに驚くのも束の間、歳内は探偵の言わんとすることを察して突如笑い声を上げた。

「はっ……江津……奴の記事はね、出してさえもらえなかったですよ」

「まさか……」

「ええ、奴の記事は出そうとして直前で差し止めになった。一番闇が深かったのは奴かもしれません」

歳内の言葉を聞いた私の心の中は、信じられない思いでいっぱいだった。自分には優しかった父親が、悪事に手を染めていたという事実を簡単に受け入れることはできなかったのだ。そんな私のざわめき戸惑う心をよそに、探偵と歳内の二人は話を続ける。

「アイツが三十年前と同じ手口で殺して、私が元刑事の経験を生かして証拠を隠滅する。絶対に足はつかないと思っていました。警察はどうせ三十年前の件を隠すためにろくに動かないでしょうしね。実際その読みは当たりました。いくつかの例外を除いては……ね」

歳内は意味ありげに探偵の方を見つめた。

「沖島さん、そして私がその例外……というわけですね」

「ええ。我々のほぼ唯一のミスは、VINEツインタワービルに残したあのメモでした。あれから亜美高校の放火につながって、アイツは沖島に見つかった。あれさえなければ、あなたとこうやって対面することもなかったでしょう」

歳内はそこまで言うと、ずっと寄りかかっていた倉庫の壁際を離れて、探偵の方へとゆっくりと近づいていった。彼は右足を怪我しているのか、少し引きずるような歩き方をしているように私には見えた。

「とはいえ今はね……あなた方に見つかって良かったと思ってるんですよ。私は心の奥底でずっと後悔してるんです。アイツに殺人を再開させてしまったことを。だから……だから……」

ゆっくりと歩いていた歳内は、探偵まで残り数メートルというところで突然泣き崩れた。私も探偵も、二人共がそんな彼の姿に目を奪われ、視線を集中させていたその瞬間、倉庫の中に一発の乾いた銃声が響いた。

「きゃあああ」

「うっ……」

私が叫び声を上げるのと、探偵が崩れ落ちるのはほぼ同時だった。膝から崩れ落ちた探偵の体に、どくどくと赤黒い血が溢れはじめるのが見える。探偵の背後から放たれた弾丸は、彼の左足を綺麗に貫いていた。

「やっと会えましたね、探偵さん」

探偵の背後、倉庫の入口の方から男の声が聞こえた。私の場所からはよく見えなかったが、男は入口近くで何かを投げ捨てるような仕草をすると、ゆっくりコツコツと足音を立ててこちらに向かってくる。次第に、こちらに拳銃を向けた一人の男のシルエットがはっきりとしてきた。黒いコートを着た義眼の男。誰にも何も言われなくても、あの人物こそがコレクターなのだと理解できた。

「お前……」

探偵はうずくまって左足を押さえながらコレクターの方へと目を向け、苦しそうに声を上げた。先ほどの歳内の涙は、探偵の意識を逸らすおとりだったのだろう。歳内は何でもなかったかのように立ち上がると、コレクターの近くへとゆっくりと歩み寄りながら口を開いた。

「あなたたちを始末すれば、私たちの秘密は守られます。だから、死んでもらいます」

探偵が痛みを堪えながら、必死の形相で声を上げた。

「紅羽さんはあなた方のことを詳しく知らない……始末するのは私だけでいいはずだ……！」

コレクターは探偵に拳銃をしっかりと突きつけたまま私にちらりと目をやると、すぐに苦しげな探偵の方へと視線を戻した。コレクターと目が合った一瞬の間、私は彼の冷たい表情をじっと見つめたが、彼が一体何を思っているのか読み取ることはできなかった。

「いいですよ。彼女はここに閉じ込めます。探偵さんは、我々と一緒に」

「いやお前、そんな危険なこと……」

本来の計画とは違ったのか、コレクターの言葉に歳内は不安げな表情を浮かべた。コレクターの指示通りなら、私はここに置いていかれることになる。歳内はしばらくコレクターの方をじっと見つめていたが、やがて不承不承という様子でつぶやいた。

「分かったよ。お前の言う通りにする」

「ありがとうございます」

不意に、二人のやりとりを聞きながらコレクターの突きつけた銃口をじっと見つめていた探偵が声を上げた。

「なあ、もうやめよう。人は変われる。まだ間に合う」

ずっと無表情だったコレクターの顔に、悲しげな笑みが浮かぶ。

「人は変われる……それは、醜悪な大富豪にその身を買われた私に対する皮肉ですか？」

「そんなわけないだろ！」

探偵とコレクター、二人の会話が徐々に熱を帯びていくのが私にも分かった。

「もう遅いんですよ。かつてポチという名の獣だった私は、今やコレクターという名の大量殺人鬼だ」

「違う！　お前はポチでも、コレクターでもない。お前は……」

探偵はゆっくり、力強く言った。

「お前は、谷典正という、一人のかけがえのない人間だよ」

私には、コレクターの表情に若干の揺らぎが生じたように見えた。しかしそれはほんの一瞬で、コレクターはまた今まで通りの冷たい無表情に戻ってつぶやいた。

「いくら見た目がそっくりでも、あなたと私は違うんですよ」

そう言うとコレクターは、右手だけで構えていた拳銃に、手袋をしていても小指がないとはっきり分かる左手を添え、探偵にしっかりと照準を合わせた。

「やめて……！」

私が声を振り絞ったのも虚しく、倉庫内に再び乾いた銃声と、探偵のうめき声が響いた。コレクターが再び探偵に向かって発砲したのだ。コレクターの銃弾は、探偵の上半身を綺麗に撃ち抜いていた。床に転がった探偵の首元に刻まれた桜吹雪を、彼の血液が赤黒く染め上げていく。

「そろそろ行きましょう」

コレクターは歳内にそう声をかけると、意識が朦朧としている様子の探偵の方へとゆっくり近づいた。彼をどこかに連れ去ろうとしているのだろう。

「やめろ……」

探偵は失いつつある意識の中で、目の前でしゃがみ込むコレクターに向かって、最後の力を振り絞って必死に左腕を伸ばしていた。五本の指を血で染めた探偵の左手が、コレクターの首元をつかみ、その綺麗な白い肌を赤く色付ける。

「さようなら、探偵さん。いや、本間誠《ほんままこと》さん」

コレクターがそうつぶやくのと、探偵が意識を失うのとはほぼ同時だった。意識を失うその数瞬前、探偵とコレクターは近距離でお互いを見つめ合っていた。ともに左目が義眼の二人。その姿が似ていこそすれ、全く異なる人生を歩んできた彼らの四つの瞳は、三十年を超える因果と悲しみのすべてをたたえて、その瞬間、交錯した。

その後コレクターは意識を失った探偵を担ぎ上げると、歳内とともに倉庫を出て鍵をかけ、まだ薬で動けない私を閉じ込めて去っていった。私を倉庫に残していくという計画にやはりまだ納得がいっていないのか、歳内は倉庫を出る際もずっと何かを言いたげに私とコレクターにちらちらと目をやっていたが、当のコレクターは私の方に一瞥もくれず何も気にかけていない様子で、ただゆっくりと倉庫を出ていった。

それからしばらくして薬の効果が徐々に弱まるとともに、絶望していた私は自らを奮い立たせ、例の茶色い手帳を見つけた。そして手帳を読むうちに、探偵と歳内の会話だけでは分からなかったコレクターの真実、父親の闇を知り、今自分が置かれている状況のすべてを理解したのだった。

冷たい空気を纏った廃倉庫の真ん中で一人回想にふける紅羽の頭を現実に引き戻したのは、倉庫の扉を力強くノックする音だった。

「おい！　誰かいるか‼」

ガンガンと扉をノックしながら叫ぶ声の主は沖島だった。紅羽は自分が中にいることを伝えようと必死に声を上げる。

「紅羽さん……！　今行く！」

沖島はやがて乱暴に倉庫の扉をこじ開けると、紅羽の元へと駆け寄ってきた。

「大丈夫か⁉」

「私は大丈夫です。それよりも、探偵さんが……」

紅羽は今の状況を手短に沖島に説明した。探偵はコレクターに撃たれたが、まだ命までは奪われていない。時間が経てば出血多量で死に至るが、今すぐ向かえばまだ間に合う可能性が高い。

「それで……一体どこに向かえばいいんだ」

沖島の問いかけに、紅羽は改めて探偵のメッセージを開いた。探偵はここに書かれている「奴の隠れ家」に連れて行かれたとみて恐らく間違いないだろう。つまり、このメッセージさえ正しく読み解ければ、探偵の命は助かる。

「このメッセージを読み解いて出てくる場所です。その場所は……」

先ほど導き出した答えを口にした瞬間、紅羽は頭の中にずっと残っていた違和感の正体に気づいた。

「いや……違う……？」

「ど、どうしたんだよ⁉」

再び手帳を開き、必死にその描写を確認する。

「すみません、ちょっと待ってください……これは、やっぱり……」

紅羽は探偵と過ごしたこれまでの時間を思い出しながら、考えて、考えて、考え抜いた。そして、この茶色い手帳に隠された秘密に気づいた。

「分かりました、向かうべき場所は、ここです」

紅羽はその場所の名前を力強く口にすると、沖島とともに移動を始めた……。

Q――探偵のメッセージが指し示す場所（紅羽が向かうべきコレクターの隠れ家）はどこ？

※真実への手がかりは次ページへ。
（重大な手がかりなのでどうしても分からないときに見ること）

紅羽が拾った茶色い手帳

※ここから先は解決編になりますのでご注意ください。

「なあ、本当にいいんだよな」

目的地に向かう車中、沖島は不安げな表情で紅羽に問いかけた。

「正しいはずよ……」

「でもあんた、最初はアオシバビルだって言ってたよな……」

「ええ、でもあれは多分、コレクターの罠よ」

紅羽は変わらず自信ありげな口調で言ったが、その内心は不安でいっぱいだった。倉庫に落ちていた茶色い手帳に挟まっていた文章をすべて読むと、出てくる依頼人は全部で六人。これら六人の名前を使って、探偵のメッセージの指示通りに文字を拾うと、現れた言葉は「アオシバビル」だった。しかし、今紅羽と沖島が向かっている場所はそこではない（次ページ参照）。

最初に手帳を読み終わった時点で紅羽はこの「アオシバビル」こそが隠れ家の場所で間違いないと考えていた。しかし同時に、彼女の中にはどこか拭い切れない違和感があった。その違和感こそが、廃倉庫での出来事を回想し、考えに考え抜いた結果たどり着いた真実への鍵だったのだ。

違和感の正体。それは探偵の名前だ。最初に会ったときに名前を聞いて以来ずっと「探偵さん」と

依頼人一覧

ミステリアスレター	木根千鶴	きねちづる
社長令嬢と悩める少年	天音弘也	あまねひろや
クイズショウ	マックス	まっくす
学園に忍び寄る魔の手	阿比留岸雄	あびるきしお
ゴートゥヘブン	馬場旅人	ばばたびと
犬屋敷邸殺人事件	沖島米治	おきしまよねじ

答え：アオシバビル

呼んできて彼の名前に決して馴染みがあるわけではなかった紅羽も、探偵とコレクターが対峙した際にお互いに名前を呼び合ったときのことは鮮明に覚えていた。探偵の名前は「本間誠」だ。

探偵の名前が「本間誠」だと意識して読むと、茶色い手帳の大きな矛盾点に気づくことは決して難しくない。「私」の名前が明らかにおかしいのだ。「ミステリアスレター」の章において語り手の「私」は自らを「谷典正」と名乗り、さらに「クイズショウ」の章では「谷」と名前を呼ばれ、「ゴートゥヘブン」の章では「谷典正」と署名を書いている。この「谷典正」という名前。これは決して探偵のものではない。それどころか、この「谷典正」こそ、探偵がずっと追い続けてきたコレクターの名前だ。

「ミステリアスレター」「クイズショウ」「ゴートゥヘブン」の三つの章において、「私＝探偵（本間誠）」だとすると名前の矛盾が生じる一方で、「招かれざる依頼人」「社長令嬢と悩める少年」「学園に忍び寄る魔の手」「犬屋敷邸殺人事件」の章においては「私＝探偵（本間誠）」という従来の考えに矛盾は生じない。これら四つの章において「私」は一度も「谷典正」と名乗っていないからだ。

また、先の三つの章は「私」が単独行動を行う時間だったのと対照的に、この四つの章の内容のほとんどは、紅羽が探偵と共に時間を過ごしていた間の出来事の記録だ。紅羽の知っている探偵、すなわち本間誠が書いたものであるということは何の疑いもないだろう。

これらの事実から導き出される真実はただ一つ。茶色い手帳の内容は一人の「私」によって書かれたものではなく、「私＝コレクター（谷典正）」と「私＝探偵（本間誠）」という二人の「私」によって書かれたものであり、その二つは茶色い手帳の中で交互に並んで記されているのだ。

紅羽はそこまで考えると、自分の導き出した真実を確信へと変えるために、沖島にいくつか質問をしてみることにした。

「ねえ沖島さん、探偵さんが手袋してる理由、知ってる？」

「はぁ？　何で今そんなこと」

運転中の沖島は不思議そうに顔をゆがめた。

「いいから、教えて」

「わあったよ。昔のことで俺も詳しくは覚えてねぇがな、あいつはヤクザだった頃、組同士の抗争から発展した火事に巻き込まれたことがあるんだよ」

「ってことは……」

「ああ、そんときに手に火傷を負って、それを隠すために手袋してんだよ」

紅羽の中で自分の考えが間違っていないという自信が少しずつ芽生えはじめる。

「つまり……探偵さんは左手の小指を詰めていて、それを隠してるわけじゃない……ってことよね」

「いや、まあそうだけど。そんなもんあんただって見て分かってんだろ。一体何の話だよ」

先の見えない話に少し苛立ちを滲ませる沖島を横目に、紅羽は再び思考の世界へと入り込んでいた。

探偵、すなわち本間誠は左手五本の指をすべて持っていて、左手の小指を詰めてはいない。この二日間彼と一緒に過ごしてきた紅羽にとってそれは確固たる事実であり、コレクターと探偵の最後の対決を回想した際も「五本の指を血で染めた探偵の左手」を見たことをしっかりと覚えている。

探偵が左手の小指を詰めていないという事実は、茶色い手帳の書き手の「私」は、探偵とコレクターの二人が混在したものであると示すもう一つの大きな手がかりである。

日記の表記をつぶさに見ていくと、「招かれざる依頼人」「社長令嬢と悩める少年」「学園に忍び寄る魔の手」「犬屋敷邸殺人事件」の四つの章においては、「私」は手袋をしているだけで、左手の小指がないという描写は存在しない。つまり先ほど名前から導かれた通り、これら四章において「私＝探偵（本間誠）」なのは間違いない。左目の義眼や首元の桜吹雪など明らかにヤクザと見紛われる彼の容姿がゆえに、彼と会った人物がつい手袋をした手に好奇心の視線を向けてしまうことはあれど、はっきりと左手の小指がないという描写はいくら探しても、一つも見当たらないのだ。

一方「ミステリアスレター」「クイズショウ」「ゴートゥヘブン」の三つの章では、「私」は手袋をしており、さらに随所ではっきりと「左手の小指がない」と書かれている。つまり「ミステリアスレター」「クイズショウ」「ゴートゥヘブン」に書かれている「私」は明らかに探偵（本間誠）ではない。

ここで注目するべきなのは、紅羽が探偵とコレクターの対峙の際にはっきりと目撃しているように、コレクターはポチと呼ばれていた時代の怪我で左手の小指を失っているという事実だ。名前の件だけであれば何らかの理由で探偵が偽名を名乗っていたということも考えられるが、一人の人間が短期間のうちに何度も小指を付け外しすることは決して現実的ではない。よって、先ほど名前の矛盾から導き出された、この三つの章における「私」は谷典正、すなわちコレクターであるという考えはほぼ間違いないと言っていいだろう。

ちなみに、同じく探偵とコレクターが対峙した際を思い起こせば、元ヤクザではないコレクターの首元には当然刺青はなく、白い綺麗な肌だったことが分かる。にも関わらず手帳の描写の中でたまに首元を見られていたのは、恐らく探偵が左手の小指を詰めていないのにヤクザ風だからという理由だけで手袋を見られていたのと同様に、左手の小指が欠けているのだから刺青くらいあるのかもしれないという好奇の視線を向けられていたということなのだろう。

「なあ、そういやその手帳、そんなに分厚かったか？」

紅羽の手元にある茶色い手帳をちらりと見ながらそうつぶやいた沖島の言葉で、紅羽は思考の世界から現実の世界に引き戻された。

「やっぱり……そうよね、探偵さんが持ってた手帳はもっと薄かった」

「ああ。あいつが好きで使ってたのは薄型だ」

紅羽の中で、自分の推理の信頼度がまた一段と上がる。この茶色い手帳が探偵のものであることは、紅羽自身が何度も見ていることから間違いない。それなのになぜ、書き手の「私」が探偵の章と、コレクターの章の二種類が混在しているのか。その答えがこの手帳の分厚さに隠されていたのだ。

沖島が話していた通り、探偵が愛用していた茶色い手帳は薄型で軽かった。それは手帳内の描写でも度々登場している。しかし、今目の前にある手帳は明らかに分厚く、重い。

記憶を思い起こせば、探偵が使っていた手帳は、リフィル式で自ら紙を追加できるタイプだった。

紅羽は実際には見たことがないが、手帳内の描写を読むに、コレクターもまた茶色く薄いリフィル式の手帳を愛用している。もしもコレクターが、何らかの理由で自らの手帳からすべての紙を抜き取り、それを探偵の手帳に組み入れて、二冊分の手帳の用紙を一冊にまとめたとすれば……薄かったはずの手帳が厚みを増したのにも納得がいく。

「この手帳……探偵さんのものとコレクターのものが紛れてるのよ」

「たしかに、さっきちらっと見たとき筆跡にバラツキがあったな」

「ええ。私も最初は焦ってて気づかなかったけど、よく見たら明らかだった」

「にしても、何でそんなことする必要があるんだよ」

コレクターが自身と探偵の手帳を混ぜた理由。それは恐らく自分を騙すためだったのだろうと紅羽は考えていた。

コレクターはあの廃倉庫に到着した際、探偵が万が一に備えて入口近くに落としておいた日記を発見した。探偵のメッセージも見つけた彼は、自らの手帳に手を加え、間に差し込むことで、紅羽を混乱させ、依頼人の数を誤認させることができると思いついたのだろう。六人の依頼人だと考えて解くと、ちょうど綺麗に間違った答えが導き出されるという偶然もコレクターに味方した。

紅羽はあの廃倉庫の記憶をたどっている中で、倉庫の入口に入ってきたコレクターが何かを捨てるような動作をしているのをきちんと覚えていた。あのときこそ、コレクターが細工を終えた日記を再度廃倉庫入口付近の床に投げ捨てたタイミングだったのだろう。

「あと十分もすれば着くぞ」

焦りからかこれまで以上にぶっきらぼうな口調で話す沖島の声で、紅羽は自分が再び思考の世界に沈んでいたことに気づかされた。

「本当に合ってるんだよな……アオキシネマで」

引き続き不安げな沖島の言葉に、紅羽はただゆっくりと頷いた。コレクターが罠としてあの三つの章を後から差し挟んだのだとすれば、探偵のメッセージを読み解くに当たってそれらは無視するべきだろう。その上で、探偵、すなわち本間誠が書いた四つの章に登場する三人の依頼人の名前だけを使ってあのメッセージを解読すると、出てくる答えは「アオキシネマ」となる。よって、今向かうべき、コレクターの隠れ家は「アオキシネマ」で間違いないはずなのだ（次ページ参照）。

「にしても…俺も馬鹿だったぜ」

沖島はハンドルを強く握り締めると、悔しげな表情でつぶやいた。

「まさか……旅人の事件を解決したのが、谷だったとはな……」

「それって……馬場旅人さんのことですよね」

紅羽が問いかけると、沖島は渋い表情で頷いた。沖島の同期にして、息子の失踪事件に悩んでいた馬場旅人の事件について記されている章の「私」は谷典正、つまりコレクターだ。

馬場がコレクターと出会う前日に盗み聞きした、弘也と母親の千尋の会話に出てくる探偵はもちろん我々も知る探偵、本間誠で間違いない。しかし翌日、義眼とヤクザのような見た目という特徴だけを聞いた馬場が間違って声をかけたのは、コレクターの方だった。探偵と勘違いされたコレクターは、

依頼人一覧

ミステリアスレター	木根千鶴	きねちづる
社長令嬢と悩める少年	天音弘也	あまねひろや
クイズショウ	マックス	まっくす
学園に忍び寄る魔の手	阿比留岸雄	あびるきしお
ゴートゥヘブン	馬場旅人	ばばたびと
犬屋敷邸殺人事件	沖島米治	おきしまよねじ

答え：アオキシネマ

その「運命的な巡り合わせ」に乗って探偵を名乗ってみることにした、という経緯だったのだろう。

実際手帳の描写をよく読むと、コレクターである「私」は声をかけられたことに戸惑いを覚えている。

さらに厄介なのは、馬場からコレクター、すなわち偽探偵の話を聞いた沖島が、それを本物の探偵、すなわち本間誠の話だと勘違いしたことだ。手帳の描写では、資料室に入る前に馬場の話を向けられた探偵は「何のことだか分からなかった」とはっきり書いている。

馬場を下の名前で呼んでしまったせいだと一人納得し、そのまま話が流れてしまったので気づくことはできなかったが、あそこでもっと詳しく話を聞いていれば、何か違ったのではないか……冷静に考えれば大差はないとしても、探偵の命に危険が迫っている今、どうしてもネガティブに捉えてしまう沖島の気持ちは紅羽にも理解できた。

しばらく押し黙ってハンドルを握り続けていた沖島が、やがてぽつりとつぶやく。

「旅人がよ……言ったんだ。あの人が悪い人なはずがない。あの人にはお礼をしなくちゃいけない。だから探すのを手伝いたいってな。正直旅人の手伝いがなけりゃ、こんなに早く助けには来れなかった」

沖島は、紅羽の携帯の微弱電波からある程度範囲を特定し、長年の交番経験で空き地や廃屋に詳しい馬場の絞り込みによってあの廃倉庫までたどり着いたという経緯を紅羽に話して聞かせた。

紅羽はその話をぼんやりと聞きながら、頭の中ではコレクターについてずっと考え続けていた。手帳を読めば、コレクターが決して悪いだけの人間でないことは嫌が応でも感じられる。もちろん彼が紅羽の父親を含めて何人もの人物を殺害した残虐な殺人鬼であるという事実には変わりないが、想像を絶するような扱いを受けて悲しき復讐者となった彼の心情を、全く共感できないと切って捨てることは、彼女にはできなかった。

それに、彼が犯行現場であるVINEツインタワービル内で探偵であると嘘をつくリスクまで犯して悩めるカフェ店員の相談を積極的に聞いたこと、警察署というい つ何が起きてもおかしくない場所でまたも探偵のふりをして馬場の悩みを解決したこともまた、紛れもない事実だ。彼に感謝する人間がいても何らおかしくないことは、紅羽にも納得できる。

「真実ってどこにあるんだろう」

紅羽は誰に聞かせるともなく、一人そっと口を開いた。沖島は運転を続けながらも、そんな彼女の様子を横目でじっと見つめていた。

「俺にはそんな大層なことは分からねぇ。でも、たった一つ分かることがある」

「何?」

沖島はハンドルをぎゅっと握り締めると、まっすぐ前を向いて、力のこもった声で言った。

「探偵も……アイツも……絶対に死なせちゃいけねぇ」

沖島が探偵だけではなく「アイツも」と言った意味を噛み締めながら、紅羽はしっかりと頷いた。

手帳の描写を見れば、コレクターこと谷典正が復讐を終え、自暴自棄になっていることが感じ取れる。手遅れにならないうちに……そう願う気持ちが通じたのか、車の速度がゆっくりと減速されていくのを紅羽は感じた。

「着いたぞ。ここだ」

アオキシネマ。それは数年前に閉館となり、廃墟となったミニシアターの名前だった。都心から少し離れた繁華街の裏路地にひっそりと建つアオキシネマの平たいビルはどこか不気味で、できれば近づきたくないと思わせる不思議なオーラをまとっていた。

沖島は車のドアを開けると、手に持っていた懐中電灯を下向きに点灯させ、周囲を警戒しながらゆっくりと歩を進めた。この中に、コレクター、歳内、探偵の三人がいるはずだ。紅羽は沖島の後に続き入口の方へと近づいていった。

建物の入口には立入禁止の看板が立てられ、扉はガムテープで固定されていた。しかしよく見ると、ガムテープがこっそり丁寧に剥がされていて、扉が開くようになっていることが分かる。沖島は辺りを見回しながら扉を開くと、ゆっくりとアオキシネマの廃墟の中に入った。

中に入ると、そこは天井の少し高い広いホールのようなスペースだった。恐らくこの劇場の受付ホールのような役割を果たしていた場所なのだろう。紅羽はふと、ぼんやりと光るものが目に入ることに気づいた。ホールの奥の突き当たり、扉の奥の部屋から光が漏れている。恐らくあの中には、誰かがいる。彼女が沖島を軽く叩いて合図すると、彼も明かりに気づいていたようで、ゆっくりと頷いた。

いつ歳内やコレクターが襲ってくるとも分からない。二人は周囲に警戒しながらゆっくりとホールの奥へと進んだ。部屋の内部から光がうすぼんやりと漏れてくる扉の前までたどり着くと、沖島は中の音を窺うように耳をドアに押しつける。

「音はしねぇ」

しばらく耳を澄ませていた沖島は小声で紅羽にそうつぶやいた。恐らく奥にあるのは、このミニシアターの劇場部分なのだろう。彼が耳を押しつけていた分厚い押し戸は、何かしら防音加工を施されているような気配があった。中に人がいるかどうかは、判断がつかない。

二人は少しの間扉の前で待機していたが、やがてどちらともなく視線を交わし合い、奥へと進むことを決意した。沖島が紅羽を少し後ろに下がらせ、自分はゆっくりと扉を押して奥へと開けていく。扉が開くと、奥に広がっていたのはやはり劇場だった。

二十人ほどが入れる小さな規模の劇場で、決して広くないスペースに整然と椅子が並んでいる。室内の照明はほとんど消えていたが、非常灯のぼやけた緑色の光だけは室内で唯一消えずに残っていた。先ほど部屋の外に漏れていたのもこの光だったのだろう。

懐中電灯で照らしながらゆっくりと室内を探索する沖島の後を追うようにして、紅羽も部屋の中へと入った。ふと、紅羽の耳に何かうめき声のような音が聞こえる。

「沖島さん！」

紅羽と同じく声に気づいた沖島が、声のした方に懐中電灯を向ける。扉の反対側にあるスクリーンの右隅、薄汚れた床に横たわっていたのは、二人が探していた探偵、本間誠だった。

「おい、大丈夫か！」

「探偵さん!!」

二人は小声で叫びながら、探偵の元へ急いで駆け寄った。近寄ってみると、彼がかなり危険な状態であることがはっきりと見て取れる。

廃倉庫でコレクターに撃たれて以来、特に治療は受けてないのだろう。銃撃された二ヶ所からは床を赤黒くべっとりと染めるほどに大量の出血が起きている。出血量はかなりのもので、危険域と考えるべきだろう。実際、探偵は朦朧として、いつ意識を失ってもおかしくない状態だった。

「大丈夫、探偵さん。今救急車呼ぶから」

紅羽は探偵の傷跡を必死に押さえながらそうつぶやいた。彼の様子に気を配りながら一一九番に電話をかけ、容態を伝える。救急車は十分もしないうちに到着できるらしい。無事に搬送依頼を済ませた紅羽がポケットに携帯電話を戻そうとしたその瞬間、彼女の腕を不意に何者かがつかんだ。

「え？」

紅羽の腕をつかんだのは、探偵だった。彼は今にも失いそうな意識の中で自らの体を奮い立たせ、彼女に何かを伝えようとしている。

「一体何が……あっ……」

紅羽は、自らの腕を力なく握っていた探偵の手がゆっくりと動くのを感じた。探偵の震える手は、探偵の正面にある壁の奥、つまり、入口扉から入って左手の方を指差す。部屋の中が薄暗いため紅羽の位置からははっきりと見えなかったが、先ほど部屋に入って周囲を見回した際の記憶が正しければ、そこには隣の部屋に続くと思しき扉があったはずだ。

「おい、どうした」

探偵の動きに気づいて声を上げた沖島が懐中電灯で照らすと、そこには紅羽の記憶通り古びた扉が見えた。文字が掠れて読みにくいが、扉にはうっすらと映写室という文字が刻まれている。

「あの部屋ってことか……」

沖島と紅羽は探偵の腕を丁寧に地面の上に降ろすと、映写室の扉の方へと近づいた。探偵は一体なぜこの窓のない粗末な木の扉を指さしたのか。この奥で一体何が行われているのか。そんな彼女の疑問はすぐに解消されることとなった。

「おい、これ……」

「何?」

「この扉……中からガムテープみたいなもので固定されてやがる……」

紅羽より先に扉の前に到着した沖島が、ドアノブをひねりながらつぶやいた。紅羽の頭の中に悪い想像が広がる。扉を内側から固定し、部屋を密閉する……ガスや煉炭による自殺の典型的な方法だ。

「まさか中で……」

「かもしれねぇ。ぶち破るぞ」

沖島はそう言うが早いか、思いっきり扉へとタックルを始めた。体格の良い沖島がタックルを何度も繰り返せば、古い木製の扉が破れないわけがない。三回目のタックルで、鍵が壊れる金属音と、ガムテープがベリベリと剥がれる音とともに、木製の扉が部屋の奥に向けてばたりと倒れた。

二人は扉の奥の映写室の様子を窺おうとしたが、電灯がすべて消え真っ暗で、何も見えない。

「ねえ……この匂いやっぱり……」

「ああ」

沖島は軽く舌打ちすると、腕で口元を覆いながらゆっくり部屋の中へと入った。紅羽が感じ取った、室内から流れてきた鼻をつく刺激臭。これは、間違いなく煙の匂いだ。紅羽は沖島と同じように口元を覆って彼の後に続く。その瞬間、扉付近で彼女の足に何か触れるものがある。

「え……ねえ、ちょっとこれ！　沖島さん！」

前を歩く沖島は紅羽の呼びかけに驚くように振り向いた。

「どうした⁉」

「これ……歳内さんよね……」

紅羽は入口脇の床を指差しながら言った。彼女の足が触れたもの、それは、床に倒れ込み動かない男の腕だった。その男の顔は、あの廃倉庫で見た歳内で間違いない。彼女の言葉を聞いた沖島はあわてて こちらに向かってくると、歳内の前でしゃがみ込んだ。

「おい！　歳内さん‼」

沖島が叫んだその瞬間、部屋の奥の方からパンという一発の短い破裂音が響いた。まるで凍らされたかのように、紅羽と沖島の動きがぴたりと止まる。その音は紛れもなく、銃声だった……。

遺書

拝啓　江津紅羽様

あなたがこれを読んでいるということは、きっと私は無事に死ぬことができたのでしょう。

私は三十年前に犬屋敷邸で二人を殺害し、今年に入ってあなたのお父さんを含めた四人を殺害しました。私、谷典正こそが、世間でコレクターと呼ばれた連続殺人犯の正体です。

私が彼らを殺害した動機については、あなたももうお分かりかと思います。三十年前の私のように、彼らによって虐げられている人間が今なお生まれ続けているという事実が、私にはどうしても許せませんでした。まあ立派なことを書いていますが、心の奥底に三十年前にひどい扱いをされた報いを奴らに与えたいという復讐の気持ちがこれっぽっちもなかったかと問われれば、なかったと答えることはできないとも思います。

とにかく、どんな理由にせよ、私は人を殺害するという行為に及んだ。憎むべき彼らと同じように、人を傷つける愚かな犯罪者になってしまった。その事実は決して揺らぐことがありません。六人もの人間を殺害した私が、このままのうのうと生き続けていいはずがない。彼らが私の手によって殺害されたように、私も死によって罪を償わなければならない。そう思って私は自らの命を終わらせることにしました。

そもそも本当は、あなたの父親である江津誠司さんを殺害したとき、つまり三十年前にあの犬屋敷邸に集っていたすべての人物の殺害を終えたときにすぐに死のうと思っていました。それなのに、こんなにも長々と生き長らえてしまった。その理由の一つは、私と同じように左目が義眼のあの探偵さんです。

ＶＩＮＥツインタワービルの入口で彼を一目見たとき、自分と似たような雰囲気を纏った彼からどうしても目が離せませんでした。彼は一体何者なのか。そんな疑問を抱えつつ江津氏を殺害した私は、何か運命的なものに導かれるように、殺害現場で少し待ってみることにしました。するうと、彼があなたと一緒に現れた。彼が事件を捜査し、自分を追いかける立場の人間であることを私は即座に直感しました。同時に、思ったのです。彼もきっと決して幸福とは言えない人生を送ってきたはずだ。しかし今、彼と私は全く対極の位置にいる。一体何が違ったのだろう、と。

それから私は、マックスに彼のことを調べさせました。失礼、マックスという呼び名だと伝わらないかもしれませんね。マックスこと歳内正人。三十年前から私のことをずっと支援してきてくれた協力者です。警察を辞めて身を隠しながら生きる生活の中で、本名を呼ばれたくなかったのでしょう。歳内という名前を無理矢理読むと「さいだい」なので、マックスと呼ぶように私はずっと言われてきました。

手帳にも書いた通り、私を追いかけている男が元ヤクザで義眼の探偵であると突き止めたマックスは、すべてを自らの手で解決すると言い出しました。きっと探偵さんを殺害して私を守ろうとしたのでしょう。しかし、その方法は私には到底承諾できるものではなかった。私を守るためにマックスがこれ以上罪を重ねることなどあってはならない。だから私は、自分の手で探偵を追いかけると彼に伝えました。

別に私はマックスのように探偵さんを殺そうと思っていたわけではありません。どうせ最後には死ぬつもりだったのだから、すべてはどうでも良かった。不思議な巡り合わせで出会った義眼の探偵さんは、果たして私の正体を知り、捕まえることができるのか。人生最後のちょっとしたスリリングな遊びのような気持ちでした。

その後の私の行動がかなり自暴自棄だったことは自分でも分かっています。VINEツインタワービルに残してしまったメモのことはいずれ探偵さんたちも気づく。そう思って証拠を隠滅しに学校に向かいました。学校や警察署でのそれ以降の経緯は、手帳にも書いてある通りです。紅羽さんには、一つ謝らなくてはいけないことがあります。あなたの拉致監禁、あれはマックスの単独行動でした。彼は私の正体が暴かれつつあることを察して、探偵さんを呼び出すための人質として、あなたを利用しようとしたのです。

こんなことを言って信じてもらえるかは分かりませんが、警察署でマックスから受け取ったメールに書かれた集合場所に何も考えずに向かっている途中、あなたを監禁して探偵を呼び出したという内容の連絡を受けた私は心の底から驚きました。たとえ江津誠司がどんな人間だったとしても、子供であるあなたには関係ない。あなたの身を危険に晒すつもりは私にはありませんでした。

怖い思いをさせてしまったことを、心からお詫びします。

　あの廃倉庫での一件があった後、この場所に戻ってきたマックスは、探偵を殺して逃げようと私に言いました。しかし私は、もうとっくに死の覚悟を決めていた。マックスにそう伝えると、彼は言いました。それなら自分も死ぬ、と。

　六人もの人間を殺害した自分は死ぬべきです。しかしマックスは私を手伝っただけであって、死ぬ必要なんてない。私はそう伝えましたが、彼は譲りませんでした。だから私は、彼を騙すことにしたのです。練炭自殺を提案し準備を進めながら、こっそりと換気窓を開けておきました。多少煙が濃くなって意識を失うことはあれど、これならきっと死に至ることはない。その状態を作り上げて一緒に練炭自殺をするふりをして、自分はマックスが気を失った頃に拳銃で頭を撃ち、一人自殺する。そんな計画を私は立てました。

　あなたたちがこの部屋に入る頃、きっとマックスは部屋の中で倒れていることでしょう。どうか彼の命を助けてください。こんな犯罪者の願いなど聞きたくもないかもしれません。あなたにとってはマックスも、自分を拉致監禁した忌むべき犯罪者でしょう。しかし、私にとっての彼は、三十年間ずっと自分を見守り続けてきてくれた大切な存在です。だから、どうかお願いします。

　さらに言うなら、証拠の隠滅や情報収集など、彼の犯罪行為はすべて私のためです。許してほしいとは言いません。ただし、ここにきちんと書き記しておきます。殺人を犯したのはすべて私であって、彼はあくまで私を助けようとしただけに過ぎません。どうか彼に、寛大な処分が下ることを祈ります。

短くまとめようと思っていましたが、いざ死ぬとなると書くことが多くて困るものですね。もう最後の話題なのでどうか許してください。探偵さんと、あなたのことです。紅羽さん、あなたを使って私は人生最後に賭けをしてみることにしました。

先ほども書いた通り、江津誠司がどんな人間だったとしても、娘であるあなたには関係ない。私はずっとそう思っていました。しかし、それは本当なのか。江津誠司の娘であるあなたもまた、ひょっとすると自分本意で他人を傷つける悪人なのではないか。もしそうだとするならば、あなたのことを野放しにしておいて良いのか。あなたが拉致された廃倉庫に向かう途中に、ふとそんな考えが浮かびました。

そもそも江津誠司を調べた際に、私はあなたのことも少し調べさせてもらっていました。父親の権力と金で遊び歩く馬鹿娘。あなたの評価は一言で言えばそんなところでした。よくよく調べると単なる馬鹿娘ではなさそうでしたが、それでもなお、あなたが父親の威光に頼って何も考えずに生きているということは恐らく間違いないだろう。私はそう思っていました。

だから試したくなったのです。あなたがやはり江津誠司と同じように、自分のことしか考えない視野の狭い人間なのか、そうではないのか。

どうやったらそれを試せるのか考えていた私に、運命的な偶然が転がり込みました。廃倉庫に入る際、ふと入口に手帳が落ちていることに気づいたのです。中身を見るとあの探偵さんの日記で、どうやって調べたのか我々の隠れ家の場所に関するメッセージまで残されている。すぐには読み解けないようにご丁寧に暗号にしてあったので情報の真偽は分かりませんでしたが、あの探偵さんのことだからきっと正しい情報をつかんでいるだろう。私はそう思って一つ罠を仕掛けてみることにしました。

罠が何なのかは、今ここにたどり着いているあなたならお分かりでしょう。私は自分の日記を探偵さんの日記に混ぜて、あたかも一冊の日記のように見せかけた。もしあなたが自分のことばかりを考える、視野の狭い愚かな人間なら、きっと真実を見抜くことなく罠に騙され、この隠れ家にはたどり着かない。しっかりと自分の頭で考えて、本質を見通す目を少しでも持つ人間なのであれば、きっと真実に気づいてこの隠れ家にたどり着く。

私は探偵さんを撃って傷を負わせ、時間が経てば経つほど命が危なくなる状況を作り上げました。そしてあなたをあの廃倉庫に捨て置き、探偵さんを連れて隠れ家へと戻った。あなたが真実に気づかずに遠回りするようなことになれば探偵さんは死ぬ。逆に真実に気づいてすぐにここに来れば、探偵さんの命は助かる。

あなたがこうやって遺書を読んでいる今、果たしてどちらの結末が選ばれているのでしょうか。それを見届けられないのは残念でなりません。ただもしも言えることがあるとするならば、私は探偵さんの命が助かった方に賭けたい、ということです。

悪人の子供は悪人で、生まれながらにして愚かな人間はずっと愚か。成功する人間も失敗する人間もすべては環境によって決定されていて、それを覆すことなどできない。ひょっとしたら世界の現実はそうなのかもしれない。でも、そんな世界には、何の救いもない。

探偵さんは私に言いました。人は変われる、と。その言葉を聞いてから、私はずっと考え続けています。そして思うようになりました。たしかにどんな人でも、自分で考えようとする意思さえ持てば何か変わるのかもしれない。私はそれを信じてみたい、と。

人が買われるような腐った世界でも、人は変われる。人生の最後にこんなくだらないジョークのようなことを書くのも気が引けますが、心の底からそうであれと願っています。

あなたはあの探偵さんと出会って変わった。たとえもともと何も考えずに暮らす愚かな人間だったとしても、きちんと本質を見抜き、真実をつかみ取る目を持った人間になった。犬として扱われ、そのまま復讐心に身を任せて殺人鬼となった私とは違って。

そう信じて、私は地獄へと向かいます。この世界の平和と幸せを、心の底から祈りながら。

では、さようなら。

谷典正

二〇一九年三月二十七日（水）

目を覚まして最初に目に入ったのは、真っ白な中に煌々と光る物体だった。ここは一体どこなのか。明るい光に目が慣れずぼんやりとする私の視界に、二つの人影が入る。

「目を覚ましたわよ！」

「本当か⁉」

頭が少しずつはっきりとしてくる。視界に見えていたのは、白い天井の中で光る二本の蛍光灯だった。私はベッドの上に仰向けに寝かされている。恐らくここは病院かどこかだろう。

「医者呼んでくる」

私のベッドを取り囲んでいる二人のうちの一人、大柄な男の方があわてて部屋の外に出て行くのが見える。光でよく見えないが、恐らくあれは沖島だろう。

「ねえ……私のこと分かる？」

ベッドのそばに残ったもう一人、細面の女が私の方に顔を近づけながらそう問いかけた。徐々に光に目が慣れるにつれて、彼女の顔が少しずつはっきりとしてくる。声の主は、紅羽だった。心配そうにこちらを見つめる紅羽に向かって、私は言葉にならないうめき声で答えた。

「う……あ……」

「いいわよ、無理しないで」

紅羽は私の方をじっと見つめながら言った。そんな彼女を見つめながら、自分の身に起きた出来事を思い返していた。一体どのような経緯をたどって助かったのか。たしかにあの拳銃で体を撃ち抜かれたはずの私が、こうして意識を取り戻すことができたのはなぜなのか。まだぼんやりする頭で考えがまとまらない中、再びこの部屋の扉が開くのが見えた。

「おい、先生連れてきたぞ」

沖島と白衣の男性が連れ立って部屋の中へと入ってくる。白衣の男性は私に近づき、聴診器を当ててしばらくすると「大丈夫そうです。このまま安静にしてください」と言ってすぐに部屋の外へと出ていった。ベッドサイドに残った紅羽と沖島は一安心とばかりに目を見合わせる。

「ふぅ……助かったな」

「良かった……本当に」

彼らの顔を見れば、本当に私の無事を喜んでいることが嫌でも感じられる。彼らはそんなにも心配してくれていたのか。そうやって少しの感慨を抱いていると、ふと沖島が私の顔をじっと見つめていった。

「心の底からあんたを助けたいと思ってる。有言実行したぞ……谷」

沖島はそう言うと不器用に笑った。彼が三十年前に私のことを追いかけていた刑事であることは、廃倉庫を出た後にマックスから聞いていた。警察署で言われたときには、なぜ私のことをそうまでに気にかけるのか分からなかったが、三十年の時を経た彼の思いが今になって伝わってくる。かなり意識がはっきりしてきた私は、何とか口を動かして、ずっと気になっていた疑問を口にした。

「どうして……私は……拳銃で自分を……」

か細い声の問いかけを聞いた紅羽が、ゆっくりと口を開く。

「あの拳銃……実弾は入ってなかった。歳内さんはあなたが一人で自殺しようとしてることにも気づいてたの。それで、こっそり空包にすり替えてあった。あなたが気を失ったのは、銃の衝撃と煙のせいよ」

全身の力が一気に抜けていくのを感じる。自分は、死ねなかった。呆然とする私を見つめていた沖島がふと声を上げる。

「さっき目を覚ました歳内さんが何て言ったと思う？　あの人な、俺の息子を助けてくれ、って言ったんだ」

自分の心が熱く震え出すのを感じる。

「谷、あんたは生きて、罪を償うんだ。歳内さんだけじゃねぇ。たくさんの人がそう望んで、あんたを助けた」

歳内以外に私のことを気にかける人間など一体誰がいるというのだろうか。私の疑問を見透かしたように沖島は続ける。

「息子の失踪事件を解決してもらった馬場旅人は、あんたに礼をしたいと言って俺の捜査を手伝った。友達の誘拐事件を解決したもらった木根千鶴は、三十年間警察がひた隠しにしてきたあんたの事件のすべてを公表するために、記者をやってる自分の父親にたった今も掛け合ってる。当然俺たちだってこうして、お前の命を助けるために必死になってる」

沖島の言葉の一つひとつが私の心に突き刺さっていくのを感じる。歳内、馬場、千鶴、沖島、紅羽。彼らとのこれまでが、走馬灯のように頭の中を駆け巡る。気づいたときには、私の頬に涙が伝っていた。

「谷さん、あなたはもうポチじゃない。もちろんあなたは許されない犯罪を犯した。でも、たくさんの人も助けた。あなたは立派な人間で、そして、一人じゃない」

私はぼろぼろと溢れる涙を抑えることができなかった。三十年分溜め込んでいたすべての思いを胸に、声を上げて泣き続けた。そんな私を、沖島と紅羽は優しげな顔でじっと見守っている。静かな病室の中には、私の嗚咽だけがただただ、響き続けていた……。

二〇一九年三月三十日（土）

うららかな春の日差しが差し込む、のどかな朝。病室の窓の外に映る立派に咲いた桜を、私はベッドの上からぼんやりと見つめていた。コレクターこと谷典正と対峙して二発の銃弾を受けたあの日から早数日。いまだ若干の痛みは残っているが、医者の治療によって傷はかなり塞がり、体調は回復傾向にあった。

「入るわよ」

「どうぞ」

何回かノックする音が響いた後、病室のドアが滑らかに開く。病室に入ってきたのは、紅羽だった。

「具合どう？」

「順調ですよ……退院できるのも時間の問題かと」

「そう。良かったわね」

紅羽は私のベッドの方へと近づくと、ベッドサイドにある小さな椅子に腰掛けた。彼女は私が意識を取り戻した一昨日から、毎日のように様子を見に来てくれている。

「毎日来てくれなくても大丈夫ですよ」

紅羽はこれ見よがしにため息をつく。

「あらそう。じゃあもう二度と来ないわよ」

「あ、いやそういうわけじゃ……」

言い方を間違えたことを悟ったが、時すでに遅かった。

「私なんかいなくても、探偵様にはお着替えの世話をしてくれる素敵なお友達がいるんでしょうね」

「いや……すみません。言い方が悪かったです。毎日ありがとうございます。無理しないでください」

紅羽はしばらくこちらを睨みつけていたが、やがてふっと笑った。

「別にいいわよ。四十代貧乏独身探偵様が一人孤独なことは、重々承知だからね」

返す言葉もなく黙っていると、彼女はさらに笑って続ける。

「はいはい、意地悪し過ぎましたよ。そんな困った顔するのやめなさいよ」

「すみません……」

軽く頭を下げた私をしばらく面白そうに見つめていた彼女は、やがて少し真剣な表情になってつぶやいた。

「事件の記事……千鶴さんのお父さんが本格的に動いてくれるって」

「本当ですか？」

私の問いかけに、紅羽はゆっくりと頷いた。沖島や紅羽が一連の事件を公にするために動いていること、谷典正が助けたカフェ店員の木根千鶴がそれに協力し、記者である父親に掛け合っていることは私もすでに聞いていた。

「どんな圧力がかかろうとも、絶対に記事にしようって約束してくれたって」

「それは……良かった」

私の言葉に紅羽はしっかりと頷くと、少し照れた様子で笑った。

「あと……実は私、記事を書くのを手伝ってほしいって言われてるの」

「どういうことですか？」

「探偵さんと谷さんの手帳に大抵のことは書かれてる。ただ廃倉庫やアオキシネマでのことは書かれてないから、その部分を文章にしてほしい、ってね」

紅羽は面倒くさいとばかりに少しぶっきらぼうな口調で言ったが、その内心がやる気に満ちていることは、彼女の晴れやかな表情を見れば明らかだった。

「私、受けようと思ってるんだ。私の真実を書けるのは、私しかいないから」

「真実……ですか」

「うん。私ずっと不思議だったんだ。コレクターは私のパパを殺した残虐な犯罪者で、でもいろんな人を助けてて、つらい過去があって。真実ってどこにあるんだろうって」

そう話す紅羽は、何か吹っ切れたような表情を浮かべていた。

「それで気づいたんだ。たぶん真実は、いっぱいあるんだって。同じ出来事が起きたとしても、それに対する真実は、人の数だけある。自分でちゃんと感じて、考えて出した結論なら、それはどんなものでも自分だけの真実なんだなって。だから私は、私にしか書けない真実を書くんだ」

自分が何をしたというわけでもないのに、彼女の成長ぶりを見て自分の目頭が少し熱くなるのを感じた。彼女は今回の事件を経て、私の想像を超えるほど多くのことを学び、立派になっていた。溢れそうな涙を悟られないように、なるべく冷静な口調で言う。

「頑張ってください」

「何言ってんの。言われなくても頑張るわよ」

「それは失礼しました」

ふっと笑みを浮かべた彼女に釣られて、私の表情も自然とほころんだ。ふと、何かを思い出したかのように紅羽がぽんと手を打つ。

「あ、そうそう。あとね、沖島さんから連絡があったの」

「彼は何と？」

「歳内さんは無事に回復し、私を拉致した容疑で逮捕されて現在取調べ中。コレクターを手伝っていた件も含めて、決して重い罪にはならないだろうって」

「それは良かった。コレクター本人については……」

私の聞きたいことは織り込み済みだとばかりに、紅羽が言葉を挟む。

「昨日話したことから進展はないわ。本人は意識も無事に回復して罪を認めてるけど、何せ三十年も隠蔽してたんだから警察は対応を迷ってる。記事が出てからが本番よ」

「記事が無事に出たとして……奴はどうなるんでしょうね……」

私の問いかけに対して、紅羽は真剣な表情で答えた。

「それは沖島さんも気にしてた。単純に犯した罪だけを考えれば死刑ってことになるけど……三十年前に彼が受けた扱いや精神状態が考慮される可能性は高い。それに何より私は、死刑にしたくない」

彼女の目には、強い光が宿っていた。

「ええ……私も、彼に生きて罪を償ってほしいと思ってます」

紅羽は私の言葉に深く同意するように、しっかりと頷いた。それからしばらく私と彼女の間には静かな時間が流れていたが、やがて独り言のように紅羽はつぶやいた。

「何が違ったんだろう」

「え？」

紅羽の表情には先ほどまでの笑顔は全くなく、一転して悩ましげだった。

「探偵さんも読んだでしょ、あの遺書」

「ええ、読みましたけど……」

「その中にあったじゃない。コレクターと探偵さんの二人は何が違ったんだろう、ってさ」

「ああ……」

そこまで言われて、私もやっと紅羽の問いかけの意味を理解した。私はどう答えるべきか悩んでいたが、自分の考えを整理するためにもゆっくりと口を開いた。

「そもそも……彼は似ていると書いていましたが、私と彼は全く違う。もちろん親がなく生まれて、結果としてこうやって義眼になったのは同じです。でも私はあくまで自分で選んでヤクザになった。一方で彼は、私とは比べ物にならないほどのひどい境遇を、押しつけられて育った」

静かに耳を傾ける紅羽を見つめながら、私は一言一言丁寧に続けた。

「ただもし、もし私と彼の違いについて、一つ言えることがあるとするなら、それは……」

「何？」

紅羽は私をじっと見つめていた。

「理性……だと思っています」

「どういうこと？」

「私も彼も、過去に罪を犯して、刑事に救われた。私は沖島さんに、彼は歳内さんに。同じように救われた私たちの道が別れた理由。私が罪を犯さずに、彼は再び人を殺した唯一の差。それは、理性を失ったことだと私は思っているんです」

自分の思いが誤解されることなく紅羽に伝わるように、私はしっかりと自分の頭の中で整理しながら、話を続けた。

「彼に理性がなかったというわけではありません。理性、つまり、自分で考えようとする意志。それを失った瞬間、人は本質を見抜けなくなり、感情のままに動く獣へと変わります」

紅羽は真剣に話を聞いていた。

「これは決して、私や彼のように特殊な過去を持つ人間だけの、特別な話ではありません。すべての人に当てはまる話です。我々はいつだって道を踏み外し得る。たとえ犯罪を犯さなかったとしても、何も考えずに生きていたら、いずれ自分や他人を傷つける」

何があっても理性を持ち続けること。それは決して、勘や感覚、感情を否定するものではない。別に、常に頭でっかちになる必要もない。大切なのは、本質を見続けるために、ただただ考えるのをやめないこと。勘も感覚も知識もすべてひっくるめて取り入れて、自分の中で考えて、考え抜いた結論に従って行動することだけが、人間が、社会が、世界が、前に進む唯一の方法だと私は思っていた。

私の言葉を黙って聞いていた紅羽が、やがてゆっくりと口を開く。

「そうかもね……私も探偵さんに会うまでは、何も考えてなかった。何となく世の中に流されて、雰囲気に飲まれて。それでずっと、何だか浮かない人生を暮らしてた。でも、あなたが教えてくれた」

紅羽は小さく笑った。

「ちゃんと見ろ、考えろって。感覚的に生きる自分と、自分を俯瞰して見つめるもう一人の自分。二人共がちゃんと目を見開かないとダメなんだって」

紅羽はそう言うとにっこりと笑って続けた。

「だからね……私決めたんだ。考え抜いた結論！」

彼女の口から飛び出したのは、思いもよらぬ言葉だった。

「私、探偵さんの弟子になる」

「はあ!?」

私は思わず大声を上げた。紅羽はそんな私をおかしそうに見つめながら言葉を続ける。

「別に、一生探偵しようだなんて思ってないわよ。やりたいことは、ちゃんと自分で見つける。ただ今はとりあえず、探偵さんと一緒に誰かの役に立ちたい。小さくてもいいから丁寧に、一個ずつ」

紅羽は変わらずにこやかな表情だったが、その瞳に宿る情熱は本物だった。

「それに……とりあえずお金稼がないとさ。パパの遺産で働かずに暮らすのは嫌なんだ」

突然の出来事に何も返事をできないでいると、紅羽は大きく息を吐いた。

「私は探偵さんみたいに本質を見抜く目を持って、もっと世界を良くしたい。谷さんみたいな人が二度と生まれないように、苦しんでる人をいち早く救いたい」

そこまで一息に言い切ると、紅羽は悪戯っぽく笑って付け加えた。

「まあ、立派なこと言ってるけど、とりあえず今はもうちょっと一緒にいたいんだ。探偵さんと」

紅羽はそう言うと、こちらが恥ずかしくなるほど私の瞳をじっと見つめていた。私もそんな彼女をしっかりと見つめ返す。一瞬のようでいて永遠にも思えるような時間が、見つめ合う二人の間に過ぎ去っていく。そして私は、ゆっくり口を開いた。

「はぁ……分かりました。ロクな給料は出せませんけど、それでよければ」

紅羽の顔がパッと輝いた。彼女は私の方にスッと手を差し出すと、満面の笑みを浮かべて言った。

「もちろん。よろしくね、探偵さん」

「こちらこそ、よろしくお願いします」

私は紅羽が差し出した手に自分の手を重ねて握手した。手をつないだまま、彼女は楽しそうに続ける。

「とりあえず…シャーロック・ホームズとか読んだらいいかしらね」

「いや……とりあえず、迷子猫の探し方をネットで読んでおいてください。あと、浮気調査」

「ふふっ……はいはい」

紅羽は肩をすくめて笑うと、私の手をぎゅっと握った。私もつられて笑顔になりながら、しっかりとその手を握り返す。ふと、窓の外から一枚の桜の花びらが病室の中にふわりと入ってきた。その花びらは風に乗ってひらひらと流れると、固く握られた私たちの手の上に、優しく舞い落ちた。

この物語はフィクションです。実在の個人、団体、事件、出来事とは一切関係ありません。(編集部)

リアル脱出ゲームノベル

Four Eyes

姿なき暗殺者からの脱出

2021年10月27日　初版第1刷発行　　2024年5月15日　初版第4刷発行

著　者：SCRAP&稲村祐汰
発行人：加藤隆生
編集人：大塚正美

監　修：SCRAP
執筆・謎制作：稲村祐汰
シナリオ協力：鹿野康二
謎制作協力：堂野大樹、山添美帆
デザイン：セキネシンイチ制作室
イラスト：カモシタハヤト
DTP・図版制作：高橋玉枝
校閲：佐藤ひかり
宣伝：伊藤紘子
営業：佐古田智仁
協力：石川義昭、岩田雅也、笠倉洋一郎、永田史泰
担当編集：大塚正美

発行所：SCRAP出版
〒151-0051　東京都渋谷区千駄ヶ谷5-20-4　株式会社SCRAP
tel. 03-5341-4570　fax. 03-5341-4916
e-mail. shuppan@scrapmagazine.com
URL. https://scrapshuppan.com/

印刷・製本所：株式会社シナノパブリッシングプレス

Printed in Japan ISBN978-4-909474-52-0